ЭЛИС УОКЕР
ЦВЕТ ПУРПУРНЫЙ

ИЗДАТЕЛЬСТВО АСТ
МОСКВА

УДК 821.111-31(73)
ББК 84(7Сое)-44
У62

Серия «Эксклюзивная классика»

Alice Walker

THE COLOR PURPLE

Перевод с английского *М. Завьяловой*

Серийное оформление и компьютерный дизайн *Е. Ферез*

Печатается с разрешения автора.

Уокер, Элис.
У62   Цвет пурпурный : [роман] / Элис Уокер ; [перевод с английского М. Завьяловой]. — Москва : Издательство АСТ, 2022. — 352 с. — (Эксклюзивная классика).

ISBN 978-5-17-122861-3

Унижения, боль, насилие, бесправие — такова была судьба темнокожей женщины Глубокого Юга в начале прошлого века. Такова судьба главной героини романа Сили. Ей приходилось играть роль покорной служанки жестокого отца, разлучившего ее с детьми и любимой сестрой, а потом забитой жены-рабыни сурового мужа...

Но однажды в жизни Сили появляется наставница и настоящая подруга, которой она небезразлична. Вместе с ней Сили найдет путь к свободе и независимости. Сделав первый шаг и оставив прошлое позади, она поймет свое призвание в этом мире и окружит себя любимыми людьми...

УДК 821.111-31(73)
ББК 84(7Сое)-44

© Alice Walker, 1982, 1992
© Перевод. М. Завьялова, 2017
© Издание на русском языке AST Publishers, 2022

ISBN 978-5-17-122861-3

Перевод цвета

Цвета, как и многие другие признаки, перебираясь из одного языка в другой, попадая в культуру с иной организацией смыслов, меняют оттенки. Царский пурпур, цвет королевской мантии, в русском языке горделиво красен. Вспоминается пушкинская старая Москва, поникшая перед новою столицей, как «порфироносная вдова». Порфира — так назывался по-гречески моллюск, из которого как раз и добывали пурпурный краситель. Древний пурпур, добывавшийся из морских моллюсков, был фиолетовым. В английском «purple» — обыденное, лишенное надменности слово, такими бывают полевые цветы, простенькие, почти не видные в траве, но и царь Соломон одевался не роскошнее их. Земля, травы, деревья укутаны в божественную славу, это, а не тело деспота достойно пурпура. Истинный пурпур незаметен, как незаметна на фоне мировой истории жизнь черной деревенской девочки Сили, героини романа «Цвет пурпурный». Так, наверное, можно толковать название книги Элис Уокер. Но есть и другие значения у этого названия, угадать которые невозможно, если полагаться только на свою сообразительность. В «Цвете пурпурном» заявлена определенная программа, плохо различимая без некоторой доли окололитературных сведений. И, вероятно, не стоит скрывать, да и вряд ли это возможно, что текст Элис Уокер имеет отношение к феминизму.

«Цвет пурпурный» появился в 1982 году, на исходе второй волны феминизма, бывшего неотъемлемой частью бурных политических движений за гражданские права предыдущего двадцатилетия. Феминизм второй волны 60-х и 70-х годов задавался проблемами равенства, причем не равенства на кухне перед горой грязной посуды, как часто это толкуют сторонние наблюдатели, а равенства за пределами семьи и дома. Белые американки хотели вырваться из одиночества кухни в благоустроенном пригородном доме, заниматься профессиональной деятельностью наравне с мужчинами, обходиться при этом без обидных замечаний, получать вознаграждение за работу, соизмеримое с тем, какое получали мужчины, иметь свои счета в банке (а замужние женщины не имели на это права). Нам, постсоветским женщинам, опять же, не говорю за всех, но по крайней мере в большинстве своем, трудно понять эти проблемы, так как многие из них были решены для нас и за нас ранними декретами советской власти. Беспокоит скорее излишек работы, чем ее недостаток, скорее отсутствие дома в пригороде, чем его наличие. На это же жаловались афроамериканки того времени, утверждая, что белые феминистки, стремясь вон из дома и выдавая это стремление за универсально необходимое всем женщинам, отрицали тем самым «женскость» цветных сестер, которые в большинстве своем и так были вынуждены работать вне дома с утра до вечера, делая грязную работу за небольшие деньги, чтобы прокормить семью. Их нужды зачастую были в корне противоположны нуждам образованных и обеспеченных белых американок. Цвет кожи оказывался не менее отягчающим обстоятельством, чем пол, в ремесле выживания, и вовсе не по эстетическим соображениям — он влиял на социальный статус. Черные участницы движения утверждали, что белые феминистки, борясь за свои права, не замечают, как сами, в силу своей принадлежности к белому среднему классу, участвуют в угнетении афроамериканцев, включая своих черных «сестер». Поэтому-то у черных американок и возникла необходимость обозначить свои интересы как отличные от интересов белых феминисток.

Как-то раз Элис Уокер сказала такую фразу: «Пурпурный относится к лавандовому, как вуманизм к феминизму». Понятно, что лавандовый бледен и водянист по отношению к насыщенному богатому пурпуру. Но что это за «вуманизм» такой, который интенсивнее и ярче феминизма? Слово, образованное от английского «woman», то есть женщина, было придумано самой Элис Уокер, чтобы очертить позицию цветных женщин в пределах буржуазного, преимущественно белого, американского феминизма и заявить о разногласиях с белыми феминистками. Сменив ярлык, Элис Уокер тем самым дала понять, что не о мистических феминах высоких сфер, а о женщинах, реальных и телесных, будет идти речь, и не только об отдельных женщинах, но о целом женском мире афроамериканок, о материнстве и сестринстве, об отношениях женщин друг с другом, их трудах и днях. И не писатели-мужчины или белые американки, такие, как, например, Гарриет Бичер-Стоу с незабываемым дядей Томом, будут чревовещать за афроамериканок, а сами они заговорят своим голосом. В «Цвете пурпурном» не сторонний наблюдатель — сама героиня романа рассказывает о себе в письмах, хотя «закон отца» велит ей молчать: запрет на открытую и откровенную речь озвучен в первых строках повествования.

Слова отца поставлены эпиграфом к письмам Сили — это он, тот, кого она считает своим отцом, запретил ей рассказывать о страшном и стыдном, заедающем ее жизнь. В традиционных понятиях феминизма историческое молчание женщин, их отсутствие на общественной сцене и в культуре связано с запретом «отца», патриарха, главного мужчины в клане. Запрет этот не надо понимать буквально — такова конфигурация властных отношений в обществе, а как известно и как подсказывает современность, изменить конфигурацию можно, только если напечатать строку на клавиатуре и ввести ее в программу, то есть оформить в словах и зарегистрировать сам факт своего существования, сделать его видимым в системе. Но как раз представлять себя, или, другим словом, репрезентировать, законом отца запрещено. «Женщины только и годятся, что для...» — говорит безымянный Мистер, муж Сили, не заканчивая фразы, но читателю, по обе стороны океана, понятно, что может следовать за этими словами в данном контексте. Это своеобразная ловушка, проверка на патриархатное сознание. Элис Уокер демонстрирует, что на самом деле всем нам без слов знакомы правила патриархатных игр. Просто мы не отдаем или стараемся не отдавать себе в этом отчета. Против превращения женщин в «сексуальный объект» и направлен, среди прочего, пафос романа. Для отчима Сили не дочь и не мать его детей, ее социальные роли в семье принижаются. В одном эпизоде романа Сили невольно удается означить, сделать видимой свою роль женщины-вещи на потребу имеющего власть мужчины, когда, пытаясь спасти сестру от посягательств отчима, она наряжается в условно привлекательные одежды и предлагает себя вместо сестры. За что и бывает бита, поскольку нарушила еще один закон — оставаться невидимой. «Оделась как шлюха», — говорит он, раздраженный тем, что тайное стало явным и суть его поступка на какой-то момент приоткрылась ему самому (и внимательному читателю). Он не просто превратил дочь в сексуальную вещь, он отнял у нее ее звание дочери, право на защиту и поддержку и, что немаловажно, отнял у нее голос, убил ее социальное «я».

В этом эпизоде нужно не просмотреть и другого смысла или подтекста, на этот раз связанного с цветом. Так же насиловали черных рабынь белые хозяева и так же отнимали у них детей для продажи другим хозяевам. Так же выставляли их самих для продажи, как отчим Сили выставляет ее напоказ жениху. Получается, что главенство мужчины в афроамериканском обществе, его власть над женской половиной (или, другими словами, патриархатная доминация) оказываются сродни неограниченной власти белого плантатора над живым имуществом, черными рабами и рабынями. Патриархат и расизм поставлены на одну доску. Это невыгодное сравнение навлекло на Элис Уокер шквал упреков и обвинений со стороны афроамериканской пишущей братии, особенно после того, как в 1985 году на экраны вышел фильм Стивена Спилберга «Цвет пурпурный»[1] и произведение Элис Уокер стало достоянием миллионов американцев. Писательницу обвиняли в том, что, представляя черных мужчин в негативном свете, она подрывает интересы афроамериканского сообщества и работает в пользу белых расистов, которые и без того считают афроамериканцев людьми низшего сорта. Кроме того, говорили критики, «Цвет пурпурный» разрушает единство между черными мужчинами и женщинами, которые вместе призваны бороться за справедливость. Впрочем, у писательницы нашлось не меньше защитников и защитниц. Что же это за единство такое, писали они, если для его сохранения от женщин требуется молчание, и стоит ли сохранять такое единство? Сама Элис Уокер писала, что ей больно слышать в свой адрес обвинения

---

[1] В российском прокате фильм также известен под названием «Цветы лиловые полей». — *Примеч. ред.*

в ненависти к мужчинам своего народа и что она бесконечно ценит их веселый и свободолюбивый дух, исключая тех, которые чинят насилие и основывают свою мужскую первосортность на второсортности женщин.

Говоря о мужчинах своего народа, Элис Уокер вряд ли склонна приписывать их негативные характеристики полу, генетике или национальному характеру. Система — вот источник гендерного зла. Автор демонстрирует, что зло не присуще человеческой натуре, ему учат отцы сыновей, старшие и более авторитетные младших, только вступающих в жизнь. Муж Сили, Мистер __, сидя на террасе и покуривая трубку, в то время как рушатся жизни его детей, лишенных его внимания и заботы, учит своего сына, как вести себя в семье. И учит так же, как учат друг друга дети во дворе, — дразня и обзывая. Смотри, говорит он, если будешь заниматься детьми, помогать жене и быть с ней единодушным, тебя будут дразнить кухонным мужиком и подкаблучником. Таков культурный каркас патриархатного мироустройства в «Цвете пурпурном». Здесь реальность женской и детской жизни не важна, ее не существует, существует только соперничество между мужскими особями, борьба за статус и боязнь его утраты.

Книга начинается с запрета на речь, или, иначе говоря, на репрезентацию. Сили приказано молчать, и она послушно и простодушно пишет письма Богу, до тех пор, пока верит, что запрет наложен ее настоящим отцом. Но власть оказывается узурпирована злым отчимом (здесь Элис Уокер делает выпад против литературного клише, образа злой мачехи), и закон отца на деле оказывается пустышкой, не менее от этого вредоносной. Согласно Элис Уокер, патриархатный мир основан на подлоге. Закон отца на деле является законом отчима, а патриархат системой подстановок, где кто угодно может захватить власть.

Так что же, разрушим мир до основания, а затем построим наш, новый? Хотя Сили в конце концов бунтует против мирового устройства, никто в текстуальном мире Элис Уокер не собирается его свергать. Уокер не строит свою вселенную на смертной вражде. Революции не будет. Женский мир не пытается вытеснить мужской, женщины не соперничают с мужчинами в борьбе за территорию. Мудрая героиня романа знает, что средства определяют окончательный продукт. Каково средство, таков и результат, а цель — всего лишь благое намерение и на ход дела влияет незначительно. Поэтому Элис Уокер предлагает альтернативное устройство социума, этакую гендерную утопию. Женский мир в романе Уокер выстраивается в другом пространстве и на других началах. Ее героиня, Сили, в детстве познав изнанку гетеросексуальных отношений, отворачивается от такого способа бытия. Мужчины ей больше не будут интересны ни в каких целях. Ее мир — это мир лесбийских отношений, мир женщин, поддерживающих и вдохновляющих друг друга, где материнство не является клеткой и не обрекает мать на радикальное одиночество в силу того, что другой жизни, кроме жизни вокруг своих детей, у нее нет, а дети ее никому, кроме нее, не нужны. В этом мире женщины не культивируют уникальный материнский быт и исключительные отношения с собственными детьми, а вместе воспитывают тех детей, своих ли, чужих, которых им Бог послал, поскольку, как говорится в африканской пословице, требуется деревня, чтобы вырастить одного ребенка. Да и Бог здесь другой, не мужчина и не женщина, не картина и не седобородый дед на облаке, а все во всем — веселое играющее божество, благословляющее любые сексуальные ориентации и любые любовные переживания. Не напоминает ли это В. В. Розанова, писавшего в «Опавших листьях»: «Берегите всякое живое "есть" любви»?

Будь этот роман написан немного раньше, в 70-е или даже 60-е годы, весьма вероятно, что стройплощадка для утопии «Цвета пурпурного» переместилась бы в Африку, в которой происходит много событий романа. В десятилетия «расовой революции» в Америке афроамериканская культура, отказавшись от надежд стать равноправным участником многонациональной американской семьи народов, стала искать альтернативную почву для своего роста. На какой-то момент казалось, что родная Африка, не испорченная голым чистоганом, земля предков, живших в единении с природой, может стать идеальным полигоном для афроамериканской культуры, неким референтным раем, пусть навсегда потерянным, но возобновимым на символическом уровне. Однако за расовой революцией последовала феминистская, и культурная ситуация, для американцев всех цветов, весьма переменилась. Элис Уокер посылает своих героев в Африку, но только затем, чтобы они могли убедиться, что патриархат повсеместен, власть капитала повсеместна, сколько от них ни бегай по планете. Афроамериканцы имеют свое уникальное прошлое, свой национальный эпос порабощения, свою судьбу, которую им еще предстоит аристократизировать (а романтизирована она уже) и которой им еще предстоит гордиться. Радикальных улучшений можно ждать только в пределах своей культуры, на пути внутреннего поиска и переформулирования своей личности и своего сообщества, в отказе от правил патриархатного закона жизни.

«Цвет пурпурный» не раз называли феминистской утопией, где перевернуты с ног на голову общепринятые понятия о том, кто такие мужчина и женщина, как им положено себя вести, чем заниматься, кого и как любить, опрокинут мир, в котором отношения между полами трагичны, темны и безысходны. Завязывая узел неразрешимых и жестоких противоречий в начале романа, Уокер дает своим героям неожиданный выход в счастливое пространство собственного дома Сили, но не ранее, чем они излечились от своих болезней. Элис Уокер как-то писала, что в ее намерения не входило делать из Мистера __ дьявола, а из Сили ангела. По ее словам, они оба серьезно больны. Садомазохистская логика их существования должна быть изжита, застарелые стереотипы отвергнуты. В утопическом пространстве «Цвета пурпурного» мужчина имеет право плакать, быть слабым, терпеть поражения, готовить еду и возиться по дому, посвящать свою жизнь детям, быть под каблуком у собственного ребенка, шить, если ему того захочется, не вызывая недоуменных реакций или вообще каких-либо реакций окружающих. Так же, впрочем, как и женщина, которая может любить столярные работы больше, чем стирку и уборку, может иметь влечение к женщинам, а не к мужчинам, может не признавать, что дети — это единственный смысл и оправдание ее жизни. Перед нами своеобразная мастерская социального конструирования. Ведь не все девочки любят убирать дом, некоторые любят его строить. К ним относится и Элис Уокер.

Конечно, как любая утопия, роман Элис Уокер уязвим для критики. Но в одном отношении он уже за пределами досягаемости убийственных рецензий и обзоров: действие его разворачивается не только на страницах. Так случилось, что оно перетекло с бумажных страниц в действительность. «Цвет пурпурный» относится к тем произведениям, которые не только произведены, но и сами произвели действие, впрочем, наверное, как и все книги, независимо от их литературных достоинств, которые читаются большим количеством людей и имеют резонанс. «Цвет пурпурный» изучается в университетах, на нем оттачивают мастерство начинающие литературоведы и культурологи, сочиняя сотни курсовых, дипломов и попадающих в печать статей.

Сили пишет письма Богу, а ее создательница обращается к миру, заявляя, вместе с другими афроамериканскими писательницами тех лет, о новом культурном присутствии. Афроамериканки мелькали в роли мамушек и нянюшек на страницах американской литературы, но никому не были особо интересны. Они мелькали в общественных местах, со швабрами и тряпками, с лопатами и граблями. На них никто не обращал внимания, они были невидимы. Невидимость в обществе означает отсутствие политической силы и власти. Чтобы тебя и подобных тебе заметили на арене общественной жизни, надо обрести второе, социальное, тело, надо в прямом смысле вписать себя в историю, надо создать воображаемое сообщество людей, объединенных едиными интересами. И создается такое политическое сообщество в основном на бумаге, о чем проницательно писал Бенедикт Андерсон[1]. Литература, в силу своей способности к обобщению, всегда была прежде всего политическим проектом, партией одного. Суть текста Уокер в том, чтобы сделать незаметное видимым, молчаливым дать возможность высказаться.

«Цвет пурпурный» — роман оппозиционный. Если не увидеть в американской культуре ее самую, может быть, важную и ценную часть, культуру оппозиции, то можно не увидеть и самой культуры,

---

[1] Бенедикт Андерсон (1936—2015) — британский политолог и социолог, автор книги «Воображаемые сообщества». — *Примеч. ред.*

как это зачастую и происходит. Американская немассовая культура строится не вокруг песен и кино. Это прежде всего культура гражданская. Чтобы общество не съело своих детей, должна существовать оппозиционная общественная жизнь, которая не зависит от того, кто у власти, белые или красные, демократы или республиканцы, русофилы или западники. В мире американского оппозиционного движения, и в частности в феминизме, представлены многие тысячи групп, которые хотят быть услышаны. Они мало известны за пределами страны, а зачастую за пределами университетских кампусов или крошечных офисов некоммерческих организаций и их веб-сайтов, но структура создает напряжение, некое силовое поле, хоть в какой-то степени защищающее жителей, включая не вовлеченных в политические затеи потребителей, от людоедства власти и капитала.

Мария Завьялова
Миннеаполис
Май 2018 г.

От переводчика

Элис Уокер поселила героев своего романа в одном из южных штатов, в Джорджии, где, в городе Итонтоне, родилась она сама. Ее персонажи говорят на афроамериканском варианте английского языка.

Чтобы избежать контраста диалектной прямой речи и обрамляющего ее литературного языка рассказчика, автор поручила вести рассказ самой героине книги, Сили. Таким образом, язык романа, за исключением писем Нетти, написанных правильным и даже несколько возвышенным языком, представляет собой социоэтнический диалект английского языка. Английский язык, на котором говорят афроамериканцы, своеобразен. Среди заметных черт этого варианта английского, если не считать произношения и интонации, можно упомянуть глагольные формы с усеченными окончаниями, пропуск глаголов-связок и специфическое употребление местоимений. Переводить дословно эти особенности я не стала, чтобы не создавать ощущения неправильности речи. Афроамериканский язык имеет свои правила, и все кажущиеся отклонения подчинены обычной языковой логике. Если бы я попыталась переводить дословно, это выглядело бы так: «он иду домой» или «нас пошли на речку». Поскольку язык этот сложился не в городской среде, для передачи его особенностей я выбрала некоторые черты южных диалектов русского языка, стараясь ограничиться глагольными и местоименными формами, хотя не обошлось и без некоторой доли диалектных слов и выражений. Важно отметить, что это не есть перевод на южнорусский диалект. Скорее, диалектные вкрапления я использовала как красочные мазки, наложенные тут и там, без особого распорядка, чтобы создать определенный колорит, как в живописи. Кроме того, язык героев романа обогащен знакомством с Библией, поскольку жить в сельской Америке и не состоять в церковной общине, не ходить по воскресеньям в церковную школу и не читать Библии было немыслимо в первые несколько десятилетий двадцатого века, когда происходят события романа. И каковы бы ни были их нравы, в языке героев романа почти полностью отсутствуют бранные слова. Если искать аналогии в русской языковой среде, то это скорее наивная чопорность маленького провинциального городка, где проступки и преступления совершаются под покровом приличия и обычая, чем матерная искренность русской деревни или привычная бранчливость городских низов.

Перевод романа был сделан при поддержке издательской и женской сетевой программ фонда

Сороса. За помощь в транслитерации некоторых имен, а также за ряд полезных советов хочу поблагодарить аспирантку магистерской программы изящных искусств Университета Миннесоты Карлу Джонсон.

Мария Завьялова
Миннеаполис
2018 г.

*Посвящается Духу,
без чьей помощи ни эта книга,
ни я сама не были бы высказаны*

Покажи мне, как ты это делаешь,
Покажи мне, как это сделать.

Стиви Уандер

И не вздумай болтать лишнего, если не хочешь мать в могилу свести.

Богу своему жалуйся.

Дорогой Бог!

Мине уже четырнадцать лет. Я ничево плахова не делала, старалася всегда быть харошей. Можешь открыть мне чево со мной творица? Дай хоть знак.

По весне, как Люций родился, я слышала, они все препирались. Он хвать ее за руку и стал в комнату тянуть, а она говарит: Еще рано, Фонсо, хворая я еще. Ну и он от ее отстал. Прошла неделя и он опять приставать стал. Она говарит: Не могу я больше. Аль не видишь, я уже еле ноги таскаю и детей куча.

Она поехала в Мейкон, до сестры, докторши. Я за детьми осталася глядеть. Он мне в жизни слова добрава не сказал. Вот он и говорить: Раз твоя мамаша не хочет, будешь заместо ее. Сперва он ткнул тую штуку мне в бок и начал как будто ерзать. Потом стиснул мне тити. Потом заталкнул прямо в пипку. Было ужас как больно и я плакала. Он стал мне рот зажимать, чуть не задушил и говарить, Заткнись. Ничего, привыкнешь.

Мне ни за што не привыкнуть. А теперичя как еду гатовить, меня тошнит. Мама на меня бранится и косо смотрит. А вообче она нонче повеселевшая, потому как он злобится меньше. Она все время хворая, боюсь долго ей не протянуть.

Дорогой Бог!

Мама померла. Она как помирала кричала и ругалася. На меня кричала и ругалася тоже на меня. Я нонче дюже толстая. Даже не могу быстро ходить. Пока дойду с колодца до дому, вода в ведре уже согревши. Пока накрываю на стол, еда уже простывши. Пока детей в школу соберу, уже обедать пора. Он ничево не говарил. Сел у ейной кровати держит за руку плачит и говарит: Не умирай не бросай меня не умирай.

Она спросила меня про первенькова. Чей, говарит. Я говарю, Божий. Не знаю чево еще сказать и никаких других мущин не знаю. Когда в животе заболело и все там стало шевелица и вдруг этот ребеночек малюсенький кулачок во рту засунувши вывалился, я не знала чево и думать.

К нам люди совсем не приходють.

А ей все хуже и хуже.

Потом она спрасила, где.

Я говарю Бог взял.

Это он взял. Он взял, пока я спала. Убил там в лесу. И ентова убьет, коли получица.

Дорогой Бог!

Он нонче так ведет будто меня на дух не переносит. Говарит, я дурная и ничего от меня харошева нельзя ждать. Взял моево другова маленькаво, на сей раз мальчик. Мне кажется он его не убил. Мне кажется он его продал мужу с женой в Монтичелло. У меня полно молока, прямо по мне течет. Он говарит: Ну ты и неряха. Поди переоденся. А в чево мне переодеца? У меня и нема ничево.

У меня одна надежа, што он найдет каку-нибудь и дальше будет женица. Я же вижу как он глядит на мою младшую сестренку. Ее всю трясет от страха. Я ей говарю я тебя буду защищать. Бог мне поможет.

Дорогой Бог!

Нонче он привел в дом девчонку из Грея. Ей столько лет сколько мине и они поженивши. Он с ее не слазит. Она ходит будто ее по голаве стукнуло, а чево стукнуло, сама не знат. Да еще думат, будто любит ево. А нас у ево семеро по лавкам и все есть хочуть.

У моей сестренки Нетти появился ухажер, возрастом папаше подстать. Евоная жена померла. Мущина убил прямо на дороге, из церквы шли. Правда у ево всево трое детишек. Он видел Нетти в церкве и теперичя што ни вечер в воскресенье ентот Мистер __ порог наш обиват. Я говарю Нетти штоб училася и книжек своих не вздумала бросать. Горазд тебе интересно, говарю, нянчить троих малявок, которые еще к тому же не твои. Погляди чево с маманей стало.

Дорогой Бог!

Сегодня он меня поколотил, сказал, я парнишке в церкве подмигнула. Можеть, у меня было чево в глаз попавши, но я и не думала никому мигать. Я вобще на мущин не гляжу. Вот ей-Богу. Я смотрю на женщин, потому как мне их не страшно. Может ты думаешь, ежели маманя на меня кричала, так я сержуся на ее? Не-е, ничуть. Мне так ее было жалко, так жалко. Она все силилась поверить в евоные враки, вот и померла.

Он все на Нетти поглядывает, а я всегда стараюся ее заслонить от ево. Теперь уже я ей говарю выходить замуж за Мистера __. Я ей только не говарю почему.

Я ей гаворю, выходи за него, Неточка, и нехай у тебя хош первый годок счастливый будет. А потом у ей живот будет выше носу, я-то знаю.

А с меня довольно. Одна девка в церкве сказывала, ежели кровишь кажный месяц значит рожать способная. А с меня больше кровь нейдет.

Дорогой Бог!

Наконец Мистер __ выложил чево у него на уме и попросил Неттиной руки. Но Он ее не отпускат. Говарит, мала еще, опыта нет. Гаворит, у Мистера __, мол, и так дитев хвататт. Плюс к тому скандал, который евоная жена учинила, ажно ее убили. А эти слухи про Шик Эвери? Енто еще што такое?

Я спросила нашу новую маму про Шик Эвери. Енто еще што такое? спросила я, а она обещала разузнать и нам сказать.

Она не только узнала. У ей картинка притащена. Я никогда раньше не видела настоящих людей на картинке. Нашла, говарит, под столом, у Мистера __ вываливши, когда он за бумажником лазил. Шик Эвери женщина. Я таких красивых от роду не видывала. Даже красивше мамы. И в десять тыщ раз красивше меня. Вся в мехах. Лицо нарумяненое. Волосы пушистые как беличий хвост. Стоит у машины и улыбается. А глаза серьезные. И как будто грустные.

Я упросила ее отдать мне картинку. Всю ночь на нее сматрела. Теперь когда мне снятся сны, то мне снятся сны про Шик Эвери. Будто она такая нарядная, танцует и смеется.

Дорогой Бог!

Попрасила его не трогать Нетти, пока новая мама хворая, лучше я сама, гаварю. Он говарит мне, ты чево. Гаворю ему, я все сделаю, только Нетти не тронь. Побежала поскорее в комнату, напялила паричок из конского волоса и туфли на высоком каблуку, нашей новой мамы. Он как стукнет меня, мол, нарядилась как шлюха, однако все равно сделал свое.

Под вечер пришел Мистер __. Я лежала на кровати и плакала. Нетти наконец скумекала, што к чему. До новой мамы тоже дошло. Она пошла в свою комнату и тоже плакала. Нетти бегает то к ней, то ко мне. Она так испугавши, пошла на улицу и стала блевать. Не там где эти двое были, а на заднем дворе.

Мистер __ говорит, Я надеюсь, вы теперь согласные.

Он говорит, Нет, не согласный я.

Мистер __ говорит, Моим бедненьким малышам нужна мама.

Ну так вот, говорит он, эдак медленно, Нетти не дам. Мала еще. Ничево не понимает, меня слушать привыкшая. Пущай в школу походит. Может с ее учительница выйдет. Могу отпустить Сили. Она старшая. Вот ей первой замуж и итить. Она конешно не целая, да ты знаешь небось. Порченая она. Дважды рожала. А зачем тебе целая-то? Вон я взял целую, а она все время хворая. Сказал он эти слова и плюнул через перила. Дети ей виш на нервы действуют, и готовит она так сяк, да еще и брюхатая теперь.

Мистер __ как то примолк. Я так удивилась, даже плакать забыла.

Она конешно с лица неказистая, говарит, зато к работе приучена. И чистоту наводить умеет. И Богу молится. Все будет делать, как ты хошь, и слова поперек не скажет.

Мистер __ ни слова. Я достаю картинку Шик Эвери и смотрю, чево ее глаза говарят. А они говарят, Пусть будет так.

Понимаешь, говарит, мне надо ее с рук сбыть. Слишком уже старая, штобы дома жить. Тово и гляди остальных девок с панталыку собьет. Дам за ей простынок и еще кой-чево из барахла. И корову дам, она сама выходила. А Нетти не дам. Ни щас, ни потом.

Мистер __ тут и говарит. Прочистил горло и говарит. Да я ее ни разу даже не видел.

Ну придешь в другой раз и увидишь. Она конешно дурнушка, Нетти в подметки не годится, но жена из ее лучше будет. Ума у ей тоже маловато, и следить за ей надо, а то все раздаст кому не попадя. Зато вкалывает как мужик.

Мистер __ спрашивает, Сколько ей годков?

Он говарит, скоро двадцать. И вот еще. Приврать она любит, так што имей ввиду.

Дорогой Бог!

Он все гадал с марта по июнь, брать ему меня али нет. А у меня только и мыслей, што о Нетти. Как я выду за него, а она ко мне приедет, и он будет в ее влюбленный да и не заметит, как мы убежим, уж я то придумаю как. И как мы будем зубрить Неттины книжки, надо ведь ума набраться ежели убегать. Понятно, мне до Нетти далеко по красоте и по уму, но она говарит, вовсе я не такая дурочка.

Нетти говарит, штобы тебе запомнить кто открыл Америку, подумай про клумбу, как раз и вспомнишь Колумба. Да учено у меня про Колумба, аж в первом классе — так у меня в одно ухо влетело, в другое вылетело. Она говарит, Колумб приехал в наши края на кораблях Нетя, Петя и Сантамаретя. А индейцы так его полюбили, ажно он с собой прихватил несколько, когда назад поехал, штобы они за королевой прибирали.

Мне ничегошеньки в голову нейдет из-за ентого Мистера __ и што замуж за ево надо итить.

Когда я первый раз беременная была, папаша меня из школы забрал. Ему то и дела нет, што я учица хотела. В первый день, как школа началась, мы с Нетти стояли у калитки и она крепко крепко за руку меня держала. Я приодела чево нашла получше, а папаша говарит, Неча тебе в школу ходить, дуре такой. Вон Нетти одна из вас всех умная, она пущай и ходит.

Па, Нетти говарит, а сама плачет горючими слезами, Сили тоже умная. Даже Мисс Бизли так сказала. Сама то Нетти дюже мисс Бизли уважает. Ни одново слова не пропустит.

Па говарит, А чево ее слушать, енту Эдди Бизли. Языком трепать горазда, вот мужики ее стороной и обходят. Потому и в школе сидит, што никому не нужная.

Он чистил ружье и даже ни разу головы не поднял. Тут завернули к нам на двор белые мужики тоже с ружьями. Он встал и они ушли. Я потом всю неделю настрелянную дичь потрошила да тошнило меня.

Нетти в школу все ходила и ни в какую не бросала. Тут приходит мисс Бизли, хочет поговарить с папашей. Говарит, сколько в школе работает, такова не встречала, штобы дети так хотели учится, как мы с Нетти. Па меня кликнул, она как увидела, што платье на мне уже по швам трещит, враз замолкла и ушла.

Нетти до сих пор не понимает, да и я не очень, только я все время больная и толстая.

Я иногда печалюсь, што Нетти меня в ученьи обогнавши. У мине в голове не остаеца, чево она мне рассказывает. Говарит, будто земля не плоская. А я киваю, да, да, знаю, мол, не плоская. А того ей не говорю, што по мне так она дюже плоская.

Наконец пришел Мистер __, весь смурной. Которая ему по хозяйству помогала, ушедши. Мамашу его тоже енто все достало, сказала, с мене хватит.

Он говарит, Нешто еще раз на нее взглянуть.

Папаша меня кличет, Сили, говарит, иди сюда. Будто так и надо. Мистер __ хочет еще раз на тебя посматреть.

Вышла я и стою в дверях. Солнце глаза слепит. Он с лошади не слезши осматривает меня с ног до головы.

Папаша газетой шуршит. Чево стоишь, говарит, иди ближе, он не кусается.

Я шагнула, а ближе к ступенькам подойти боюсь, там лошадь.

Па говарит, Поворотись-ка.

Я повернулась. Тут братик мой пришел, Люций. Он такой толстенький, все время жует и озорничает с утра до вечера.

Он говорит, Ты чево тут делаешь?

Папаша говорит, твоя сестрица надумала замуж выходить.

А ему и невдомек, он дернул меня за поясок и стал просить варенья из буфета.

Сейчас, говорю, подожди чуток.

Папаша говорит, детей-то она любит, а сам газетой все шуршит. Ни разу и не крикнула на них. Вот только беда, потакает во всем, дает чево ни попросят.

Мистер __ говарит, А карова?

Карова за ей, говарит Па.

Цвет пурпурный

Дорогой Бог!

В самую свадьбу я весь день спасалася от старшова мальчишки. Ему двенадцать. Евоная мамаша умерла прямо у ево на руках, и ни о какой новой маме он и слышать не хочет. Швырнул каменьем и прямо мине в голову угодил. Кровища так и хлынула, так и потекла прямо за ворот. Папаша евоный говарит, Прекрати! И все. Больше ничево не сказал ему. У ево-то оказалось четверо детей, а вовсе не трое, две девчушки и двое ребят. У девок волосы нечесаны с материной смерти. Я гаворю ему, придется сбрить. Пусть наново растут. А он говарит, дурная мол примета девкам волосы брить. Ну што ж делать, перевязала я себе голову, сготовила ужин — за водой надо итить на ключ, а не в колодец, и плита дровяная — и взялась колтуны ихние распутывать. Как они заплачуть, одной шесть, другой восемь, как завоють. Визжать обе будто режу я их. К десяти вечера только прибрала им волосики. Они так в слезах и заснули. А у мине и слез нет. Лежу, думаю о Нетти, пока он на меня забравши пыхтит, все о Нетти думаю, жива ли она, нет ли. И еще думаю о Шик Эвери. Вот ведь он небось и с ей тем же делом занимался, чем со мной нонче. И руку ему на спину положила.

Дорогой Бог!

Были мы намедни в городе с Мистером __, он в бакалейную лавку ушедши был, а я в повозке осталась. Гляжу, моя маленькая. Дочка моя. Я сразу узнала. Как две капли воды на меня похожая и на папаню моево. Сильней даже чем ежели мы сами на себя. Топает за какой-то женщиной, и обе одеты в платья одинакие. Проходють мимо повозки нашей, а я давай скорее с ними заговаривать. Женщина мне ответила вежливо, а моя малышка посмотрела вверх и будто нахмурилась. Чем-то недовольная она была. Глазки у ей точь в точь мои. Задумчивые. Будто все-то они видали чево мои глаза видали.

Моя, думаю, девочка. Сердце мне говорит, моя. Коли моя, то имя ее Оливия. Оливия на всех ее пеленочках было вышито. Сама вышивала. И звездочки вышивала, и цветы. Он пеленки энти вместе с ней забрал. И было ей два месяца от роду. А нонче ей шесть лет.

Слезла я с телеги и иду за ими. Оливия и ее маманя в лавку, и я в лавку. Она ручкой своей маленькой водит по прилавку, будто ништо ей тут неинтересно. Мама ее ткань покупает. Говарит, не трогай ничево, а та зевает только.

Вот славненькая ткань, говарю, и будто советую ей, к лицу ей прикладываю.

Улыбается она. Сошью, говарит, себе да дочке новые платьица. Вот папа то наш обрадуется.

Какой папа? брякнулось у меня. Неушто знает?

Она говарит, Мистер такой-то. Нет, не моево папаши имя.

Мистер такой-то, говарю. Это кто?

Она смотрит на меня, будто не в свое дело нос сую.

Достопочтенный мистер такой-то, говорит и к продавцу повернулась. Он спрашивает, Ну че, женщина, берете или нет? Вы тут не одна в конце концов.

Она говорит, Да, пожалуйста. Пять ярдов, пожалуйста.

Он хвать штуку и отодрал кусок. Нет штобы померить. Сколько решил, на пять ярдов достаточно, столько и отодрал. Доллар тридцать, говорит. Нитки надо?

Нет, спасибо, говарит она.

Вы че, без ниток шить будете? Взял катушку ниток и приложил к ткани. Сойдет, говорит. Ну че, берете или нет?

Да пожалуста, говорит.

Он даже засвистел от радости. Взял два доллара, дал четвертак сдачи и на меня глядит. Вам чево, женщина? Спасибо, ничево, говарю.

Пошла я за ними в улицу.

У меня нет ни гроша, и понимаю я тут, какая я нищая.

Она озирается по сторонам. Нет ево. Нет ево нигде, говорит, а сама чуть не плачет.

Ково нет, спрашиваю.

Да его, достопочтенново Мистера таково-то. Уехал с нашей повозкой.

Я говарю, Вон моево мужа повозка, милости просим.

Залезли мы и сидим. Я очень вам благодарная, говарит. Сидим и смотрим по сторонам, как народ туда сюда снует. Столько их толпится, я таково даже в церкве не видала. Которые нарядные, а которые так себе.

А муж ваш кто, она спрашивает. Про моево-то вы теперь все знаете. Мистер __, говарю. Неужели? говорит она. Будто имя ей знакомое. Я и не знала, што он женился уже. Видный мущина, гаворит, таково поищи, во всей округе не найдеш. Хоть белово, хоть черново.

Ничево внешность, говарю, а сама то вовсе так не думаю. По мне все мущины на одно лицо.

Сколько вашей девочке? спрашиваю.

Скоро семь, говарит.

Энто когда? спрашиваю.

Замялась она, задумалась. В декабре, говарит.

Не в декабре, а в ноябре, про себя думаю.

И спрашиваю, как ни в чем и бывало, Как звать-то ее?

Полиной зовем, отвечает.

Сердце в мене так и стукнуло.

Тут загрустила она и говорит. А я зову ее Оливия.

Почему вы зовете ее Оливия, раз имя ей совсем другое, спрашиваю.

Да гляньте на нее, говарит она так бодро, вылитая Оливия да и только. В глазки ей загляните, у старичков такие грустные глаза бывают. Вот и зову ее, Ох Ливия. Хохотнула и по волосикам ее погладила. А вот и достопочтенный Мистер __ явился, говорит. Вижу я, едет повозка, а в ней большой такой мущина в черном и хлыст держит. Ну спасибо за гостеприимство, говарит, и смотрит как лошадья хвостами мух отгоняють. Вон и кобылка ваша хвостом машет, пора мол и честь знать, и опять смеется. Ну и я хохотать во все горло.

Тут Мистер __ вышел из лавки, забрался в повозку и говарит сквозь зубы, Чево ржешь как дура?

Дорогой Бог!

Нетти теперь с нами. Убежала она из дома. Говарит, уж как ей не хотелось бросать нашу мачеху одну, но дело к тому шло, надо было убегать. Других деток надо выручать. Мальчишкам-то правда ничево не будет, гаворит. Они на глаза ему стараются лишний раз не попадаться. А подрастуть, так будут ему сдачи давать.

Убьють ево может, говарю.

Как вы тут поживаете с Мистером __? спрашивает. Глаза есть, сама, чай, видит как. Он-то к ей еще не остывший. Што ни вечер, является на веранду весь разряженый как на ярмарку. Мы с Нетти горох лущим на ужин или бывает она детишкам помогает уроки делать и меня учит всякому полезному. Хош што кругом творись, а Нетти все меня старается выучить, про весь Божий мир рассказывает. Она такая хорошая учительница, мне даже подумать тошно, што она за такова как Мистер __ выйдет или на кухне будет работать у белых. С утра до вечера она все читает, все занимается, все пишет, и нас учит, штобы мы головы свои поднапрягли. Я так устаю за целый день, мне и мозгами-то шевелить трудно. Но у Нетти видать имя тайное есть, Терпение.

У Мистера __ детишки разумные, но вредные какие-то.

Гаварят мне, Сили хочу то, Сили хочу енто, мамочка нам всегда разрешала, всегда все давала. Озоруют, штоб он на их внимание обратил, а он спрячется в табачном дыму и сидит.

Смотри, как бы они тебе на голову не сели, Нетти гаварит. Объясни им, кто тут командует.

Они тут командуют, гаварю.

А она все свое: Ты должна стоять за себя, ты должна бороться.

Я не понимаю, как стоять за себя. Я только понимаю как так жить, штобы не совсем помереть.

Какое у тебя миленькое платьице, говарит он Нетти.

Нетти говарит, Спасибо.

И башмачки ладные.

Нетти говарит, Спасибо.

Каждый день што нибудь новенькое, что за зубки у тебя, что за щечки, да какие волосики.

Сначала она улыбалась немножко. Потом стала хмуриться.

Потом вообще без всяково выражения. Ко мне поближе старается держаться. И все ево сладкие слова мне пересылает. Говарит мне, какие у тебя зубки, какие волосики. Чудится мне, я хорошею на глазах.

Он перестал к ей приставать и говорит мне ночью в постели, Мы Нетти чем могли помогли, пора ей и восвояси.

Куда же ей итить, спрашиваю.

А мне какое дело, говарит.

На следущее утро я все сказала Нетти. Она и не думала сердиться, а даже обрадовалась. Вот только как же я тебя оставлю, говарит, и мы бросились друг дружке на шею.

Ужель тебя с этими гадкими детьми оставлять придется? Подумать страшно. Уж про Мистера __ и не говорю. Это все равно как заживо похоронить.

Хуже, думаю. Коли похоронить, то по крайней мере полежать в покое можно. Говарю ей, Ничево, Нетка, ничево, пока с Богом говарю, то я и не одна.

Только тем смогла ее выручить, назвала ей имя достопочтенново Мистера __. Сказала пусть спросит евоную жену. К кому еще за помощью итить, как не к ней. Я ни одной женщины, у ково есть деньги, больше не знаю.

Напиши мне, говарю.

Чево, спрашивает.

Напиши, говарю.

Нас разлучит только смерть, отвечает мне Нетти.

А писем нет.

Б-о-ж-е!

Приехали погостить две евоные сестры. Нарядные. Ну, Сили, говорят, во всяком случае у тебя чисто. Нехорошо о мертвых плохо говорить, но правду под половик не заметешь, Анни Джулия была редкая неряха.

Да у нее душа не лежала к этому дому, говарит другая.

А к чему у ее душа лежала? спрашиваю я.

К своему дому, говарит она.

Ах, подумаешь, говарит первая, Карри зовут. А другую Кейт. Раз уж вышла замуж, так держи дом в чистоте. И семью тоже. А то вечно приедешь сюда по зиме, а у детей простуда, у детей грипп, у детей дрисня. У детей немония, глисты, лихорадка. У детей волосья нечесаны. До их страшно прикоснуться.

Мне не страшно, говорит Кейт.

А готовка? Она и не готовила. Плиту стороной обходила.

Ево кухню.

Ужас, а не баба, говарит Карри.

Ужас, а не мужик, говарит Кейт.

К чему енто ты клонишь? спрашивает Карри.

К тому и клоню. Он привез ее сюда и бросил, а сам бегал за Шик Эвери напропалую. Вот к ентому самому и клоню. Ей не с кем было даже словом перекинуться. И пойтить некуда. Он по нескольку дней в дому носу не казал. Потом дети пошли. А она молодая. И красивая.

Ничего особенново, говорит Карри и в зеркало на себя поглядывает. Ну волосы хорошие. А рожа слишком черная.

Да братец то, судя по всему, любит каторые потемнее. Шик Эвери черная што твой сапог.

Шик Эвери, Шик Эвери, меня уже тошнит от этой Эвери, Карри говорит. Люди бают, будто она болтается по всему свету да песни поет. Интересно, какие такие песни она поет. Еще говорят, платья у ей по колено, а в волосы нацеплены всякие бусинки да кисточки. Как елка.

У меня сразу слух обострился, как про Шик Эвери речь пошла. Я бы на ихнем-то месте только про ее и говорила. А они тут же рты захлопнули, как увидели, што я уши навострила, и даже дышать перестали.

Хватит про нее, говорит Кейт, и вздохнула. А про Сили ты права. Хозяйка она хорошая, и с детьми умеет, и готовить. Братец лучше не нашел бы, как бы не старался.

Знамо, как он старался.

В другой раз Кейт приехала одна. Ей наверное годов двадцать пять, вековуха. Выглядит зато моложе меня. Здоровенькая, глаза блестят, и на язык острая.

Купи Сили одежды, говорит она Мистеру __.

Ей чево, одежда нужна? спрашивает.

Да посмотри на нее.

Он смотрит на меня. Будто на землю под ногами смотрит. А в глазах написано, Енто чучело еще и одеваться хочет?

Пошли мы с ей в магазин. Я прикидываю, какой бы цвет выбрала Шик Эвери. Она для меня все равно што королеваю. Я говорю Кейт, может, пурпурный. Даже с краснотцой. Ищем, ищем — нет пурпурново. Красново навалом, а вот пурпурново нема. Не-е, она гаворит, не даст он денег на красное платье. Вселенькое больно. Коричневое, гнилая вишня или синее. Выбирай. Синее, говарю.

Отродясь у меня новых платий не было. Енто только мое будет. Попробовала растолковать Кейт, да покраснела и заикаться стала.

Ничево, Сили, она говорит, ты большего заслуживаешь.

Может оно и так, думаю я.

Слушай, Харпо, говорит. Харпо это старшой. Харпо, смотри, штобы Сили одна не таскала воду. Ты теперь взрослый. Пора тебе помогать.

Бабы пущай работают, он говорит.

Чево? она переспрашивает.

Женщины работают. Я мущина.

Ниггер ты сопливый, вот ты кто, она говорит. Ну как живо бери ведро, и марш за водой.

Он скосил глаз на меня. Вышел. Слышим мы с Кейт, как он бормочет Мистеру __ на веранде.

Мистер __ зовет сестру. Поговорили они, возвращается она назад, а сама вся трясется.

Все, Сили, уезжаю, говорит.

Она ужасть как разозлилась, слезы так и брызжут из глаз, пока она вещи в свой баул пихает.

Ты им не спускай, Сили, говорит. Я не могу за тебя бороться. Ты должна сама за себя постоять.

Я молчу. Я думаю о Нетти, покойной. Она боролась, убежала даже. И што из ентово вышло? Я не борюсь. Чево скажут, то и делаю. И жива.

Дорогой Бог!

Харпо спросил у отца, почему он меня поколотил. Она моя жена, вот почему, говарит. К тому ж упрямая она. Женщины только и годятся што для __ но не сказал для чево. Уткнулся в газету. Я вспомнила папашу.

Харпо меня спрашивает, Как так, ты такая упрямая? Спросил бы лучше, как так, ты его жена.

Такая, знать, уродилась, говарю.

Он побил меня, как своих детей лупит. Только их он почти не лупит. Сили, дай ка мне ремень, говарит. Дети за дверью в щелку подглядывают. Меня хватает только на то, штобы не плакать. Как будто я дерево. Ты дерево, Сили, говорю я себе. Отсюдова я и знаю, што деревья людей боятся.

Харпо говарит, Я люблю кой-ково.

Да? говарю я.

Девушку, говарит он.

А-а, говарю я.

Да, говарит он, мы хочем женица.

Женица? говарю я, ты возрастом не вышел, штобы женица. Вышел, говорит он. Мне семнадцать. Ей пятнадцать. Хва.

А чево ее маманя говарит?

Не знаю.

А чево ее папаня говарит?

Не знаю.

А чево она говарит?

Не знаю. У нас еще не гаворено. И голову повесил. Он вообще то парень видный. Худой, высокий, черный как евоная мамаша, глаза как жуки.

Иде же ты ее нашел? спрашиваю. В церкве, отвечает. А она меня на улице приметила.

Ну и как, ндравишся ты ей?

Не знаю. Я ей подмигнул, а она будто испужалася.

Иде же папаша ее был, пока все энто безобразие творилося? На хорах, говарит.

Дорогой Бог!

Шик Эвери в городе! Со своим оркестром. Будет петь в Счастливой Звезде, што на Колменской дороге. Мистер __ стал собираться. Оделся, повертелся перед зеркалом, скинул все, надел другое. Намазал голову помадой. Потом смыл. Потом стал на башмаки плевать и суконкой чистить.

Говорит мне, вымой енто, найди то, принеси енто, отыщи то. Над дырками в носках горюет.

Я только успеваю штопать, гладить, искать носовые платки. Чево случилось, спрашиваю.

Што ты мелеш, злится он. В порядок себя привожу. Другая б радовалась.

А я и радуюсь, говорю.

Чему именно, спрашивает.

Видный мущина, говорю. Любая будет гордица.

Ты думаешь?

В первый раз спрашивает мое мнение. Я от удивления оторопевши, и пока собралась сказать Да, он уже на веранду ушел, там брица светлее.

Я хожу весь день с афишкой в кармане, розовой. Чувствую, будто в кармане как уголь раскаленный. Афиш у их наклеено на деревья у дороги, как к нам поворачивать, и на магазине. У ево их штук пятьсот, поди.

Шик Эвери стоит у пианина, руки в боки и шляпа как у индейского вождя. Улыбается во весь рот, беззаботная как птичка. И написано, приглашаются все. Королева Пчел опять с нами.

Боже. Как хочется пойтить. Не танцевать, не пить. И даже не слушать, как она поет. Просто взглянуть на ее.

Дорогой Бог!

Мистера __ не было дома весь вечер в субботу, весь вечер в воскресенье и почти весь день в понедельник. Шик Эвери в городе. Он ввалился в дом и упал на кровать. Он уставший и расстроенный. Он плачет. Потом лег спать и проспал оставшийся день и всю ночь.

Проснулся, когда я уж ушедши была хлопок убирать. Три часа без ево горбатилась. Пришел и ничево не сказал. Ну и я ничево.

А у меня тыща вопросов. Чево на ей было надето? Она такая как на моей картинке или другая? Какая у ей прическа? Или она носит парик? Какая помада? Она толстая? Или она худая? В порядке ли голос? Не болеет ли она? Не устает ли? И с кем ее детки, пока она поет по всей округе? Не скучает ли за ими? Вопросы так и свербят в голове. Как змеи какие. Я молюсь, штобы мне не проговориться, щеки себе изнутри кусаю.

Мистер __ взял мотыгу и стал землю рыхлить. Три раза махнет мотыгой и замрет. Потом и вовсе мотыгу бросил, развернулся и ушел в дом. Налил кружку холодной воды, запалил трубку, уселся на веранде и уставился в пустоту. Я пошла за ним, не захворал ли. Он говорит, иди назад. В поле. Мине не дожидайся.

Дорогой Бог!

Харпо такой же слюнтяй супротив своево папаши как и я. Каженное утро папаня евоный встает, усаживается на веранде и смотрит. Сидит и смотрит в никуда. То на деревья смотрит перед домом. А то на бабочку на перильцах. В полдень встанет, попьет водицы, вечером к вину приложится. И опять сидеть.

Харпо стонет, вся пахотьба на ем теперичя.

Папаша евоный говорит, ты делай.

Харпо почти с отца. Телом силен, а воли мало. Трусоват.

Мы с им целый день в поле. Пашем, инда пот градом. Я теперь цвета жареного кофе. А он черный как печка. А глаза грустные и задумчивые. Лицо стало как женское.

Почему ты больше не работаешь, спрашивает папашу своево.

А ты на што, отвечает грубо. Харпо обиженный на нево.

Да к тому же он еще и влюбивши.

Дорогой Бог!

Папаша Харповой девчонки заявил, будто Харпо ей не ровня. Харпо все равно обхаживает ее. Приходит в дом и сидит с ей в гостиной. И папаша там же сидит, пока все уже не знають, куда деваться. Тогда он пересаживается на крыльцо, где все слышно. Как девять часов стукнет, он Харпо шляпу сует.

Почему это я не ровня, Харпо спрашивает.

Из-за матери твоей, отвечает.

А чем моя мама вам не угодила?

Убили ее, отвечает ейный папаша.

Харпо снятся кошмары. Ему снится мать, как она бежит через луг к дому, а ейный хахаль вдогонку. Она держит Харпо за руку и они вместе бегут. Он хватает ее за плечо и говорит, не уйдешь от меня. Ты моя.

Нет, она говорит, у меня дети. Мое место с ними. Шлюха, он говорит, нет тебе никаково места. И стреляет ей в живот. Она падает. Он бежать. Харпо обнимает ее, кладет ее голову себе на колени и кричит.

Мама, мама! Я просыпаюсь, дети тоже просыпаются и в плачь, будто она вчера померла.

Я зажигаю лампу, иду к нему. Глажу по спине.

Она не виновная, што ее убили, говорит он, не ее это вина, не ее!

Нет, не ее, говорю. Не ее.

Все меня хвалят, как я с детьми Мистера __ обхожусь. Я хорошо с ними обхожусь. Но чувств у меня никаких нет. Гладить Харпо по спине, это как даже не собаку гладить, а кусок дерева. Не живого дерева, а все равно как кусок стола или шифонера. Ну и во всяком случае они меня тоже не любют, пусть я хоть какая раскакая харошая.

Харпо теперича мне все рассказывает про свои любовные дела. Он только и думает, што про свою Софию Батлер. День и ночь.

Говарит, она красивая. И блестящая.

В смысле умная? спрашиваю.

Нет, кожа у ей блестит. Верно и умная тоже, раз ее папаша не знает, што мы без ево ведома встречаемся.

Ну и конешно, следующая новость, София брюхатая.

Коли она такая умная, почему брюхатая, спрашиваю.

Харпо плечами пожимает. А как ей еще из дому выбраться? Ее папаша не разрешает нам женица. Даже в дом меня не пускат. А раз она на сносях, я теперича имею право быть с ей, ровня я ей или нет.

Куда ж вы пойдете, спрашиваю.

Дом у их большой, там и будем. Поженимся и будем как одна семья.

Хм, говорю я, ежели он тебя не любил до тово, тем более не полюбит, когда она на сносях.

Харпо встревожен.

Поговори с Мистером __. говорю ему. Он же отец тебе, чай. Можа, чево хорошее скажет.

А можа и нет, думаю про себя.

Харпо привел ее показать отцу. Мистер __ сам сказал, хочет, мол, на ее посмотреть. Я замечаю их издали, еще на подходе к дому. Топают, держась за руки, будто на войну идуть. Она немного впереди. Поднялись на крыльцо, я подвинула им стулья и разговоры говорю, заради вежливости. Она села и платком обмахивается.

Ну и жара, говорит. Мистер __ молчит будто у ево воды в рот набрано. Осмотрел ее с ног до головы. Она месяце на седьмом или восьмом, платье чуть не лопается. Харпо сам чернющий, потому и думает, што у нее кожа светится. Вовсе нет. Обычная коричневая кожа, правда блестит как полированная мебель. Волосы мелким бесом, зато много. Заплетены во много косичек и наверх подхвачены. Сама она пониже Харпо, но толще, девка крепкая и здоровая, будто ее мать салом откармливала.

Как поживаете, Мистеру __ говарит.

Он ноль внимания. Похоже, говарит, девушка, попала ты в переделку.

Не-е, говорит, у меня все в порядке. Вот беременная только.

И разгладила ладошками платье на животе.

Кто отец, спрашивает Мистер __.

Она от удивления рот открыла. Вот, Харпо, говарит.

Откуда он знает?

Он знает, отвечает ему.

Ну и девки нынче пошли. Задирают подол перед каждым Томом, Диком и Гарри, говорит Мистер __.

Харпо посмотрел на папашу, будто впервые его увидел. Но промолчал.

Мистер __ тут говарит, И не надейся, што я позволю своему сыну жениться, раз ты брюхатая. Он молодой и неопытный. Ты девка пригожая, запросто могла ево облапошить.

Харпо все молчит.

София еще боле разрумянилась. Кожа на лбу напрягши, уши торчком.

Однако засмеялась и говорит, А какая выгода мне Харпо обманывать? Дома своево у ево нет. Все чево у него ни есть, одежда и еда, так и то вы ему покупаете. Скосилась на Харпо. Тот сидит опустив голову, руки между коленок свесил.

Твой папаша тебя прогнал. На улице собираешься жить? говорит Мистер __.

Нет, говорит, я не собираюся на улице жить. Я собираюсь жить у сестре. Она замужем, и они сказали, што я сколько угодно могу у них жить.

Встала она, большая, крепкая, здоровая девчонка, и говорит, Ну ладно, благодарствуйте. Мне пора.

Харпо встал тоже пойти. Нет, Харпо, она говорит, вот получишь свободу, тогда и приходи. Мы с маленьким будем тебя ждать.

Он постоял немного и опять сел. Я быстренько взглянула на нее и увидела будто тень пробежала по ее лицу. Затем она мне говарит, Миссис __. Нельзя ли, пожалуйста, водички попить на дорогу.

Ведро у нас стоит на лавке тут же на веранде. Я достала чистый стакан и зачерпнула воды. Она выпила одним глотком. Разгладила платье на животе и пошла. Будто армия сменила направление, и она назад поспешает штобы не отстать.

Харпо так и остался сидеть на стуле. И папаша евоный тоже. Так и сидели там, все сидели и сидели. Все молчали и молчали. Я поужинала и пошла спать. Встаю утром и кажется мне они все сидят. Но нет. Харпо в нужнике, а Мистер __ бреется.

Дорогой Бог!

Харпо привел Софию с маленьким. Повенчавши они в доме у Софииной сестре. Ее муж был свидетелем у Харпо. Другая сестра потихоньку отлучилась из дома и была подругой невесты. Еще одна сестра ребеночка держала. Он орал всю службу, мамаше то и дело приходилось ево к груди прикладывать. В конце службы сказала «да» с младенцем на руках.

Харпо приспособил хибару у речки для жилья. Раньше у Мистерова __ папаши там был сарай. Сараюшко крепкий, однако. В ем теперь есть окны, крыльцо и задняя дверь. И место хорошее, у воды. Зелено и в холодке.

Попросил он меня сшить занавески для ихнево дома, я сшила их из мешковины. Вышли небольшие занавесочки, но ладные. У их там кровать, комод, зеркало и несколько стульев. Плита, штобы готовить и подтопить ежели холодно. Папаша евоный теперь ему платит за работу. Говорит, Харпо ленился, вот он ему раньше и не платил. Может хотя бы из-за денег будет теперя шевелица.

Харпо раньше то говарил, Мисс Сили, я иду на забастовку.

Енто куда? спрашиваю.

Работать не буду, вот куда.

Он и не работал. Два кукурузных початка сорвет, а двести птицам да червякам оставит. У тот год мы ничево не заработали.

А нонче то, с Софией да с малышом, вертится как заведеный, у ево и вспахано, и окучено, и прибито-приколочено где надо. А сам все посвистывает аль песни поет.

София вполовину похудела. Но все равно она здоровая девка. Мускулистая. Ребеночка своего подкидывает как пушинку. Крепко сбитая, кажись, ежели сядет на чево, в лепешку раздавит.

Говорит ему, Харпо, подержи ребенка. Ей надо сходить со мной в дом за нитками. Простыни шьет. Он берет малыша, целует, по щечке щекочет. Смеется. А сам на папашу своево, который на крыльце сидит, косится.

Мистер __ выпускает клуб дыма и говорит, Ну вот, тяперя она тебя запряжет. Будеш у ей кухонный мужик.

Дорогой Бог!

Харпо ломает голову, как бы так сделать, штобы София ево слушалась. Они сидят с Мистером __ на крыльце, и Харпо гаворит, Я ей одно, а она все по-своему. Никогда не делает, как я ей скажу. Я ей слово, она два.

По правде-то, сдается мне, он с гордостью енто все говарит.

Мистер __ молчит. Дым пускает.

Я ей говарю, неча все время к сестры таскаться. Мы таперя муж и жена, говарю я ей. Твое место при детях. Она гаворит, я с дитями еду. Я гаварю, твое место возле мине. Она говарит, ты тоже хочешь с нами? А сама у зеркала наряжается и детей одевает.

А учить не пробовал? Мистер __ спрашивает.

Харпо голову наклонил и на руки свои смотрит. Нет, говорит эдак тихо, не пробовал. И застеснялся как-то.

Как же ты хочешь, штоб она тебя уважала? Бабы, они как дети. Им надо растолковать, што к чему. Ништо так не прочищает мозги, как пара хороших затрещин.

Трубкой запыхтел и дальше проповедует. София слишком много о себе понимает, говарит. Надобно ее чуток на место поставить.

Я Софию уважаю, она совсем на мине непохожая. Скажем, она заводит разговор, а Харпо и Мистер __ входють в комнату, так она и не думает замолчать. Спросють они, где какая-нибудь вещь лежит, скажет, не знаю, и дальше болтает.

Я раздумываю про енти дела, когда в другой раз Харпо меня спрашивает, как так сделать, штобы София слушалась. Я не говорю ему, што он счастливый. Што уже три года как они живут, а он все песни поет да насвистывает. А я каждый раз подскакиваю, когда Мистер __ меня окликает, и София смотрит на меня как то странно, будто жалеет.

Я говарю, Поучи ее.

Встречаю Харпо в другой раз, вся рожа у ево в синяках. Губа разбита. Глаз заплывши. За зубы держится да поясницу потирает.

Я говорю, Харпо, миленький, чево это с тобой?

Да мул окаянный, говорит, вчерась в поле как очумел. Днем с им намучился, а стал его в хлев загонять вечером, так он мне копытом промеж глаз. А еще ветрище вечером был. Руку окном прищемило.

Ну, говорю, с такими делами тебе небось некогда было Софию уму-разуму учить.

Неа, говорит.

Но он видать надежды не теряет.

Дорогой Бог!

Зашла я намедни в ихний двор и только хотела кликнуть их, как слышу в доме загрохотало. Я бегом на крыльцо. Детишки на берегу речки куличики песочные делали, так даже и ухом не повели.

Открываю я дверь тихо, вдруг там грабители или убийцы, или можеть еще конокрады какие, а это София с Харпо. Дерутся. Месют друг другу бока, што два мужика. Мебель вся вверх дном. От тарелок одни осколки. Зеркало накось. Занавески порваны. Пух из перины летает. А им хошь бы што. Они друг друга дубасют. Он на ее как замахнется. А она хвать деревяшку у печки и промеж глаз. Он ее в живот. Она аж пополам согнувши, но все равно на ево идет и по яйцам кулаком. Он на пол так и покатился, за подол ее по пути дернул, и платье порвал. Она стоит в одной сорочке и даже глазом не моргнет. Он как вскочит и в челюсть ей нацелился. А она его через себя перекинула и о печку грохнула.

Я не знаю, сколько времени они так. Я не знаю, когда они собираюца передохнуть. Я тихонько выбираюсь из дома, машу рукой детям у речки, и иду домой.

В субботу утром слышим стук повозки. Харпо и София с двумя детишками едут к Софииной сестре на выходные.

Дорогой Бог!

Вот уже месяц, как я маюсь без сна. Брожу по дому допоздна, пока Мистер __ не начинает ворчать, будто керосин попусту жгу. Тогда иду, наливаю теплую воду в корыто и отмокаю там, с молоком и английской солью, потом брызгаю ореховой водой на подушку и задергиваю занавески поплотнее, штоб луна не глядела в комнату. Потом засыпаю на пару часов.

И когда вроде уже налажусь поспать, тут я и просыпаюсь.

Сначала пробую пить молоко. Потом столбы считать. Потом Библию читать.

Што же енто такое, спрашиваю я сама себя.

Голос мне отвечает, Чевой-то ты сделала не так. Плохо сделала. Дух чей-то томится. Может, оно и правда.

В одну ночь до меня доходит. София. Ейный дух мне спать не дает.

Я молюсь, как бы она не проведала, но она проведала.

Харпо сказал.

Как она узнала, тут же ко мне явилась. С мешком в руках. Под глазом фингал, всеми цветами радуги переливается.

А я-то к вам за помощью да добрым словом всегда шла, говорит.

Разве ж я не помогаю, спрашиваю.

Вот вам ваши занавески, говорит, и мешок открывает. Вот ваши нитки. Вот вам доллар за то, што дали попользоваться.

Это твое, говорю и ей обратно отпихиваю. Я всегда тебе рада помочь чем могу.

Вы Харпо присоветовали, штобы он бил меня?

Нет, не я, говорю.

Не врите, говорит.

Я не хотела, говорю.

А зачем тогда сказали? спрашивает.

Она стоит передо мной и смотрит мне прямо в глаза. Личико усталое, скулы сведены.

Дура я потому што, говорю. Завидно потому што стало, говорю. Потому што ты можешь, чево я не могу.

И чево же? спрашивает.

Отпор даешь, говорю.

Она стоит и смотрит, будто мои слова ее огорошили. Подбородок обмяк. И уже не злая, а грустная.

Всю жизнь я давала отпор. Папаше. Братьям. Двоюродным братьям. Папашиным братьям. В семье, где одни мужики, никакого покою не жди. Ну уж не думала я, што в своем собственном доме придется воевать. И вздохнула. Люблю я Харпо,

Бог свидетель, но мордовать ему себя не позволю, лучше убью ево. Если хотите лишиться зятя, то давайте. Дальше ему советуйте. И уперла руку в бок. Я между прочим на охоту хожу, с луком и стрелами, говарит.

Я еще только увидела ее во дворе, трясть мене начало, а тут и дрожь прошла, так стыдно за себя стало. Я уже и так от Бога наказанная, говорю.

А Бог, он страшненьких не любит, говорит.

Да и красивеньких тоже не особо жалует.

Тут вроде стало можно разговор в другую сторону свернуть.

Ты меня небось жалеешь, говорю.

Она замолкла на минуту и говорит эдак с расстановкой, Ну да.

Мне сдается, я знаю почему, но все равно спрашиваю. Почему?

Она говорит, коли честно, вы на мою маму похожие. Папаша ее тоже к ногтю прижал. Вернее под сапог. Все чево он ни скажет, все проглотит. Ни слова в ответ. Никогда себя не защитит. Иной раз за детей вступится. Да только хуже опосля бывает. Чем больше она нас защищает, тем он хуже на нее бросается. Он детей ненавидит. И то место, откудова они берутся, тоже ненавидит. Хотя по тому, сколько у ево детей, таково не скажешь.

Я про Софиину семью ничево не знаю. Судя по ней, боевая команда.

И сколько вас у ево? спрашиваю.

Двенадцать, отвечает.

Ого, говорю. У моево шесть от мамы моей, да еще четыре от теперешней. Про своих двоих молчу.

Сколько девок? спрашивает.

Пять, говорю. А у вас?

Шесть девок, шесть парней. Все девчонки сильные как и я. И парни сильные. Но мы с сестрами всегда друг за дружку стоим. И два брата тоже за нас, не всегда правда. Как мы драку затеваем, зрелище такое, хоть билеты продавай.

Я в жизни никого не ударила, говорю. Дома только бывало, младших по попе шлепала, штоб не баловались, и то не больно.

А чево вы делаете, когда рассвирепеете? спрашивает.

Я и не припомню, когда последний раз свирепела-то, говорю. Помню, на маму свою злилась, когда она на меня всю работу взвалила. А как поняла, што она больная, больше не злилась. На папашу тоже не злилась, потому как отец он мне. В Библии сказано, Почитай отца своего и матерь свою, хоть они какие. Бывало, как начинала сердиться, мне так становилось худо, до рвоты. А потом вовсе стало все равно.

Вообще? спрашивает София и нахмурилась.

Ну, находит, конешно, когда Мистер __ на меня напустится.

Я Богу тогда жалуюсь. Муж все-таки. Жизнь-то не вечная, говарю я ей, а царствие небесное вечное.

Правильно. Но для начала надо ентому мужу по шее накостылять, говарит София, а потом и о царствии небесном можно подумать.

Цвет пурпурный

Мне не до смеха.

Хотя смешно. София засмеялась. И я засмеялась. Мы обе как захохотали, аж на ступеньки повалились.

Нешто нам из этих занавесок лоскутное одеяло сделать, говорит София. И я побежала за книжкой для кройки и шитья, где узоры есть.

Сплю теперь как дитя.

Дорогой Бог!

Шик Эвери захворала. И никто в городе не хочет приютить Королеву Пчел. Ейная мамаша говорит, я тебя предупреждала. Ейный папаша говорит, шлюха ты эдакая. Одна баба в церкви говарит, будто она помрет скоро, чахотка али дурная женская болезнь у ей, говарит. Чево это такое, так и тянет меня спросить. Но я не спрашиваю. Бабы в церкви ко мне хорошо относюются, бывает. А бывает и не очень. Смотрют, как я с детьми Мистера __ воюю. В церковь их тащу. Слежу, штобы не буянили там. Которые из баб давно ходють, помнят как я брюхатая два раза была. Косются на меня исподволь. Озадачиваю я их.

Я стараюсь не очень тушеваца. И проповеднику стараюсь угодить. Пол мою, окны мою, вино развожу для причастия, стираю занавески да покрывала из алтаря. Слежу, штобы дрова были зимой. Он меня зовет сестра Сили. Сестра Сили, говорит, верная ты душа. И опять к дамам повернется — беседовать. Я ношусь по церкве, тут приберу, там почищу. Мистер __ сидит на задней скамейке, глазами водит туда сюда. Тетки ему улыбаются при всяком удобном случае. Меня он и не замечает, даже головы не поворотит в мою сторону.

Теперь и проповедник набросился на Шик Эвери, раз у ей сил нет за себя постоять. В проповеди свои ее вставляет. Имен не называет да и надобности нет. Все и так знают про ково речь. Разглагольствует про блудниц в коротких юбках. Которые курют сигареты и пьют джин стаканами. Поют за деньги и отнимают у жен ихних мужей. Потаскуха дрянь уличная девка.

Я кошусь на Мистера __. Подумать только, уличная девка.

Хоть бы кто заступился, думаю я. Но он молчит. Сидит, ногу на ногу перекидывает, в окно смотрит. Те же бабы, которые ему улыбочки посылали, теперь аминь говорят, так мол и надо ентой Шик.

Как мы домой вернулись, он не переодевши стал Харпо кричать, штобы тот быстрее шел. Харпо прибежал со всех ног.

Запрягай, говорит.

Куда едем, Харпо спрашивает.

Запрягай, говорит опять.

Харпо запряг повозку, они поговорили у сарая минутку, и он уехал.

Одно хорошо, што он ничего не делает по хозяйству — мы и не замечаем, ежели он в отлучке.

Через пять дней смотрю я на дорогу и вижу, повозка наша едет. И навес какой-то к ней приделан, из старых одеял сварганеный. Сердечко мое так и застучало, и я первым делом побежала одежку сменить.

Не успела, однако. Только я с головы старое платье стянула, повозка уже на дворе. Да и што толку в новом платье, если на мне старые башмаки, волосы спутаны, на голове платок застираный, и сама я немытая.

Растерялась я. Совсем я ошарашена. Стою посреди кухни, голова кругом идет. В мозгу одно: Кто Бы Мог Подумать.

Слышу, Мистер __ кричит, Сили, Харпо, сюда.

Я опять накинула старое платье, вытерла наспех пот да грязь с лица и к двери иду. Звали? И о веник споткнулась, которым пол подметала, когда шарабан наш увидела.

Харпо и София во дворе толкутся, в повозку заглядывают. И лица у их мрачные.

Это кто, Харпо спрашивает.

Могла бы быть твоя мать, отвечает его папаша.

Шик Эвери, Харпо говорит и на меня смотрит.

Помоги ей зайти в дом, Мистер __ приказывает.

Сердце у меня так и екнуло от радости, как она ногу из шарабана высунула. Значит, не лежачая. Сама выбралась из повозки, с помощью Харпо и Мистера __. Одета как королева. Красное шерстяное платье на ей. На шее черные бусы в несколько рядов. На голове черная шляпка из чево-то блестящего, перья соколиные на одно ухо свешиваются, сумочка из змеиной кожи, под стать туфлям.

Она такая нарядная, мне кажется даже деревья вокруг дома прихорашиваются, лишь бы ей приглянуться. Идет меж двух мужиков, спотыкается, еле ноги тащит.

Вблизи замечаю, на лице желтая пудра комками, пятны румян — краше в гроб кладут. Одежда для этого дела подходящая, хоть сейчас на похороны гостей созывай.

Но я то знаю, не бывать сему. Иди скорей, хочется мне крикнуть, иди, Сили тебя, с Божьей помощью, выходит и на ноги поставит. Но молчу. Помню, не мой это дом. И к тому же мне никто ничево не говорил.

Как они до половины лестницы дошли, Мистер __ говорит, Сили, это Шик Эвери, старая знакомая. Приготовь комнату. И к ей повернулся, одной рукой ее поддерживает, другой за перила держится. Харпо с другой стороны ее подпирает, мрачный весь. София с детьми во дворе, глаз с нас не сводят.

Я пошевелиться не могу. Будто приросла к месту. Мне надо ей в глаза взглянуть. Чувствую, когда в глаза ей посмотрю, тогда только меня отпустит.

Давай, говорит он резко.

Тут она глаза подняла.

Лицо у ей, под всей этой пудрой, черное как у Харпо. Нос длинный и острый, пухлый рот. Губы как черные сливы. Глаза большие и блестят. Лихорадочные глаза. Недобрые. Попадись ей сейчас змея на дороге, убьет одним махом, хошь и сама еле на ногах держится.

Осмотрела она меня с ног до головы и хохотнула. Звук как с того света. Ты и в правду не красавица, говорит. Будто хотела удостовериться.

Дорогой Бог!

Ничего страшного с Шик Эвери нет. Просто хворая она. Правду сказать, я, штобы так сильно болели, еще не видела. Ей хуже чем мамане моей было, когда она помирала. Зато злости в ей куда больше, тем и держится.

Мистер __ от ее не отходит, ни днем ни ночью. За руку её не держит, однако. Не очень ей ручку-то подержиш. Отпусти руку, черт тебя подери, говарит она. Неча липнуть. Не надо мне всяких слабаков, которые папаш своих как огня боятся. Мне мужик рядом нужен. Мужик. Взглянула на него, глаза закатила и засмеялась. Не так штобы очень засмеялась, но достаточно, штобы он к кровати некоторое время не подходил. Уселся в углу, подальше от света лампы и сидит. И ночью сидит. Она просыпается и не знает, там он али нет, а он там. Сидит в углу и грызет черенок своей трубки. Без табака. Она сразу сказала, как вошла, не хочу я нюхать твою вонючую трубку, слышиш, Альберт.

Энто кто еще такой, думаю я, што за Альберт. Ах, это Мистера __ так зовут.

Мистер __ не курит. Не пьет. Не ест почти. Сидит в ейной маленькой комнатке и прислушивается к каждому вздоху.

Чево с ей такое? спрашиваю.

Ежели не хочеш, штобы она тут была, так и скажи, он говорит. Ничево от этово хорошево не жди, но ежели ты так... и осекся.

Пущай живет, гаворю я, пожалуй, слишком быстро. Он глянул на меня подозрительно, не замышляю ли чево.

Я просто хочу знать, чем она хворает, говарю я.

Я смотрю на него. Лицо у него усталое и опущеное. И замечаю, какой у ево слабый подбородок. Можно сказать, вообще подбородка нет. У меня и то больше подбородка, думается мне. Одежда на ем вся перепачканная. Пыль во все стороны летит, когда он раздевается.

Некому ей помочь, говорит он. И глаза стали мокрые.

Дорогой Бог!

Они вместе трех детей смастерили, а он брезгует ее в ванной помыть. Может, он боится, што начнет думать о таком, о чем не следует думать? А я што, не начну? Я когда в первый раз ее черное длинное тело увидела, с черными сосками сливинами, точь в точь как ее губы, так мне показалось, я мужиком заделалась.

Ну, чево уставилась, она спрашивает. Прямо шипит от злости. Сама слабая как котенок, а туда же, коготки показывает. Ты чево, никогда голой бабы не видала?

Нет, мэм, говорю. Я и в правду не видела. Кроме Софии. Но она такая толстенькая да здоровенькая да суматошная, совсем мне как сестра.

Ну ладно, посмотри, говорит, посмотри на мешок с костями. И руку в бок уперла да глазки мне состроила, хватило ей куража. А как я стала ее мыть, она глаза закатила и зубы сжала.

Я ее мою, и у меня такое чувство, што молитву читаю. Руки трясутся и дыхание перехватывает.

Спрашивает меня, у тебя дети когда-нибудь были?

Да, мэм, отвечаю.

Сколько? И хватит мне мэмкать, я не такая старая.

Двое, говорю.

А где они, спрашивает.

Не знаю, говорю.

Она как то странно на меня посмотрела и говорит, мои у моей мамаши. Она согласилась их держать, а мне надо было уехать.

Чай, скучаете за ими, говарю.

Не-а, говорит, Я ни по чему не скучаю.

Дорогой Бог!

Я спросила Шик Эвери, чево бы ей хотелось на завтрак. А чево у тебя есть? спрашивает. Я говорю, овсянка, хлебцы, ветчина, оладьи, варенье, кофе, молоко, кефир.

Это все? говорит. А где апельсиновый сок? А виноград, а клубника со сливками, а чай? И засмеялась.

Не хочу я твоей дурацкой еды, говорит. Дай-ка сюда мои сигареты. Ну и чашку кофе можеш принести.

Я не спорю. Я приношу ей кофе, зажигаю сигарету. Из рукава длинной белой рубашки высовывается тонкая черная рука. Я боюсь этой руки, маленьких венок, которые я вижу, и венок побольше, на которые стараюсь не смотреть. Меня будто што подталкивает к ей поближе. Ежели не поостерегусь, то схвачу ее за руку и попробую на язык ее пальчики.

Можно я посижу тут, пока ем? спрашиваю.

Она только плечами передернула. Лежит в кровати, журнал смотрит. На картинках все белые женщины. Смеются. Бусы на пальце крутят. На машине пляшут. В фонтан прыгают. Шебуршит страницами, недовольная чем-то. Будто ребенок вертит в руках игрушку, а как она заводится, не знает.

Пьет кофе и сигаретой пыхтит. Я между тем ветчину наворачиваю, сочную, домашнюю. Запах от ее такой, за милю от дома слюнки потекут. Вся ее маленькая комнатка уже пропахла моей ветчиной.

Я намазываю свежее масло на горячий хлеб, я чавкаю ветчинным жирком, я шлепаю жареное яйцо поверх овсянки.

Она все дымит и дымит. В кофе заглядывает, нет ли там на дне чево посущественней.

Наконец говорит, Сили, што-то пить хочется, унеси-ка эту воду и принеси-ка мне свежей.

И стакан мне протянула.

Я поставила тарелку на столик у кровати и за водой пошла. Прихожу назад, гляжу, мой хлебец мышка погрызла, а ветчину крыска утащила.

Она лежит среди подушек как ни в чем не бывало. Не поспать ли мне, гаварит, и носом заклевала.

Мистер __ спрашивает меня, как это мне удалось ее накормить.

Я говорю, нет такого человека на всем белом свете, кто бы устоял перед запахом домашней ветчины. Разве што на том. И то не уверена.

Мистер __ смеется.

Глаза у ево какие-то безумные.

Мне страшно было, говорит он. Страшно. И закрыл лицо руками.

Дорогой Бог!

Сегодня Шик Эвери приподнялась с подушек, посидеть немного. Я ей стала волосья мыть да расчесывать. Таких коротких, непослушных и кудрявых волосьев я еще не видывала. Но так они мне нравятся, што я любуюсь каждой прядкой. Каторые волосы на гребне остались, я припрятала. Может, себе кичку сделаю с их.

Я с ей возилася как с куклой, или с дочкой моей Оливией. Или как за мамой ухаживала. Причешу да приголублю, опять чесану и опять приголублю. Сначала она говорит, давай-ка поторапливайся. А потом оттаяла малость и голову мне на колени склонила. Ишь ты как умеешь, говорит, меня так маманя причесывала. А может и не маманя, может бабка. Сигарету запалила и песенку начала мурлыкать.

Энто какая песня, спрашиваю. Думаю, по мне так звучит похабно. Про такие проповедник наш говорил, грех, мол, их слушать. А петь подавно.

А она напевает тихонько. Сию минуту в голову пришла, говарит, сама сочинилась. Наверное, ты мне из волос вычесала.

Дорогой Бог!

Сегодня заявился папаша Мистера __. Лысенький коротышка в золотых очках. Все время откашливается, как говорить начинает, слушайте мол все. И голову набок держит.

Еще на крыльцо подняться не успел, сразу к делу приступил.

Тебе конешно надо было ее домой припереть, иначе тебе не успокоиться, говорит.

Мистер __ ничего не сказал. Посмотрел на деревья, колодец оглядел со всех сторон, и на крышу Харпового с Софией дома уставился.

Не хотите ли присесть, говорю и стул ему пододвигаю. Водички холодной не желаете?

Из окна пение слышится. Это Шик свою песенку разучивает. Я быстренько в ее комнату сбегала и окно закрыла.

Старый Мистер __ говорит Мистеру __, И чево ты в ей нашел? Черная как деготь и волосья как пакля. А ноги? Не ноги, а бейсбольные биты.

Мистер __ опять ничего не ответил. Тут я в папашин стакан воды немножечко плюнула.

И вообще, она не порядочная, говорит старый Мистер __, я слышал у ей дурная болезнь.

Я в стакане пальцем помешала. Подумала о толченом стекле. Чем ево толкут? Я не со зла. Просто интересно.

Мистер __ повернул голову и наблюдает, как евоный папаша воду пьет. Потом говорит, как-то грустно, Тебе не понять. Я ее люблю, всегда любил и всегда буду. Мне надо было на ей жениться, когда был случай.

Ну да, говорит старый Мистер __, и всю жизнь коту под хвост. (Мистер __ тут зубами скрипнул.) И мои денежки туда же. Горло прочистил и продолжил, неизвестно даже, кто ее папаша.

Мне все равно, кто ее папаша, говорит Мистер __.

Мать ее грязное белье стирает для белых. Плюс все ее дети от разных отцов. Бардак какой-то.

Вот чево, говорит Мистер __ и развернулся к папаше своему. Все дети Шик Эвери от одного отца. За это я ручаюсь.

Старый Мистер __ горло прочистил. Ну так вот. Это мой дом. И земля моя. И мальчишка твой Харпо в моем доме живет и на моей земле. Когда на моем поле вылезают сорняки, я их выдергиваю. А мусор сжигаю. Потом поднялся, штобы уходить, и стакан мне протягивает. В следующий раз я ему Шиковой мочи в воду подолью. Посмотрим, как она у ево пойдет.

Я тебе сочувствую, Сили, говорит, редкая жена будет терпеть в своем доме мужнину блядь.

Энто он не мне говорит, энто он Мистеру __.

Мистер __ на меня посмотрел, а я на ево. В первый раз, наверное, мы друг друга поняли.

Мистер __ говорит, Сили, подай папе шляпу.

Подала я шляпу, и папаша его отчалил. Мистер __ как сидел на крыльце, так и остался сидеть. Я у двери стою. И оба мы смотрим как старый Мистер __ катится в тарантасе к себе домой.

В следующий раз заявился его братец Тобиас. Высокий и толстущий, прямо как медведь. Мистер __ росточка небольшого, в папашу видать пошел.

Где она, говорит, где наша Королева Пчел. У меня для ее гостинец. И положил коробку конфет на перила.

Она отдыхает, говарю. Прошлой ночью плохо спала.

Как дела, Альберт, говорит, и провел ладонью по своим зализанным назад волосам. Потом в носу поковырял, о штанину вытер.

Я слышал, Шик Эвери у тебя живет. Сколько уже она тут?

Да, говорит Мистер __, месяца два уже как.

Черт побери, говорит Тобиас, а мне сказали, она умирать собралась. Вот и верь после этого людям. Он пригладил усы и губы облизал.

Ну, мисс Сили, как жисть, меня спрашивает.

Да так, говорю, помаленьку.

Передо мной лоскутное одело разложено, што мы с Софией шьем. У меня уже пять квадратиков составленые, а остальные лоскутки в корзинке на полу.

Вечно то она трудится, говорит он, прям как пчелка. Вот бы моя Маргарита такая была. Сколько бы денег сберегла мне.

Тобиас и его папаша все о деньгах говорят, хоть у них толком ничего не осталось. Старый Мистер __ почти все распродал. Только и есть, што наши дома да поля. Наши с Харпо самые урожайные.

Я сижу лоскутки состегиваю, цвет к цвету подбираю.

Вдруг слышу Тобиасов стул опрокинулся, и он говорит, Шик.

Шик наполовинку больная, наполовинку здоровая. Наполовинку добрая, наполовинку злая. Последние-то дни она к нам с Мистером __ подобрела, но сегодня она злющая. Улыбается змеиной улыбочкой, и говорит, поглядите, кто к нам пожаловал.

На ей одна рубаха цветастая надета, мною сшитая. Волосы в косички заплетены, подросток да и только. Худющая как палка, на лице одни глаза.

Мы с Мистером __ поворачиваемся к ей. Помогаем на стул сесть. Она на ево даже не смотрит. Подвигает стул ко мне поближе.

Вытащила она наугад лоскуток из корзинки. Посмотрела ево на свет. Нахмурилась. Как ты сшиваешь эти дурацкие тряпки, спрашивает.

Я отдала ей свой лоскут, сама новый начала. Стежки у ей получаются кривые и длинные, как та песенка, которую она все время поет.

Очень славненько для первого раза, говорю. Очень даже ничево.

Она смотрит на меня и хмыкает. По тебе все, што я не сделай, все славненько, мисс Сили, говорит. Ты видать не соображаешь ничево. И смеется. Я голову опустила.

Не хуже она все соображает, чем моя Маргарита. Та бы взяла иглу да рот бы тебе зашила в два счета.

Все женщины разные, Тобиас, говорит она. Поверь мне.

Я-то верю, он говорит. А остальные-то нет.

Тут я впервые об остальных задумалася.

При чем тут остальные, думаю. И вижу себя будто со стороны, как сижу да шью подле Шик, и Мистер __ под боком у нас, а насупротив Тобиас со своей коробкой шикалада. И впервый раз в жизни кажется мне, што все у меня в порядке.

Дорогой Бог!

Мы с Софией лоскутное одеяло шьем. Напялили ево на раму и взгромоздили на веранде. Шик Эвери пожертвовала нам свое старое желтое платьишко, и я вставляю желтые лоскуты всюду, где можно. Красивый узор у нас с Софией найден, Выбор Сестер называется. Ежели хорошо получится, я одеяло ей отдам, а не дюже, так и быть, себе оставлю. Я-то хотела бы его для себя, ради желтых тряпиц, как звездочки там да сям раскиданных.

Мистер __ и Шик гулять пошли до почтового ящика. В доме тихо, только мухи жужжат, обалдевши от жары. Дремотно.

У Софии што-то на уме, вот только она сама покудова не знает што. Склонится над рамой, иголкой потыкает, потом выпрямится и таращится поверх перил во двор. Наконец иголку отложила и спрашивает, скажи-ка мне, мисс Сили, пошто люди едят.

Штобы не умереть, гаворю. А зачем еще? Есть которые едят, потому как вкусно. А есть просто обжоры. Любят челюстями поработать.

А других причин нет? она спрашивает.

Ну, бывает что с голодухи, гаворю я.

Цвет пурпурный

Ну он-то не с голодухи, говорит.

Это кто? спрашиваю.

Харпо, гаварит.

Харпо? удивилася я.

Ну да, Харпо. Жрет без остановки.

Может, у ево глисты?

Она нахмурилась. Не-е, гаворит, не глисты. От глистов голод, а Харпо ест, даже когда не голодный.

Че, силком штоли в себя толкает? спрашиваю. Чево только на свете не бывает. Что ни день что-нибудь новенькое. Как говорится. Хотя я лично таково в своей жизни не наблюдаю.

Вчерась на ночь целую сковородку оладьев умял.

Да неушто, гаворю.

Умял, умял. И два стакана простокваши впридачу. И это после ужина. Я детей купала да укладывала. Он посуду мыл, да вместо того все тарелки облизал.

Может быть, он изголодавши был? Вы ж работаете весь день.

Да куда там, весь день, говорит. А сегодни с ранья шесть яиц у ево, у черта, сожрано было. Так ему похужело после эдаково, еле до поля дотащился, ноги едва волочил. Я уж испугавши была, не ровен час в обморок грохнется.

Коли София про черта заговорила, значит дело плохо. Может, ему посуду лень было мыть, спрашиваю. Евоный-то папаша за всю жизнь ни единой тарелки не вымыл.

Думаете? говорит. Харпо вообще-то ндравится посуду мыть. Правду вам скажу, он по дому поболе меня возиться любит. Я-то люблю в поле работать или со скотом. Даже дрова рубить, и то лучше. А ему лишь бы убирать да готовить, да по дому колбаситься.

Верно, говорю, готовит он нехудо. Откуда что взялось? Дома то жил, и яйца себе ни разу не сварил.

Не потому что желания не было, говорит она. Ему готовить что песню петь. Это все Мистер __, вы же его знаете.

Мне ли не знать, говорю. Но и у ево просветы бывают.

Это вы серьезно? София спрашивает.

Ну не часто, конечно. Но бывают.

А-а, гаворит София, ну ладно. Когда Харпо к вам придет, проследите, как он ест.

Я проследила, как он ест. Я его еще на подходе осмотрела. Он вполовину Софииного объема, но уже, вижу, брюшко наметилось.

Есть что поесть, мисс Сили? спросил с порога и прямиком к плите, где у меня кусок жареной курицы грелся, потом без остановки к буфету, за черничным пирогом. Стоит и жует, в рот пихает, и опять жует. Сливки есть, спрашивает.

Есть сметана, говорю.

Люблю сметану, говарит, и налил себе стакан.

София тебя, видать, не кормит.

Зачем вы так говорите, спрашивает он с набитым ртом.

Ну как же, обед только кончился, а ты опять голодный.

Он молчит. Рот занятый.

И до ужина не долго ждать. Часа три четыре, говорю.

Он в буфете роется, ложку для сметаны ищет.

Приметил кукурузную лепешку, и лепешку туда же, в стакан со сметаной покрошил.

Пошли мы на веранду, он уселся, ноги на перила, сметану из стакана прямо в рот гребет. Как свинья у корыта.

Ты видно почуял вкус к еде, говорю.

Он ничего не говорит. Жрет.

Я взглянула в сторону их дома. Вижу София лестницу к дому тащит, приперла к стене и на крышу лезет с молотком. На ей старые Харповы штаны напялены, волосья в платок убраны. Залезла, и давай молотком стучать что есть сил. Треск такой, будто стреляет кто.

Харпо лопает и на нее смотрит.

Потом рыгнул, извинился, отнес в кухню ложку со стаканом, сказал до свидания и отправился до дому.

И теперь, пусть хоть что кругом творится, хоть мир рушится, Харпо ест. На уме одна еда, хош днем, хош ночью. Живот толстеет, сам нет. Брюхо уже такое, будто у ево там завелся кто.

Когда разродишься, спрашиваем.

Ничево не отвечает. За очередным пирогом руку тянет.

Дорогой Бог!

Харпо ночует у нас на эти выходные. В пятницу вечером, все уже спать улеглися, слышу, плачет будто кто. То Харпо сидит на ступеньках и плачет, так и кажется, сердце у ево щас лопнет. У-у-у да у-у-у. Уткнулся лицом в ладони, по подбородку слезы и сопли в три ручья. Дала я ему носовой платок. Он выбил нос и ко мне поворотился. Гляжу глаза у него заплывшие, не глаза, а щелочки.

Што с глазами-то у тебя, спрашиваю.

Он хотел соврать, да сил видать не было.

Софиина работа, говорит.

Ты ее еще в покое не оставил? спрашиваю.

Она моя жена, говорит.

Ну и што, што жена? Раз жена, значит на ее с кулаками можно? Она тебя любит. И жена она хорошая, работящая. Собой пригожая. С детьми умеет управиться. В Бога верует. По мужикам не таскается. Что тебе еще надо?

Харпо застонал.

Штобы она делала, што я ей говорю. Как ты.

О Господи, говорю я.

Папаша тебе скажет делать, ты делаеш. Скажет

не делать, не делаеш. Ежели не слушаеш ево, он тебя бьет.

Иной раз и так бьет, слушаю я или нет, говорю.

Вот именно, говорит Харпо. А София делает, чево хочет, на мои слова ноль внимания. Я начинаю ее уму разуму учить, а она мне фонарь под глаз. У-у-у, и опять заплакал.

Я у ево платок отобрала. Столкнуть его што ли со ступенек вмете с фонарем евоным, думаю. София мне на ум пришла. Ишь, с луком и стрелами охочусь, говорит.

Не всякую бабу можно бить, говорю. София как раз такая. И потом она тебя любит, она бы, может, и так все тебе сделала, что ты скажеш, ежели б ты ее попросил по-человечески. Она же не стерва, и не злопамятная. Сердца против тебя не держит.

Он сидит с тупым видом, голову свесивши.

Я его за плечи потрясла и говорю, Харпо, ты же Софию любиш. И она тебя любит.

Он взглянул на меня своими заплывшими глазками. Чаво? говорит.

Мистер __ на мне женился, штобы за детьми было присмотрено. А я вышла за него, потому как меня папаня мой заставил. Я ево не люблю, и он меня не любит.

Ты евоная жена, он говорит. А София моя. Жена должна делать, чево муж скажет.

Делает Шик, чево ей Мистер __ скажет? А он на ей мечтал жениться, не на мне. Она ево по имени величает, Альберт, а через минуту говорит, отвали, от тебя воняет.

Это сейчас в ей весу нет, а коли она в тело войдет, дак одним пальцем ево с ног свалит, ежели он вздумает к ней полезть.

И надо было мне про вес говорить? Храпо враз скис и плакать принялся. Совсем худо ему стало. Со ступеньки свесился и давай блевать. Блевал и блевал.

Все пироги, наверное, што у ево за год сожрано, выблевал.

Как ему больше нечем стало блевать, я ево в комнатку, рядом с Шиковой, уложила, он как лег, так и заснул.

Дорогой Бог!

Пошла я навестить Софию. Она все крышу латает. Течет, проклятая, говорит.

Она у дровяного сарая дранку колет. Упрет полено в плаху и тюкает топориком. Получаются большие плоские щепки. Увидела меня, отложила топор и лимонаду мне предложила.

Я ее со всех сторон осмотрела. Окромя синяка у запястья, никаких повреждений не обнаружилось.

Как у вас с Харпо дела, спрашиваю.

Вроде жрать он поменьше стал, говорит, но это может на время.

Он до твоих размеров дорасти пытается, говорю.

Она охнула и говорит, так я и думала. И медленно выдохнула.

Дети прибежали, кричат, мама, мама, и нам тоже лимонаду. Она налила пять стаканов для детей, два для нас, и мы уселися на деревянной качели, што она в прошлом годе смастерила и у крыльца привесила, где тени поболе.

Устала я от Харпо, говорит. Как мы поженилися, он только и думает как бы заставить меня слушаться. Ему жену не надо, ему собаку надо.

Муж он тебе. Тебе надо с ним быть. Куда же тебе еще деваться?

У сестре муж в армию забран, говорит. Детей у их нет, а Одесса детишек-то любит. У их ферма, вот может у ей и поживу. С дитями.

Я о Нетти вспомнила. Боль меня так и пронзила. Везет, коли есть к кому подаца.

А София дальше говарит и, в стакан глядя, лоб хмурит.

Спать мне с им больше не хочется, вот што. Бывало, тронь он меня только, голова кругом идет. А теперь неохота шевелиться лишний раз. Как он на меня заляжет, я думаю, што ему только это и надо. И лимонад отглотнула. Уж как раньше мне ндравилось это дело. С поля его домой гнала. От одного ево вида, как он детей в кроватки укладывал, вся томная становилась. А теперь никакова во мне интересу. Все время усталая и больше ничево.

Ну, ну, я говорю, погоди, не торопись, небось пройдет. Да я так говорю, абы што сказать. Я в энтом деле ничево не смыслю. Мистер __ влезет на меня, сделает, чево ему надо, и через десять минут мы храпим. У меня слегка теплеть начинает, только ежели я о Шик думаю. А энто все равно за своим хвостом бегать.

И знаеш, что самое худое? говорит. Он-то и не замечает. Завалится на меня и радуется жизни. Ему даже не интересно, чево я думаю. Чево чувствую. Только о себе. Будто никаких чувств и не требуется. Она хмыкнула. Мне просто его убить хочется за енто за все.

Цвет пурпурный

Мы смотрим в сторону дома и видим Шик с Мистером __ на крыльце. Он с ее волосьев пушинку снимает.

Не знаю, говорит София, можа и не поеду. В глубине-то души я ево еще люблю, но — устала я от ево взаправду. И зевнула. Потом засмеялась. Отпуск мне нужен, говорит. И пошла дальше дранку колоть.

Дорогой Бог!

Верно София про сестер своих сказывала. Большие крепкие здоровые девахи, ну в точности амазонки. Приехали с ранья на фургоне забрать Софию. Скарба у ей негусто. Одежонка кое-какая, на себя да на детей, матрас, што по прошлой зиме она сама сделала, зеркало и кресло-качалка. И дети.

Харпо на ступеньках сидит, делает вид, будто ему наплевать. Сеть для рыбы плетет. Посматривает иногда в сторону речки и песенку насвистывает. Да не тот свист выходит, супротив-то прежнево. Нонче евоный свист будто со дна кувшина отдается. А кувшин тот на речном дне.

Решено, отдам Софии лоскутное одеяло. Уж не знаю, как там у ейной сестры, а у нас давно уже холодина стоит. Небось им там на полу спать придется.

Ну чево, так ее и отпустишь? спрашиваю Харпо.

Он взглянул, будто дурацкие вопросы задаю. Фыркнул. У ей решено, говорит. Кто ее остановит? Ну и пущай едет. И глаз скосил на сестрин фургон.

Сидим мы вместе на ступеньках. Из дома только и слышно, топ, топ, топ. Софиины сестры топочут толстыми крепкими ногами. Дом ходуном ходит.

Куда мы едем? спрашивает старшая Софиина дочка.

К тете Одессе погостить, отвечает София.

А папа? спрашивает она.

Папа не едет, София говорит.

А чево папа не едет? сынок ее спрашивает.

Папа за домом приглядит. Да за Зорькой, Милкой и Буйком.

Подошел он к папе и стал его рассматривать.

Ты не едешь? спрашивает.

Не-а, Харпо говорит.

Мальчишка шепчет младшенькой на полу. Папа не едет. Чево скажешь?

Малышка села, поднатужилась и громко пукнула.

Засмеялись мы все, да только грусно как-то. Харпо поднял девчушку, потрогал подгузник и менять стал.

Она, поди, еще сухая, София говорит. Просто газики.

Он все равно ее поменял. Отнес с прохода в угол веранды и поменял. И старым сухим подгузником глаза утер.

Отдал он Софии ребенка. Она ево на бедро усадила, суму с подгузниками и едой через плечо переметнула, собрала детей, велела им сказать папе до свидания, обняла меня как могла и в фургон полезла. У всех сестер по диту на коленях, две мулов погоняют. Выехали они с Харпова да Софиина двора и поехали, тихие и молчаливые.

Дорогой Бог!

София уже полгода как уехавши. Харпо словно подменили. Раньше домосед был, а теперь все время где-то шляется.

Спрашиваю ево, чево происходит, а он говорит, мисс Сили, дома-то сидючи ничему не научишься.

Первое чему он научился энто што он красивый. Второе — што он умный. Кто ево учитель, не сказывает.

Я столько стука и грохота не слышала с самого Софиина отъезда. Кажинный вечер, как с поля вернется, все чево-то ломает да строит, строит да ломает. Еще и дружок евоный Свен приходит подсобить, дак они до полуночи стучат будто дятлы. Мистер __ вопит на их, штобы прекратили шуметь.

Чево строите, спрашиваю.

Кабак, говорит.

Чево так на отшибе?

Как и у всех, отвечает.

О каких всех он говорит, мне неведомо. Я только Счастливую Звезду знаю.

Кабак и должен быть в лесу, Харпо мне говорит. Чтобы никому громкая музыка не мешала. Танцы там. Мордобой.

Смертоубийство, Свен говорит.

И полиции штобы глаза не мозолить.

А чево София скажет, как вы ей дом уродуете? я спрашиваю. Вот вернутся они, где ей спать с детьми прикажешь?

Они не вернутся, говорит. И доску для стойки прилаживает.

Откуда ты знаеш? спрашиваю.

Он не отвечает. Знай себе молотком стучит, и Свен тут же.

Дорогой Бог!

В первую неделю никого. Во вторую трое не то четверо явилися. В третью один приперся. Харпо сидит за стойкой, и слушает, как Свен по клавишам стучит.

У их есть холодные напитки, у их есть жареное на углях мясо, у их жареная требуха, у их хлеб из магазина. У их вывеска есть, к стене приколоченая, написано У Харпо, и еще одна, как с дороги сворачивать. А посетителей нема.

Я иду к ему во двор, подымаюсь на крыльцо, заглядываю в дверь. Харпо мне рукой машет.

Заходи, мисс Сили, говарит.

Не-е, спасибо, говарю.

Мистер __ бывает зайдет, чево-нибудь холодненького выпить, да Свена послушать. Мисс Шик иной раз пожалует. По-прежнему в простом платишке, и волосы в косички убраны. Хотя уже отрастают, говарит, пора их в порядок приводить, прямые штоб были.

Харпо никак в толк не возьмет, што за баба такая Шик. Говарит, как это так, чево ей в голову взбредет, так в лоб и лепит. Бывает, уставится на нее и смотрит, когда никто не замечает.

Как-то раз Харпо гаворит, Чтой-то никтой-то не приходит Свенову музыку слушать. Королеву Пчел нешто позвать?

Не знаю, говарю. Она на поправку идет, песенки свои напевает с самово ранья. Может и захочет. А спросил бы ты ее.

Шик ответила, место не шибко заметное, супротив тех, где она раньше певала, ну уж ладно, почтит она его своим присутствием.

Харпо и Свен упросили Мистера __ дать им Шиковы старые афишки из евоного заветново сундучка. Вымарали Счастливую Звезду и сверху написали У Харпо на такой-то усадьбе. И нацепили на деревья, от нашево поворота почитай до города хватило.

В субботу привалило столько народу, яблоку негде упасть.

Шик, детка, а мы тебя уже похоронили.

И так кажный второй. Шик только усмехается, Не меня, а себя, гаварит, в моих глазах.

Наконец-то я увижу Шик за работой, думаю я. Полюбуюсь на нее. И голосок ее послушаю.

Мистер __ не пускал меня поначалу. Женам нечево в эдаких местах делать, говорит.

Да, да, Шик говорит, пока я ей волосы выпрямляю. А Сили пойдет. Вдруг мне худо станет, пока я петь буду. Или платье порвется. Платье на ей красное, в облипку, лямки как ниточки.

Мистер __ все ворчал, пока одевался. Моей жене то нельзя, моей жене энто нельзя, не позволю, штобы моя жена... Никак уняться не мог.

Шик наконец сказала, хорошо, што я не твоя жена, черт тебя подери.

Тогда он примолк. И мы втроем пошли к Харпо. Мы с Мистером __ сели за один столик. Он взял виски, я лимонад.

Сначала Шик спела песню какой-то Бесси Смит. Говорит, ее знакомая. Подруга старая. Трудно найти хорошего мужчину, называется. Пела и на Мистера __ поглядывала. Я тоже на ево посмотрела. Сидит, от горшка два вершка, а туда же, важный. Потом на Шик посмотрела. Серце мое так и сжалося, так и заныло, даже руку к груди я прижала. Провались я, никто бы наверное и не заметил. Тошно мне стало от моево вида. От одежды тоже тошно. У меня в шифонере только и есть платья в церковь ходить. Мистер __ смотрит на Шик, на платье ее в обтяжку, на кожу ее черную да гладкую, на ноги в ладных красных туфельках, на сверкающие волны волос.

Не успела я опомниться, как слезы у меня из глаз полились.

Запуталась я совсем.

Ему приятно на Шик смотреть. И мне приятно на Шик смотреть.

Шик приятно на одного из нас смотреть. На ево.

Так должно быть. Я знаю. Почему тогда сердце ноет?

Свесила я голову, носом почти что в стакан уткнулась.

Вдруг слышу имя мое назвали.

Шик говорит, Сили, мисс Сили, и на меня смотрит.

Опять мое имя сказала, и говорит, песня, которую я сейчас для вас спою, посвящается мисс Сили. Она мне ее из головы вычесала, когда я болела.

Сначала мотив напела, а потом и слова.

Слова опять про каковото негоднаво мужика, который ей подлянку сделал, да я слова не слушаю, я тихо себе мелодию напеваю и на ее смотрю.

Первый раз в жизни кто-то для меня што-то сделал и моим именем назвал.

Дорогой Бог!

Скоро Шик от нас уедет. Она теперь всякий выходной у Харпо поет. Тот неплохие денежки на ей заработал. И ей кое-что досталось. Окрепшая она и поправившаяся. Первый-то раз она пела хорошо, да слабовато. А нонче распелась. Во дворе слышно, как петь учнет. Любо дорого их вместе со Свеном послушать. Она поет, он по клавишам стучит. Хорошо у Харпо стало. Столики маленькие по всей комнате, свеча на каждом, моей работы. И во дворе столики, у ручья. Гляжу иногда на Софиин дом и будто светлячки везде мелькают, внутри и снаружи. Вечерами Шик ждет не дождется как к Харпо итить.

В один прекрасный день она мне говорит, ну, мисс Сили, пора мне вас покинуть.

Когда, спрашиваю.

Скоро, говорит. В июне. Июнь хороший месяц для путешествий.

Я ничево не говорю. Со мной такое же было, когда Нетти меня оставила.

Она подошла и руку мне на плечо положила.

Он меня бить будет опять, говарю.

Кто, спрашивает, Альберт?

Мистер __, отвечаю.

Не может тово быть, говорит. И села подле меня на скамейку, грузно так, упала будто.

За што он тебя бьет?

За то, што я не ты.

О, мисс Сили, говорит, и обняла меня.

Полчаса, наверное, мы так сидели. Поцеловала она меня в плечо, где помягче, и встала.

Я не уеду, пока не буду знать, что Альберт даже и думать забыл руки распускать.

Дорогой Бог!

Теперь она уезжать собравши, так они стали вместе спать. Не всякую ночь, но почти, с пятницы по понедельник.

Он ходит к Харпо слушать ее пенье. И просто посмотреть на ее. Возвращаются поздно, и до утра все хихикают да болтают да играются. Потом спать ложатся, пока ей опять на работу не пора собираться.

Сперва у их это случайно получилось. Увлеклись. Так Шик говорит. Мистер __ ничево не говорит.

Скажи мне как на духу, говорит, ты против, штобы Альберт со мной спал?

Мне все равно с кем Альберт спит, думаю я про себя. Но ничево не говорю.

Как бы тебе опять не забеременеть, говорю.

Она говорит, исключено, я меры принимаю.

Ты ево еще любишь, говорю.

У меня к нему, што называется, страсть, говорит. Ежели бы я вышла замуж, то за ево. Слабый он только. Сам не знает, чево ему надо. А по твоим рассказам судя, еще и драчун. Мне в ем несколько вещей нравятся. Во-первых запах. Мне подходящий. И потом он такой маленький. Забавный.

Тебе ндравится с ним спать? спрашиваю.

Да, отвечает, очень даже ндравится. А тебе?

Не, говорю. Мистер __ пусть подтвердит. Совсем мне енто не ндравится. Залезет, рубашку задерет, и тык в меня. Я делаю вид, будто и не заметила. Ему ведь все равно. Он и не спрашивает никогда, чево я чувствую. Влез, сделал дело, и храпака.

Ей смешно. Сделал дело, говорит, ну мисс Сили, по твоим словам, он будто по малой нужде ходит.

Оно и похоже, говорю.

Она смеяться перестала. Так ты ничево не чувствуешь, спрашивает она озадаченная. А раньше с отцом твоих детей?

Ни разу, говорю.

Да, мисс Сили, она говорит, ты у нас еще девственница.

Чево это, спрашиваю.

Слушай-ка меня, говорит Шик, у тебя в одном месте, в пипе твоей, есть маленькая кнопочка, и когда ты занимаешься кое-чем кое с кем, она вся становится нежная и чувствительная, и чем дальше тем больше, пока не растает. В этом все дело. Но не только, много еще другого приятного, если язык да пальчики умело приложить.

Кнопочка? Пальцы и язык? У меня щеки так и загоревши, сами чуть от стыда не растаяли.

Она говорит, ну ка возьми зеркальце да посмотри, чево у тебя там творится. Ты же наверняка еще не разу не видала, правда же?

Не видала.

И у Альберта тоже не видала.

Не. Только наощупь, говорю.

Взяла я зеркальце и стою.

Ну и ну, она говорит, стесняешься на себя посмотреть? Гляди ка, какая ты нарядная да надушенная да гоженькая, к Харпо собралася, а посмотреть на свою собственную пипку боишься.

Если ты со мной пойдешь, говорю.

Шмыгнули мы ко мне в комнату как две шкодливых девчонки.

Посторожи дверь, говорю.

Она хихикает, ладно, говарит, не дрейфь, горизонт ясный.

Я легла на кровать и юбку задрала. Приспособила зеркальце под ногами. Ах. Волосьев-то сколько. Губки у моей пипы черные, а внутри она как мокрая роза.

Ну что, не такая страшная? говорит Шик от двери.

Моя, говорю. Где кнопка?

Сверху, она говорит. Немножко торчит которая.

Я посмотрела и пальцем тронула. Мурашки побежали по коже. Не так штобы сильно. Но понятно, она самая кнопка и есть.

Шик говорит, А теперь на сиси посмотри себе. Я платье задрала и посмотрела. Вспомнила как мои детишки грудь брали. Мурашки тоже тогда бегали. Бывало что сильные. Мне больше всево нравилось кормить их.

Альберт с Харпо идут, Шик шепчет. Я штаны натянула побыстрее и платье поправила. Чувство у меня такое, будто мы нехорошее делали.

Нехай, говорю, спи с ним.

Она меня на слове поймала.

Да и я себя на слове поймала.

Когда слышу как они там возятся, одеяло на голову натяну, кнопку да сиси тереблю себе да плачу.

Дорогой Бог!

Как-то вечером, как раз когда Шик пела, кто бы заявился к Харпо, как не София.

При ей большой и крепкий мужик, на ярморочного борца похожий.

Она все такая же, пышная да здоровая.

О, мисс Сили, плачет, как я рада вас опять видеть. Даже Мистера __ рада видеть, говорит, пусть даже он руку мне еле жмет.

Он на лице изобразил будто обрадовался.

А-а, привет, присаживайся, говорит, выпей лимонаду.

Виски мне, говорит она.

Борец уселся верхом на стул и Софию к себе по семейному притянул.

Тут вижу я, Харпо идет со своей подружкой желтолицей. На Софию смотрит будто призрак перед ним явившись.

Знакомьтесь, Генри Броднекс, София говорит, а кличут Борчик. Друг семьи.

Привет всем, говорит он. Улыбнулся, и мы дальше стали музыку слушать. На Шик надето золотистое платье, такое открытое, што сиси так и готовы выпрыгнуть. Все глядят, авось лямка порвется. Ништо, не порвется, добротное платье, я-то знаю.

Ого, говорит Борчик, туши свет, пожарники тут не помогут, тут надо полицию вызывать.

Мистер __ спрашивает Софию шепотом, А дети твои где?

Мои дома, она шепчет в ответ, а ваши где?

Он ничево не ответил.

Обе дочки его забрюхатели и сбежали из дома. Буб то и дело в тюрьме. Кабы не евонный дедушка, дядя шерифа с черной стороны семейства, ево бы уж наверное линчевали.

Я поражена, как хорошо София выглядит.

Мамаши с пятью детьми все какие-то заморенные, говорю я ей через стол, а ты выглядишь, будто еще пятерых готова родить.

У меня шесть, мисс Сили, говорит она.

Шесть. Я рот разинула.

Тряхнула она головой, взглянула на Харпо и говорит, Жизнь не кончается, когда из дома уезжаешь, мисс Сили. Вы же знаете.

Моя-то кончилась, когда я из дома уехала, думаю про себя. А потом думаю, это она с Мистером __ кончилась. А с Шик опять началась.

Шик к нам подошла и они с Софией обнялись.

Ну милочка, выглядишь ты чудо как, говорит.

Вот когда я заметила, что Шик такие вещи подчас говорит, какие только мужик сказать может, и ведет себя тоже. Это мужики так говорят бабам, ну милочка, ты чудно выглядишь. Женщины все больше о волосах да о хворях своих. О дитях, кто жив, кто помер, у ково зубы режутся. А не о том, что другая хорошо выглядит. И при том еще обнимается.

У мущин глаза как приклеены к Шиковому вырезу на платье. И мои тоже приклеены. Чую, соски мои под платьем напряглись. И кнопочка моя будто встала. Шик, говорю ей в уме, милочка, ты выглядиш чудо как. Бог свидетель, как ты славно выглядиш.

Чево ты тут делаеш, Харпо спрашивает.

Пришла мисс Шик послушать, отвечает. У тебя тут очень мило, Харпо. Глазами зал обводит, любуется на одно да на другое.

Нехорошо, мать пятерых детей вечером и в кабаке, Харпо говорит.

Софиины глаза сразу холодными стали. Осмотрела она его с ног до головы. Он веса поднабрал с тех пор, как она уехавши, и морду наел и все остальное, на пиве-то домашнем да на остатках жаркого. Догнал ее по габаритам. Почти.

Надо же женщине немного отдохнуть, говорит.

Женщине надо дома сидеть, он отвечает.

Это вроде и есть мой дом, она говорит. Хотя как кабак он мне больше ндравится.

Харпо взглянул на кулачного борца. Тот стул подвинул и за стаканом потянулся.

Я за Софию не ответчик, говорит. Мой долг любить ее и возить, куда она захочет.

Харпо расслабился.

Может, потанцуем што ли, говорит.

София засмеялась, встала, обняла его за шею руками и начали они медленно кружиться.

Харпова желтолицая подружка нахмурилась у стойки. Она девица неплохая, добрая и все такое, вот только на меня похожая. Все делает, что Харпо не прикажет.

Он ей и имечко придумал. Мышкой зовет.

Мышке это скоро наскучило, и она к ним подошла.

Харпо старается Софию от нее отвернуть, а она ему по плечу стучит и стучит.

В конце концов Харпо с Софией танцевать перестали. Остановились в двух футах от нашего столика.

Ого-го, Шик говорит, сейчас дело будет, и подбородком в их сторону повела.

Енто кто еще такая, Мышка говорит своим писклявым голоском.

Сама знаешь, Харпо отвечает.

Мышка тут к Софии повернулась. Оставь ка его в покое, говорит.

София говорит, Да пожалста. И развернулась, чтобы уйти.

Харпо ее за руку схватил. Никуда тебе не надо итить. Какого дьявола. Это же твой дом.

Мышка говорит, Как это так, ее дом? Она тебя бросила. И дом бросила. Все кончено. Это она уже Софии.

София говорит, Да пожалста, мне-то што. И руку пытается вырвать из Харповой руки. Но он ее крепко держит.

Слушай, Мышка, Харпо спрашивает, што уже, мужик не может с собственной женой потанцевать, што ли?

Мышка говорит, не может, коли это мой мужик. Слышь ты, корова. Это она Софии.

Софию уже Мышка немного утомлять начала. Я по ее ушам вижу. К голове будто прижались. Она опять говорит, да сколько угодно.

Мышка тут ей пощечину и влепила.

И чево ей в голову взбрело? София ентих дамских штучек не понимает. Она размахнулась и два зуба ей с одного удара и выбила. Мышка на пол повалилась. Один зуб на губе ее висит, второй в мой стакан с лимонадом угодивши.

Она лежит и Харпо по ноге своей туфлей стучит.

Вышвырни эту суку отсюдова сию же минуту, кричит, весь подбородок в крови да соплях.

Харпо с Софией встали и смотрят на Мышку, но мне кажется они ее не слышали. Софиина рука все еще в Харповой. Минуту не меньше так стояли. Наконец он ее руку отпустил, наклонился, приподнял бедную маленькую Мышку и стал утешать. Загулькал как с ребенком.

София кивнула борцу своему и они вышли не оглянувшись. Слышим мы, мотор в машине загудел.

Дорогой Бог!

Киснет наш Харпо. Стойку протрет, сигарету запалит, на улицу выглянет, по залу побродит. Мышка бегает за ним, старается штобы он на нее внимание обратил. Милый, то, милый, энто, а он смотрит поверх ее и сигаретой дымит.

Мы с Мистером __ сидим в углу, Мышка к нам подходит, два новых золотых зуба во рту сверкают. Вообще то она улыбчивая, а нонче плачет и говорит, мисс Сили, чево такое с Харпо творится.

София в тюрьме, говарю.

В тюрьме? Вид у ей стал такой, будто ей сказали, што София на луне.

За што? спрашивает.

Жене мэра нагрубила.

Мышка стул пододвинула и села. Смотрит мне куда-то в шею.

Как тебя по-настоящему зовут? спрашиваю. Она гаворит, Мария Агнесса.

Заставь Харпо тебя по имени звать, говарю. Может быть, он тебя замечать будет, хоть у него и неприятности.

Она посмотрела на меня с одурелым видом. Ладно, мимо проехали. И я рассказала ей, чево нам с Мистером __ Софиина сестра рассказала.

София с борцом своим и со всеми Софииными детьми поехали в город. Вышли из машины, а тут как раз мэр со своей женой мимо проходили.

Ой, сколько детишек, мэрова жена говорит и в кошельке роется. Какие миленькие малыши. Остановилась, и по голове одного потрепала. А какие белые крепкие зубки.

София с борцом ничего не ответили. Мэр тоже промолчал, встал в сторонке, смотрит на нее, улыбается и ногой притопывает. Ах, Милли, говорит, вечно ты над цветными умиляешься. Мисс Милли еще немного детей потискала и к Софии с борцом обернулась. На их машину посмотрела. На Софиины часы. Потом говорит, у тебя дети все такие чистые. Хочеш ко мне в прислуги пойти?

Нет. На черта мне это надо, говарит София.

Что ты сказала? она гаварит.

Да на черта мне, София опять гаворит.

Мэр на Софию посмотрел, жену свою отодвинул, грудь вперед выпятил, и говорит: Ну ка, девушка, повтори, что ты мисс Милли сказала.

Какого черта, София говорит.

Тут он ее по лицу и шлепнул.

На этом месте я замолкла.

Мышка на край стула пододвинулась. Опять мне в шею уставилась. Ждет, чево дальше будет.

Дальнейшие слова излишни, Мистер __ говорит. Ты знаеш, чево бывает, ежели Софию ударить.

Мышка побелела как простыня. Не может быть, гаворит.

Может, я говарю. Сшибла с ног мужика.

Прибежали полицейские, стали детей хватать. Головами их друг о друга стукать. Тут София по-настоящему драться начала. Они ее на землю повалили.

Дальше я и говорить не смогла. Глаза мокрые стали и дыхание перехватило.

Бедная Мышка на стуле скрючивши, дрожит.

Избили они Софию, Мистер __ говорит.

Мышка вскочила, будто ее ужалили, побежала к стойке, Харпо руками обхватила, и заплакали они оба. Долго обнявшись стояли.

А где борец-то был? Это я Одессу, Софиину сестру, спросила во время другова разговора.

Он хотел встрять, Одесса мне сказала, да София ему не дала. Отвези, сказала, детей домой.

Полицейские его на прицел взяли, один шаг и он труп. А детей-то шесть, сама понимаш.

Мистер __ пошел к шерифу и упросил, штобы нас пустили к Софии. Буб, сынок евоный, столько раз попадался шерифу, и к тому же так на ево похож, што они с Мистером __ по-родственному, покуда Мистер __ помнит свое место и не забывает, каково цвета его кожа.

Шериф ему говорит, она ненормальная баба, эта твоя невестка. Знаеш ты об этом?

Мистер __ говорит, да, сэр, еще бы не знать. Я ему двенадцать лет это долбил, до свадьбы предупреждал. У их вся семья такая, она тут не виноватая,

Мистер __ говорит. И опять же, разве вы баб не знаете?

Шериф подумал, подумал, вспомнил своих. Мда, говорит, тут ты прав.

Уж мы ей скажем, коли будет случай свидеться, Мистер __ говорит.

Вот, вот, скажите. И еще скажите, пусть радуется, што жива.

Когда я Софию увидела, то не поняла, как она вообще жива. Голова разбита, ребра сломаны. Нос на бок. Глаз выбит. Все тело отекло. Язык величиной с ладонь, свисает изо рта как кусок резины. Говорить не может. Сама вся синяя как баклажан.

Я так испугалася, чуть узелок свой не выронила. Однако не выронила. Положила в угол, достала гребень и щетку, рубашку, ореховое масло, спирт, и принялась за работу. Тюремщик, цветной, принес мне воды, и я первым делом промыла ей затекшие глаза.

Дорогой Бог!

Софию отправили работать в тюремной прачечной. С пяти утра начинает стирать и до вечера. В восемь только закругляется. Каждый день гора грязного белья выше головы, роба тюремная, черные от грязи простынки да одеяла. У нас свидания с ней два раза в месяц, по полчаса. Выглядит она дюже плохо, лицо желтое, пальцы опухшие как сардельки.

Тошно тут, София говорит, даже воздух противный. Кормят так, что можно помереть от этой еды. Да еще тараканы. И мыши. И вши с блохами. Пару змей видела. А попробуй сказать, так они разденут и запрут в пустую камеру без света, вот и спи на бетонном полу.

Как ты выдерживаешь, спрашиваю.

А я притворяюсь, что я это ты, мисс Сили. Как мне что-нибудь прикажут, я вскакиваю и бегу исполнять.

Вид у нее при этих словах стал безумный, и глаз подбитый по комнате забегал.

Мистер __ воздух втянул со свистом, Харпо застонал, мисс Шик выругалась. Она специально из Мемфиса приехала Софию навестить.

Элис Уокер

Мне даже словами не выразить, чево со мной.

Я смирно себя веду, София говорит. Они таких примерных заключенных еще не видывали. Не могут поверить, што я мэровой жене нагрубила, а самому ему так врезала, што он с копыт долой. И засмеялась.

Только многовато энто, двенадцать годов-то хорошей быть, говорит.

Может тебя раньше выпустят за хорошее поведение, Харпо гаворит.

Им начхать на хорошее поведение. Может если на брюхе перед ними ползать и башмаки лизать, тогда они внимание обратят. У меня в голове одна мысль об убийстве. Во сне и наяву.

Мы молчим.

Как дети? София спрашивает.

Ничево они, Харпо говорит. То с Одессой, то с Мышкой. Пробавляются потихоньку.

Скажите от меня Мышке спасибо. А Одессе скажите, думаю я о ней.

Дорогой Бог!

Сидим мы все за столом после ужина, я, Шик, Мистер __, Мышка, Софиин борец, Одесса и две другие Софиины сестры.

Она так долго не продержится, говарит Мистер __.

Енто точно, Харпо говорит, она, кажись, уже немного тово.

А слова-то какие она говорила, Господи Боже мой. То Шик говорит.

Надо што-то делать, Мистер __ говорит. И срочно.

А чево ж мы можем сделать? Мышка говорит. Она малость с лица спавши, нонче-то все Софиины детишки на ей. Волосы немытые, нечесаные, сосульками висят, нижняя рубаха из под платья торчит, но ничево, держится пока.

Ей надо устроить побег, говорит Харпо. Взять динамита у мужиков, што мост новый строят на нашей дороге, да взорвать энту тюрьму к чертовой матери.

Захлопни пасть, Харпо, говорит Мистер __, не мешай думать.

Все, я придумал, борец говорит, надо ей ружье тайно пронести. Подбородок почесал и добавил, или напильник.

Нет, Одесса говорит, ее все равно поймают, коли она убежит.

Мы с Мышкой молчим. Не знаю, о чем она думает, а я думаю об ангелах. О Боге думаю, как прискачет он на колеснице и заберет Софию в царствие небесное. И вижу я ево ясно, как наяву. И ангелов вижу, волосы белые, глаза белые, все белое. Как альбиносы. А Бог весь тоже белый, полненький такой, как банкир. Ангелы в цимбалы ударили да в трубы затрубили, Бог дохнул огненным дыханием и вот она наша София — свободная.

Какая у ихнево начальника есть черная родня? спрашивает тут Мистер __.

Все сидят и молчат.

Наконец борец гаворит, Зовут ево как?

Ходжес, Харпо говарит, Бубер Ходжес.

Старова Генри Ходжеса сынок, говорит Мистер __. Жили они на усадьбе старика Ходжеса.

У каторово брат Джимми? Мышка спрашивает.

Именно, Мистер __ говорит. Джимми, братан. Женат на Китмановой девке. У папаши еще лавка скобяная. Знаеш их?

Мышка голову свесила и промямлила чево-то.

Говари погромче, Мистер __ гаварит.

У Мышки щеки покраснели. Опять она чево-то забормотала.

Кто он тебе, Мистер __ спрашивает.

Брат троюродный, она гаворит.

Мистер __ на нее посмотрел в упор.

Отец, Мышка говорит, и на Харпо покосилась. Потом в пол уставилась.

Он знает? Мистер __ спрашивает.

Ну да, она говорит. Нас трое у мамы от ево. Еще двое младших.

Брат евоный знает? Мистер __ говарит.

Кажись, да. Он даже, было дело, к нашему дому приходил как-то раз с Мистером Джимми, дал нам всем по монетке и сказал, будто мы все на Ходжесов похожие.

Мистер __ откинулся на своем стуле и осмотрел Мышку с ног до головы. Мышка свои сальные волосы пригладила.

Да, гаворит Мистер __. Вижу сходство. И опять прямо на стуле уселся.

Ну што ж, похоже, тебе и итить.

Куда итить? спрашивает Мышка.

К дяде своему. К начальнику тюрьмы.

Дорогой Бог!

Снарядили мы Мышку как белую даму. Платье накрахмалили да отутюжили, заплаток почти не видно, туфли на каблуке раздобыли, правда сбитые малость на бок, зато каблук высокий. Сумочку ковровую, и маленькую Библию в черном переплете. Волосья ей вымыли хорошенько, и я уложила их в две косы вокруг головы. Саму ее намыли да надраили, запах от нее пошел как от хорошо вымытово пола.

Чево я ему скажу? спрашивает она.

Скажи, што живешь, мол, с Софииным мужем, и муж ее, мол, говарит, мало еще Софии досталось. Скажи, она над тюремщиками смеется. Скажи, ей там больно сладко живется. Скажи, как сыр в масле катается. Скажи, ей лишь бы не попасть к белым в прислуги.

Милостливый Бог, говорит Мышка, Как у меня язык повернется все это сказать?

Он тебя спросит, кто ты такая, ты ему напомни. Скажи, какая ты была вся в счастье, когда он тую монетку тебе дал.

Уж пятнадцать лет прошло, Мышка говорит, он и забыл, поди.

Пусть он в тебе своих, Ходжесов, признает. Тогда и вспомнит, Одесса говорит.

Скажи, ты лично считаешь, што все должно быть по справедливости. И што с Софииным мужем живешь, не забудь сказать. Энто Шик говорит. И про счастье Софиино, што она в тюрьме, а не в прислугах у белой женщины обязательно вверни.

Я не знаю, говорит борец, по мне так это всё хитрости дяди Тома[1].

Шик хмыкнула. Ну и што, што дядя Том, говорит, какой никакой, а все-таки дядя.

---

[1] Герой романа Гарриет Бичер-Стоу «Хижина дяди Тома». — *Примеч. пер.*

Дорогой Бог!

Бедная Мышка еле домой прихромала. Платье порвано, шляпки вообще нет, каблук на одной туфле сломан.

Чево случилось, спрашиваем.

Признал меня. Вот и обрадовался.

Харпо из машины вышел и к крылечку подошел. Чево же энто такое, люди добрые, говорит. Жену в тюрьму посадили, бабу мою изнасиловали. Взять што ли ружье, да пойтить их всех перестрелять к свиньям собачьим, да здание подпалить.

Замолкни, Харпо, я рассказываю, Мышка говорит.

И рассказала.

Он меня сразу признал, говорит, только я в двери вошла.

Чево сказал, мы все хором спрашиваем.

Чево тебе надо, сказал. Я ему говорю, пришла мол я, потому как интерес имею, штобы все было по справедливости. Он опять спрашивает, Чево надо?

Я тогда сказала, как вы все мне велели. Будто Софии еще мало досталось. Будто ей в тюрьме не жизнь, а малина, как она есть баба здоровенная. Ей чево угодно, лишь бы только к белым в услужение не угодить. Ежели хотите знать, с тово весь сыр-бор и начался, говарю. Мэрова жена желала, штобы София к ней в прислуги пошла. София ей сказала, мол, даже и за версту белых не желат, не то што в прислуги итить.

Вот как, говорит он, а сам на меня пялится.

Да, сэр, говорю. В тюрьме-то ей самое то. Только и знает, што стирать да гладить, прямо как дом родной. Шесть детей у ее, вы же небось в курсе.

В самом деле? говорит. А сам ко мне подошел и о стул мой облокотился.

Ты чья будешь, спрашивает.

Я ему назвала маму мою, бабушку, дедушку.

А папаша твой кто, спрашивает. Чьи глаза-то у тебя?

Нет у меня отца, говорю.

Да ладно тебе, говорит. Я кажется тебя раньше где-то видел.

Да, сэр, говорю. Лет с десять назад, я еще девчонкой была, вы мне монетку подарили. Уж будьте уверены, я вам по гроб жизни благодарная.

Что-то не припомню, говорит.

Вы еще к нам заходили с маминым знакомым, Мистером Джимми.

Тут Мышка на нас на всех посмотрела, вздохнула глубоко и чево-то забормотала.

Давай говори, Одесса ей говорит.

Да-да, Шик говорит. Ежели ты нам боишься сказать, кому еще остается? Богу что ли?

Снял он с меня шляпку, Мышка говорит. И велел платье расстегнуть. Тут она голову опустила и лицо руками закрыла.

Боже ж ты мой, Одесса говорит. Дядя ведь он тебе.

Он сказал, кабы он был мне дядей, то был бы грех. А так просто шалость. С кем не бывает.

Она к Харпо повернулась. Скажи, Харпо, говорит, ты любишь меня или то что у меня светлая кожа?

Тебя люблю, Харпо говорит. Мышечка моя. На колени встал и обнять ее норовит.

Встала тут Мышка. Меня зовут Мария Агнесса, говорит.

Дорогой Бог!

Через полгода после похода в тюрьму Мария Агнесса запела. Сперва Шиковы песенки, а потом и свои начала придумывать.

У ей такой голосок, никто бы и не подумал, будто можно таким голосом петь. Таким слабеньким, тоненьким, на кошачье мяуканье похожим.

Не успели мы оглянуться, как привыкли к ее писку. Не успели еще раз оглянуться, как уже пондравилось.

Харпо не знает, чево и думать.

Смешно, говорит он мне и Мистеру __, И откуль чево взялося. Што твой граммофон, стоит в углу, молчит как могила, а пластинку поставили и ожил.

Скажи-ка, злая она еще на Софию, што та ей зубы выбила? Я спрашиваю у него.

Злая. Так злись не злись, што с тово? Она ж не злыдня какая, понимает, как теперича Софии туго приходится.

А с детьми она как? Мистер __ спрашивает.

Любят ее. Она им во всем потакает. Чево хочут делают у ей.

О-о, я говорю.

Не бойсь, говорит, в случае баловства Одесса с сестрами завсегда им выволочку дадут. У их не забалуешь. Как в армии.

А Мышка поет себе:

> Кличут меня медовая
> Дали новое имя мне
> Кличут меня медовая
> Дали новое имя мне
> А если такое имя мне
> Пошто черный цвет не в цене
> Скажу подружке, привет чернушка
> Она меня размажет по стене.

Дорогой Бог!

София мне нонче говорит, одного я не понимаю.

Ты о чем, спрашиваю.

Как мы до сих пор дожили и их всех не перебили.

Три года миновало с той заварухи, из прачешной она вызволилась, опять толстая да гладкая, как прежде, вот только мысль, штоб кого-нибудь убить, не идет у ей с ума.

Чересчур их много, говорю. У их изначально численный перевес. Однако, поди и у их бывает, што полку убывает. Не нонче так давеча.

Мы с Софией сидим на старом ящике во дворе мисс Милли. Гвозди из ящика проржавевшие торчат, стоит нам шелохнуться, они скрипят.

Софии велено за детьми присматривать, пока они в мячик играются. Мальчонка кинул мячик девчушке, она попробовала словить с закрытыми глазами, да упустила, и мяч к Софии подкатился.

Кинь мне мяч, мальчишка говорит, и руки в боки упер. Кинь мне мяч.

София бормочет, более мне, чем ему. Я тут не для того приставленая, штобы мячи кидать. И не думает даже шевелиться.

Ты что не слышишь что ли, тебе говорю, он кричит. Ему шесть годков, сам белобрысый, глазенки синие, ледяные. Подбегает он к нам, весь бешеный, и норовит Софию в ногу пнуть. Она ногу быстро отодвинула, и он взвизгнул.

Чево случилося, спрашиваю.

На ржавый гвоздь напоровши, София говорит.

И точно, кровь у ево из башмака сочится.

Маленькая сестренка его подбежала посмотреть, как он плачет. Он весь красный как помидор. Мама, мама, кричит.

Сразу мисс Милли прибежала. Она Софии побаивается. Ежели говорит с ей, всегда подвоха ждет. Поодаль старается держаться. Подошла она и встала в нескольких шагах от нас. Билли к себе подзывает.

Нога, говорит он.

София тебя так? мисс Милли спрашивает.

Тут девчушка подскочила. Это Билли сам виноват, говорит. Он хотел Софию пнуть. Девчоночка всегда за Софию стоит. Любит ее ужас как. София и ухом не ведет. Ей што брат, што сестра, все одно.

Мисс Милли на Софию покосилась, обняла Билли и похромали они к дому. Девчушка за ними потащилась и нам ручкой помахала.

Славненькая малышка, говорю Софии.

Какая малышка? спрашивает, а сама хмурится.

Сестричка маленькая, говорю. Как ее кличут-то? Элинор Джейн?

А-а, энта-то, София говорит, и на лице у ей будто вопрос изобразился. Не понятно, зачем она вообще на свет родилася, говорит.

Зачем черные рождаются, нам понятно, говорю.

Хохотнула она. Мисс Сили, говорит. Мозги у тебя набекрень.

Первый раз за три года слышу, как София смеется.

Дорогой Бог!

Как София учнет о своих хозяевах гаворить, так хоть стой, хоть падай. До того дошли, София говорит, у их хватает совести брехать, будто рабство из-за нас не удалось. Будто мы по своей глупости все дело завалили. Вечно у нас мотыги ломались и мулы по полям бегали да пшеницу травили. А у самих-то, София говорит, непонятно как у их вообще все еще держится. Глупые они, говорит, неуклюжие и вообще жалкие.

София говорит, мэр __ прикупил мисс Милли машину. Той обидно стало, как так, даже у черных машины есть, а ей и подавно надо. Вот он и взял ей машину-то, а как с ей управляться не научил. Вечером, как вернется из города, посмотрит на машину, потом на мисс Милли и спрашивает, ну как, довольная ты теперь. Она с дивана вскочит, в ванную убежит и дверью хлопнет.

Друзей у ей нету совсем.

Вот она раз и говорит, слушай, София, уже два месяца машина во дворе пылится, ты случаем водить не умеешь? Видать первую нашу встречу вспомнила, и меня у Борчиковой машины.

Да, мэм, говорю, а сама, как раба какая, колонну начищаю, што лестницу подпирает. Они с энтой колонной носятся как с писаной торбой. Штоб ни единого отпечатка пальцев на ней не было.

Не могла бы ты меня научить, спрашивает.

Старший Софиин сынок тут ее перебил. Он у ей красавец, высокий такой парень, серьезный только, да гордый, возмущаться любит шибко.

Нет, мама, говорит, ты у них не раба.

А кто ж еще, София говорит. Ючусь в чулане под домом, размером с Одессино крылечко, зимой холодрыга как на улице. С утра до ночи у их на побегушках. С детьми видеться нельзя. С мущинами встречаться нельзя. Пять лет на их спину гнула, пока они мне вас раз в год навещать не позволили. Раба и есть. Как это еще называется?

Ты пленница, говарит.

София дальше начала рассказывать, а сама все время на него посматривает, и будто гордится, что у ей такой сынок вырос.

Я ей и отвечаю, отчево же не научить, если машина такая же самая, какую я водила.

Не долго думая уселись мы в машину, и ездим туда сюда по дороге. Я за рулем, она за мной следит, потом наоборот, она ведет, я слежу, и ездим себе взад вперед. Так и завелось у нас. Я завтрак сготовлю, на стол подам, после приберу, посуду помою, пол подмету, и пока время не настало мне почту итить вынимать — у нас с мисс Милли уроки вождения.

Потихоньку стало у нее получаться. Чем дальше, тем лучше. Вот в один прекрасный день, мы как раз опосля нашего урока домой вернулись, она и говорит, я тебя сегодня домой свожу. Так и сказала.

Домой? спрашиваю.

Ну да, домой, она говорит. Ты ведь давно дома-то не была, детишек своих не видела? Правда ведь?

Да, мэм, говорю, пять лет уж как.

Стыд и срам, она говорит. Иди-ка соберись сию же минуту и поедем. Рождество чай. Соберись, на весь день тебя отвезу.

Ежели на весь день, то мне ничего не нужно. В чем есть, в том и поеду.

Вот и хорошо, она говорит. Вот и славно. Залезай.

Я-то привыкши с ней рядом сидеть да показывать, вот и бухнулась на переднее сидение.

Она стоит у своей дверцы и откашливается.

Наконец говорит со смешком, София, забыла, где живешь. Это ж тебе Юг.

Да, мэм, говорю.

Она опять откашлялась, и еще чуток посмеялась. Посмотри, куда ты забралась.

Завсегда тут сижу, говорю ей.

В том то и дело. Где это ты видела, чтобы белые да черные рядом сидели, если это не урок и не мойка машины?

Слезла я с переднего сидения и назад забралася. Она за руль уселась, и тронулись мы с ветерком, волосы ейные из окошка развеваются.

Красивые тут места, она говорит, как мы на Маршальскую окружную дорогу свернули, к Одессиному дому што ведет.

Да, мэм, говорю.

Въехали мы во двор, и тут же детишки машину обступили. Их никто не предупредил, они и не знали, кто я такая. Только старшие двое признали, на шею мне бросились. Тут и младшенькие на мне повисли. Они-то даже и не заметили небось што я сзади сидела. А как Одесса с Джеком подошли, я уже на земле стояла, и они тоже не заметили.

Стоим мы, обнимаемся да целуемся, а мисс Милли на нас смотрит. Потом выглянула из машины и говорит, София, у тебя время до вечера, в пять приеду за тобой. Тут детишки меня в дом начали тащить, и показалось мне будто я через плечо ей сказала, да, мэм, и вроде почудилось мне, будто мотор завелся и она уехала.

Через четверть часа Марион вдруг говорит, а эта белая дама еще тут.

Может, она собралась ждать тебя, говорит Джек.

Может, ей не здоровится, говорит Одесса. Она все время жалуется, какая она хворая.

Подошла я к машине, говорит София, и што вы думаете? Она не знает, как задним ходом ездить, а у Одессы с Джеком во дворе везде деревьев насажено, и никак не развернуться.

София, спрашивает она меня, как эта штука назад ездит?

Я в окно засунулась и пробую ей объяснить, как передачи переключать. Она нервничает, дети да Одесса с Джеком на нее смотрят, а у ей не получается.

Тогда я с другой стороны подошла, в окно голову засунула и еще раз ей растолковать пытаюсь. Она ручку дергает, нос уже покраснел, сама расстроенная и уже беситься начинает.

На заднее сидение я забралась, через спинку переднего сидения перегнулась, и опять ей объясняю, чево нажимать да какие ручки дергать. Все не впрок. Машина чихать начала, и мотор заглох.

Ничего страшново, говорю. Джек, это который Одессин муж, вас отвезет. Вон его пикап стоит.

О-о, говорит она, как же я смогу сесть в пикап, да еще с незнакомым черным мущиной.

Я спрошу Одессу, может она тоже поедет, говорю, а про себя думаю, так хоть я еще с детьми немного побуду. Нет, она говорит, нет, я ее тоже не знаю.

Дело кончилось тем, што пришлось мне с Джеком отвезти ее домой в пикапе, потом поехать с Джеком в город, привезти механика, и ровно в пять я вернулась на мисс Миллиной машине домой.

С детьми я провела пятнадцать минут.

Она потом несколько месяцев не могла успокоиться, какая я неблагодарная.

Просто горе какое то, эти белые, говорит София.

Дорогой Бог!

Шик пишет, у ее для нас сюрприз имеется, она приедет на Рождество и тогда мы узнаем.

Чево же энто такое, удивляемся мы.

Мистер __ думает, энто машина для ево. Шик теперь большие деньги делает, вся в мехах, в шелках да бархате. Шляпки золотые носит.

В самое Рождество, наутро, слышим мы мотор за окном. Выглядываем.

Елки-палки, говорит Мистер __, быстренько брюки натянул и к двери побежал. Я у зеркала стою и не знаю, чево мне с волосьями делать. Они у меня ни то, ни се, для прически короткие, распустить длинные, то ли кудряшки, то ли волны. Цвет непонятный. Помучилась я немного да платок повязала.

Слышу, Шик во дворе вскликнула, О, Альберт. Он в ответ, Шик. И тишина. А вроде обниматься должны начать.

Я к двери побежала. Шик, говорю, и руки развела. Вдруг откуда ни возьмись, какой-то тощий мужик на меня лезет, зубастый такой, в красных подтяжках, обнять норовит.

Мисс Сили, говорит. Ах, мисс Сили, мне Шик

столько про тебя рассказывала. У меня такое чувство, будто мы давно знакомые.

Шик стоит в сторонке и усмехается.

Это Грейди, говорит. Мой муж.

Как она это сказала, я сразу поняла, што мне Грейди не ндравится. Мне не ндравится его фигура. Мне не ндравятся его зубы. Мне не ндравится его одежда. Мне кажется, от ево дух плохой идет.

Мы всю ночь были в дороге, она говорит. В придорожные гостиницы не пускают, сами знаете. Вот, наконец-то добрались. Подошла к Грейди, обняла ево, взглядом ласковым обвела, будто он весь из себя красавец, он наклонился и поцеловал ее.

Я на Мистера __ покосилась. У ево такой вид, будто конец света настал. Да и у меня не лучше.

А это мой для нас свадебный подарок, говорит. У двери машина стоит, большая, темно-синего цвета, Паккард написано. Новенькая, Шик гаворит. На Мистера __ посмотрела, взяла его за руку и сжала легонько. Пока мы здесь, Альберт, говорит, хочу, штобы ты научился водить. И засмеялась. Грейди водит как ненормальный. Пока мы ехали, я думала, нас полиция прихватит.

Наконец Шик и меня заметила. Подошла ко мне, обняла и не отпускала. Теперь мы обе замужние дамы, говорит. Замужние. И очень голодные. Чево у нас есть поесть?

Дорогой Бог!

Мистер __ пил все Рождество. С Грейди. Мы с Шик готовили, болтали, убирались в доме, болтали, елку наряжали, опять болтали, утром просыпались, снова болтали.

Она теперь концерты дает по всей стране. Ее все знают. И она всех знает. Софи Такер знает, Дюка Эллингтона знает, и таких людей знает, о которых я никогда и не слыхивала. Деньги лопатой гребет, просто не знает, чево с ними делать. У ей дом большой в Мемфисе, и другая машина. У ей сто штук платьев, и туфель полная комната. Она покупает Грейди все, чево ему не захочется.

Где ты ево выискала такова? спрашиваю.

Под машиной, говорит. Под той, второй, которая дома. Как-то у ей мотор сдох, он ее чинил. Мы разок друг на друга посмотрели и сошлись.

Мистер __ весь обиженый. Про себя я и не говорю.

Ах, она гаварит, все в прошлом. Вы теперь для меня как родственники. И вообще, гаварит, как ты мне сказала, што он тебя бил, и работать заставлял, а сам ничево не делал, как-то я к нему переменилась. Да будь я твоим мужем, ты бы у меня поцелуями была осыпана, а не блохами да клещами. И работала бы я для тебя не разгибая спины.

Да он меня особо не обижает, как ты ево приструнила. Изредка шлепнет, коли больше делать ему нечего.

А как с любовью у вас, не наладилось?

Пытаемся. Он на кнопку жмет, только пальцы у его сухие. Так что без особых улучшений.

Ты, значит, еще у нас девственница? спрашивает.

Похоже, што так, говорю.

Дорогой Бог!

Мистер __ и Грейди укатили куда-то. Шик попросилась ко мне в комнату на ночь. Мерзнет, говорит, одна в постели. Забрались мы с ей в кровать и болтаем о том, да о сем, скоро зашел разговор и о делах любовных. Она, правда, так не говорит, что мол любовь или заниматься любовью. Она нехорошее слово говорит. Трахаться — гаворит.

Спрашивает она меня, а как с отцом твоих детишек все случилось. Любопытно ей стало.

Для девок у нас была отдельная комнатка, в пристройке через коридор, рассказываю я ей, Кроме мамы никто к нам никогда не заходил. Как-то раз гляжу он идет, а мамы дома не было. Пришел и говорит, волосы ему надо постричь. Принес ножницы, щетку, гребень и табуретку. Стала я ево стричь, а он на меня как-то странно смотрит. И будто беспокоится, только мне непонятно почему, покуда он меня не схватил, ноги свои расставил и к себе притиснул.

Сказала и лежу тихо, слушаю, как Шик дышит.

Больно мне стало, ой как. Мне еще четырнадцати не было, я даже и не думала, что у мужчин там чево-то есть, притом такое большое. От одного вида испужалася я, как оно росло да напирало.

Шик затихла. Я было подумала, она заснувши.

Как он справился, говорю, дальше заставил меня ему волосы стричь.

И на Шик взглянула незаметно.

Ох, мисс Сили, она говорит, и руками меня обвила, гладкими да черными, аж кожа сияет в свете лампы.

Я тоже плакать начала. Плачу, и плачу. Будто все назад вернулось, в Шиковых то объятиях. Как мне больно было, и как внезапно. И как жгло мне внутри, пока я ему волосы достригала. Как струйка крови по ноге текла и запачкала чулок. Как он на меня никогда после тово прямо не смотрел. И про Нетти.

Не плачь, Сили, Шик говорит, не плачь, и стала мне слезинки со щек сцеловывать.

Мама потом спросила, отколя его волосья в нашей комнате, ежели он говорит, будто не заходит туда никогда. Он тогда и сказал, будто парень у меня есть. Будто видел парня, как он через черный ход шмыгнул. Энто парня тово волосы, не мои, говорит. Сама знаешь, ее хлебом не корми, дай волосы постричь.

Што правда, то правда, говорю я Шик, я любила ножницами пощелкать еще с измальства. Как увижу кто заросший, побегу за ножницами да учну стричь пока все лишнее не состригу. Так и повелось у нас, я всем стрижки делала. Только ево я всегда стригла на переднем крыльце. А тут до тово дошло, как увижу ево с ножницами, гребнем да табуреткой, слезы у меня ручьем.

Ну и дела, Шик говорит, я то думала, только белые на такие пакости способные.

Мамочка моя померла, говорю я Шик, Нетти из дома сбежала. Мистер __ меня к себе привез, за детьми ево погаными ухаживать. Даже не спросил ни разу, каково мне. Слова не сказал. Залезал и трахал, даже когда у меня голова была разбитая да вся в бинтах. Никто меня не любил никогда.

Я тебя люблю, мисс Сили, она говорит. Ко мне повернулась и в губы меня поцеловала.

Ум-м, она говорит, будто удивленная. Я ее в ответ поцеловала и тоже у-м-м говорю. Стали мы целоваться, пока не изнемогли, потом ласкаться стали да гладить друг друга.

Я ничево такого не умею, говорю я Шик.

Я тоже не очень, говорит она.

Вдруг чувствую будто что-то мягкое да влажное к груди прикоснулось, будто мой бедный потерянный ребеночек сосок взял.

Тут и сама я стала как потерянное дитя.

Дорогой Бог!

Грейди с Мистером __ заявились на рассвете, мы с Шик еще спали. Она повернувшись ко мне спиной, мои руки вокруг ейной талии. Какое ощущение? Как с мамой спать, только я почти не помню, штобы я с ней спала. Похоже немного как с Нетти спать, только с Нетти так хорошо не было. Тепло и мягко, как в подушках, Шиковы большие сиси мне на руки наваливши как пена. Не то што с Мистером __. Рай да и только.

Просыпайся, Шик, говорю. Приехали они. Шик на бок повернулась, обняла меня и с кровати слезла, дошла шатаясь до своей комнаты и повалилась в свою кровать, рядом с Грейди.

Мистер __ со мной рядом бухнулся, пьяный, и еще на подушку не успел упасть, уже захрапел.

Я стараюсь изо всех сил ладить с Грейди, пущай у ево красные подтяжки и галстук-бабочка. И что ж поделать, пущай тратит Шиковы деньги будто свои собственные. И ладно уж, пущай сколько хочет подделывается в разговоре под северянина. Мемфис, штат Теннесси, не север. Даже мне это знаемо. Но одну вещь я не могу ему спустить, што он Шик мамочкой называет.

Какая я тебе на хрен мамочка? Шик ему говорит. А он и ухом не ведет.

Как в тот раз, когда он Мышке глазки строил, а Шик ево дразнила, и он еще сказал, да ладно тебе, мамочка, ты же меня знаеш, я безвредный.

Шик самой Мышка нравится, и она ее петь учит. Садятся они в Одессиной гостиной, и поют до упада, а детишки, сколько их ни есть, вокруг толкутся. Свен иногда придет с инструментом, Харпо обед сварганит, а мы с Мистером __ и Софииным хахалем просто так сидим да радуемся.

Красота.

Шик говорит Мышке, то бишь, Марии Агнессе, тебе надо петь для публики.

Мария Агнесса говорит, Нет-нет. Она думает, коли голос у нее не такой густой да сильный как у Шик, дак ее никто и слушать не захочет. Вовсе это не так, Шик говорит.

Ты только послушай, как в церкви поют, Шик ей говорит, каких только голосов там нет. А всякие звуки, которые звучат дивно, но как будто не от человека исходят? Что ты про них скажеш? И начала стонать, как словно смерть подходит, и ангелы от ее отступились. Просто волосы дыбом. Кабы пантеры умели петь, они бы вот так точно и пели.

Кой-чево тебе скажу, Шик говорит Марии Агнессе, тебя послушаешь, знаешь что на ум приходит? Во-во, оно самое, как бы потрахаться.

Ах, мисс Шик, Мария Агнесса говорит и краска ей в лицо бросилась.

А чево, Шик говорит, ты слишком стыдливая,

чтобы все это рядом поставить, и пенье, и танцы, и траханье? И засмеялась. Потому и зовут наше пенье чертовой музыкой. Черти любят потрахаться. Слушай-ка, говорит, давай вместе один вечер попоем у Харпо. Чевой-то мне захотелось стариной тряхнуть. А если я тебя приведу да представлю, пусть только попробуют отнестись без уважения. Они конечно не умеют себя вести, черные эти, но если хоть половину первой песни высидят, они твои.

Неушто это все по правде? Мышка говорит. Сплошной восторг и круглые глаза.

Сумлеваюсь я, што мне энто все ндравится, Харпо говорит.

Как так? Которая у тебя сейчас поет — будто она в церковном хоре. Люди не знают, толи им танцевать, толи грехи замаливать. А приодень Марию Агнессу, да с такой кожей, да локонами, да глазками, мужики будут валом валить, и у тебя денег будет хоть сортир оклеивай. Я што ли неверно говорю, Грейди?

Грейди будто застеснялся. Усмехнулся и говорит, Мама, от тебя ничего не скроешь.

И имей это ввиду, говорит Шик.

Дорогой Бог!

Сейчас я держу в руке вот это письмо.

Дорогая Сили!

Ты, наверное, думаешь, что я умерла. Я жива. И писала тебе все эти годы. Альберт мне тогда пообещал, что тебе не видать моих писем, и раз ты мне не отвечаешь, видимо, так оно и есть. Я теперь стала писать только на Рождество и на Пасху, в надежде, что мои письма затеряются среди поздравлений или, может быть, Альберт проникнется духом милосердия и сжалится над нами.

Мне столько надо тебе сказать, что я даже не знаю, с чего начать, — к тому же ты и это письмо, наверное, не получишь. Я уверена, что Альберт по-прежнему вынимает всю почту сам.

Но если ты вдруг получишь это письмо, я хочу сказать тебе одно — я люблю тебя, и я жива. Оливия тоже в порядке, и твой сын тоже.

Мы собираемся вернуться домой к концу следующего года.

Твоя любящая сестра
Нетти

Однажды вечером в постели Шик стала меня про Нетти расспрашивать, какая она, да чево с ней, да где она.

Я ей рассказала, как Мистер __ хотел ее охмурить. Как Нетти ему дала от ворот поворот и как он ее выставил из дому.

Куда она пошла? Шик спрашивает.

Мне про то неведомо, говорю. Мы с ей здесь распростилися.

И ты никаких вестей от нее не получала с тех пор?

Не-а, говорю, Мистер __ почту вынимает, и я каждый день жду хоть словечка от ее. Нет ничево. Померла, видать, говорю я.

А может она быть в таком месте, где почтовые марки смешные делают? И вид у нее задумчивый стал. Я бывает с Альбертом хожу почту вынимать, и он иногда достает письма, все обклеенные какими-то диковинными марками. Он не объясняет, просто в карман засунет и дело с концом. Я раз у него попросила на конверт взглянуть. Он сказал, попозже даст. Да не дал.

Она в город собиралася уйти, гаворю. У нас тут марки как марки. Белые мужики с длинными волосьями на их.

Х-м, она говорит, на тех какая-то толстая маленькая белая тетка. А твоя Нетти какая? Умная?

Не то слово, говорю. Боже ты мой, да она едва говорить научилась, уже газеты читала. Задачки решала как орешки щелкала. Говорила как по писаному. А уж какая она хорошая, просто другой такой в целом свете не найти. Глаза так и сияли добротой. И меня любила.

А какого она роста? Шик спрашивает. Какие платья любила носить? А когда у нее день рождения? А какой ее любимый цвет?

Все ей про Нетти знать надо.

Я рассказывала покудова не охрипла.

Зачем тебе знать? спрашиваю.

Она единственная, ково ты в жизни любила, говорит. Кроме меня.

Дорогой Бог!

Вдруг Шик с Мистером __ опять не разлей вода. На ступеньках рядом сидят. К Харпо ходют. До почтового ящика гуляют.

Шик смеется на каждое евонное слово. Зубок да титьков ему показывает до беса.

Мы с Грейди силимся вести себя как цивилизованные. Так ведь трудно. Я как услышу Шиков смех, меня так и подмывает ее задушить, а Мистеру __ по роже съездить.

Всю неделю страдается мне. Мы с Грейди до того скисли, он стал травкой баловаться, а я молитвы читать.

В субботу по утру Шик кладет мне на колени Неттино письмо. На ем марка с маленькой толстенькой королевой Англии. И еще другие марки, с кокосами, арахисами да каучуковыми деревьями, и на их написано Африка. Где Англия, я не знаю. В каких краях эта Африка, тоже. Значит, я все равно не знаю, где моя Нетти.

Он прячет твои письма, Шик говорит.

Не-е, не может быть, говорю. Мистер __ конечно, скотина, да ведь не такая.

Такая, такая, Шик говорит.

Как же так, говорю, он же знает, Нетти для меня все. Как же можно?

Этого мы пока не знаем, говорит Шик, но мы узнаем.

Мы опять конверт заклеили и ему в карман сунули.

Весь день в евонном кармане письмо пролежало. Он даже словом не обмолвился. Ходит себе, с Харпо да с Грейди, да со Свеном балагурит, на Шиковой машине учится водить.

Я слежу за каждым его шагом. Я чувствую, в голове у меня будто пустота образуется. Я вдруг, сама не знаю как, стою позади его стула с бритвой в руке.

Слышу, Шик смеется, будто ей так смешно, дальше некуда. И говорит мне, Просила ж я тебя дать мне что-нибудь острое, заусеницу отрезать, да только эту бритву Альберт жадничает давать, как ниггер какой.

Мистер __ оглянулся. Положь на место, говорит. Вот бабы. Вечно им надо резать, только бритва затупляется.

Тут Шик бритву у меня выхватила. Ну да ладно, говорит, все равно она уже тупая. И в ящик с прочей бритвенной дребеденью ее швырнула.

Весь день я веду себя так, словно в меня София вселилась. Я заикаюся, я чево-то бормочу про себя. Я брожу по дому и жажду Мистеровой __ крови. В моем уме он уже мертвяк. К вечеру у меня вообще язык отнялся. Разеваю рот, у меня рык получается вместо слов.

Шик объявила, што у меня температура, и уложила в кровать. Попросила Мистера __ лечь в другой комнате. Может, Сили заразная, говорит. Сама ко мне спать пришла. Только у меня сна нет. Слез тоже нет. Мне холодно. Я думаю, я уже наверное мертвая.

Шик прижалась ко мне, и зубы мне заговаривает.

За что меня моя мама не выносила, так это за то, что я страсть как любила потрахаться, говорит Шик. Сама она терпеть не могла, чтобы к ей прикасались. Я к ней с поцелуями, а она отвернется, прекрати, говорит, Лили. Лили это так Шик по-настоящему зовут. Шик ее прозвали за то, што она сладкая как шикаладка.

Папаше моему нравилось, говарит Шик, как я ево целовать да обнимать принималась, а ей на это смотреть тошно было. Так что, когда я Альберта встретила, меня уж от ево было никакими силами не оторвать. Хорошо с ним было. Оно и ясно, что хорошо, раз у меня от ево трое ребятишек, при том он такой слабак.

Я всех дома рожала. Повивальная бабка приходила, проповедник приходил, дамы приличные из церковной общины приходили. Самое время на путь истинный наставлять, когда у бабы схватки и от боли ум за разум заходит.

И засмеялась, да не больно то меня каяться заставишь.

Мне нечего сказать. Нету меня. Я далеко. Где я сейчас, там тихо, спокойно, и нет там никаких Альбертов. И никаких Шик. Ничево нет.

Последний ребенок их доканал, говарит Шик. Выперли меня. Я поехала к маминой сестре в Мемфис. Она бедовая, вся в меня. Пьет, дерется, мужиков любит до ужаса. Работает в столовой. Поваром. Кормит сорок мужиков, трахает сорок пять.

Шик все говарит и говарит.

И еще он танцевать умел. Такого танцора как Альберт поди поищи, когда он помоложе был. Часами с ним бывало отплясывали. Потом лишь бы до ближайшей постели доползти. И смешить умел меня. Смешной он был, Альбертик. Почему теперь не смешной? Почему сам не смеется? Почему не танцует никогда? Мой Бог, куда девался мужчина моей любви!

Тихонько полежала, и снова заговарила. Я дюже удивилась, как узнала, что он на Анни Джулии жениться хочет. Так удивилась, даже не расстроилась. Не поверила сперва. Понимал же он, што такую любовь как наша больше не найти. Я даже думала, такой и не бывает.

Слабый он. Папаша евоный ему наплел, что я дрянь, и мама моя, мол, мусор. Братец евоный тоже самое ему пел. Он стал возражать да его быстро родственнички к ногтю прижали. И думать не моги на такой жениться, говорили, у нее же дети.

Так это его дети, сказала я его папаше.

А откудова нам знать? вот чево он мне тогда сказал.

Бедная Анни Джулия, Шик говорит. Куда ей было супротив меня? Я была ужас какая злая, бешеная совсем. Всем так и заявляла, наплевать мне, мол, на ком он там женивши, захочу и буду с ним трахаться. Шик замолкла на минуту. Потом говорит: Так я и делала. Мы столько трахались, до неприличия.

Он и с Анни Джулией тоже спал. Она его даже и не любила вовсе. Ее семейка про нее и думать забыла, как замуж ее отдали. Потом дети пошли, Харпо и все прочие. В конце концов она стала с этим мужиком крутить, который ее застрелил. Альберт ее бил. Дети из нее соки тянули. Иногда я спрашиваю себя, о чем она думала, когда умирала.

Я знаю только, о чем я думаю. Ни о чем. И собираюсь продолжать в том же духе.

Мы с ей в школе вместе учились, Шик говорит. Красивая она была. Черная-пречерная, кожа без единого изъяна, глаза черные, большие, как две луны. Хорошая была девка. Черт, да мне она самой ндравилась. Зачем, спрашивается, я ей столько крови попортила? Я Альберта неделями от себя не отпускала. Она бывало придет, денег у него просит, детям еды купить.

Чувствую, мне на руку что-то мокрое капает.

А когда меня к вам притащили больную, как я с тобой по-свински обходилась. Как с прислугой какой. И все от тово, что Альберт на тебе женился. При чем сама-то я и не хотела за него замуж. Я ведь по настоящему-то никогда за него замуж не хотела. Мне надо было просто, штобы он меня прежде всех выбрал. Природа ведь и так за нас распорядилась. Природа велела, вы двое будьте вместе и другим пример показывайте, как это все на самом деле должно быть. А все што поперек того шло, мне хотелось с землей сравнять. Но видать, ничего хорошего между нами не было — так только, плоть потешить. Я такого Альберта не знаю, который не танцует, не смеется, не говорит почти, который тебя колотит и письма от твоей собственной сестры тебе не дает. Кто это такой?

Я ничего не знаю. И не хочу знать.

Дорогой Бог!

Как стало ясно, что Альберт прячет Неттины письма, я быстренько скумекала, где он их хоронит. В сундуку своем. У ево все ценное в сундуку спрятано. Сундучина вечно запертый стоит. Но Шик знает, как достать ключ.

Вечером, Мистер __ с Грейди как раз ушедши были, мы отперли сундук. В ем охапка Шикового нижнего бельишка, открытки с гадкими картинками, и в самом низу, под его табаком, Неттины письма, целые пачки. Какие толстые, а какие тонкие. Какие открытые, а какие нет.

Как же их забрать? спрашиваю я Шик.

Очень просто, говорит. Мы письма то вынем, а конвертики то оставим, как будто так и было. Он в этом углу сундука никогда не шарит.

Я растопила плиту да поставила чайник. Стали мы конверты над паром раскрывать, письма вынимать да на стол складывать. Конверты взад запихнули.

Я их сейчас тебе по порядку разложу, Шик говорит.

Ладно, только не здесь, говорю, пошли-ка в вашу комнату.

Пришли мы в ихнюю с Грейди комнатушку. Она в кресло села, рядом с кроватью, и письма подле себя разложила. Я на кровати уселась, подушки под спину подложивши.

Вот эти самые первые, Шик говорит. Видишь штемпель.

В первом письме писано:

Дорогая Сили!
Соберись с духом да уйди от Альберта. Худой он мужик.

Как я вышла от вас, он за мной на лошади увязался. Только дом из виду скрылся, он меня нагнал и подъехавши заигрывать стал. Сама знаешь, какой он. Ах, мисс Нетти, как ты выглядишь и все такое прочее. Я на него не смотрю и дальше себе иду, да с котомками далеко не убежишь, еще и по жаре. Притомилась я и присела у дороги. Тут он с лошади слез и в кусты меня поволок.

Я отбиваться стала и с Божьей помощью так ему врезала, что он отвалил от меня. Взбесился он ужас как. Сказал, раз я такая, то он не позволит мне с тобой переписываться. А тебе со мной.

Я такая злая была на него, меня просто трясло всю.

Вот такие дела, ну, в общем, подвезли меня до города добрые люди и показали, в какой стороне дом проповедника. Можешь представить, как же я удивилась, когда дверь мне открыла девочка, и на ее лице были твои глаза.

С любовью, Нетти

Во втором письме было писано:

Дорогая Сили!
Думаю, рано мне еще от тебя весточки ждать. Шибко много у тебя хлопот с Мистеровыми детьми. Но я так по тебе соскучилася. Пожалуйста, напиши мне, как времечко будет. Я о тебе каждый день тоскую. Каждую минутку.

Которую даму ты встретила в городе, ее имя Корина. Девочку зовут Оливия. Мужа зовут Самуил. Мальчика зовут Адам. Они люди верующие и ко мне добрые. Их дом подле церкви, где Самуил проповедник, и мы много занимаемся всякими церковными делами. Я говорю «мы», потому как они меня всюду с собой берут, чтобы я не думала, будто я позабытая и позаброшенная.

Но Боже ж ты мой, Сили, как я по тебе скучаю. Я вспоминаю, как ты ради меня принесла себя в жертву. Я люблю тебя всем сердцем.

Твоя сестра Нетти

В другом письме было писано:

Дорогая Сили!
Я просто в отчаянии. Видать, Альберт правду тогда сказал, что не отдаст тебе моих писем. Так оно, похоже, и есть. Я прикидываю, кто нам может помочь, и в голову приходит только папаша, да только я не хочу, чтобы он знал, где я.

Я спросила Самуила, не наведается ли он к вам, просто узнать, как ты там. Но он сказал, что не может встревать между мужем и женой, тем более они ему незнакомые.

Мне было неловко приставать к нему с просьбами, они с Кориной и так делают мне много добра. Но у меня душа болит от горя. Болит еще от того, что работы в городе не найти, а значит, придется перебираться в другое место. А если я уеду, что с нами будет? Как я узнаю, что с тобой?

Корина с Самуилом и с детьми входят в общину миссионеров, так они называются, а эта община часть Американо-африканского миссионерского общества.

Они были с миссией на западе, у индейцев, а сейчас работают с бедняками в нашем городе. Они говорят, это подготовка к служению, для которого они рождены, быть миссионерами в Африке.

Я с тяжким сердцем жду их отъезда. За короткое время, что я жила у них, они стали мне как родные. Разумеется, не как настоящие родные.

Пиши мне, ежели получится. Вот марки.

С любовью, Нетти

Следующее письмо, толстенное, писано через два месяца, и в ем говарится:

Дорогая Сили!

На корабле, по пути в Африку, я писала тебе каждый день по письму. Но только мы причалили к берегу, на меня напала такая тоска, что я их все порвала на клочки и бросила в воду. Альберт все равно не даст их тебе, так какой смысл? Такое у меня было настроение, вот я и выкинула всю свою писанину на волю волн. Но после я передумала.

Помнишь, ты раз сказала, что тебе ужас как стыдно за все случившееся с тобой в жизни и ты даже не можешь Богу рассказать, а только написать, хоть писать для тебя сплошная мука. Ну вот, теперь я поняла тебя. Неважно, дойдут ли до Бога твои письма, ты все равно их пишешь; и это мне урок. Во всяком случае, когда я тебе не пишу, мне так плохо становится, как бывает, когда я не молюсь. Я тогда замыкаюсь в себе, и меня начинают душить собственные чувства. Мне *так одиноко,* Сили.

Теперь я тебе расскажу, как я очутилась в Африке. С Кориной и Самуилом должна была ехать еще одна женщина, чтобы помочь им открыть школу, но она неожиданно вышла замуж. Ее муж испугался ее отпустить и сам не захотел поехать. Вот так мои Корина с Самуилом и оказались с лишним билетом на руках, уже на чемоданах и без помощницы. А я как раз не могла найти работу. Вот уж я не ожидала, что попаду в Африку! Я и не думала о ней, как о чем-то реальном, хоть у них у всех, даже у детишек, только и разговоров было, что об Африке.

Мисс Бизли в школе рассказывала, что там живут дикари, которые ходят голышом круглый год. Даже Корина с Самуилом иногда так думали. А они знают гораздо больше об Африке, чем любой из наших учителей, и мечтают, как они будут помогать угнетенному народу своих предков, которым для нормальной жизни нужны Иисус Христос и хорошая медицина.

Перед отъездом я ездила с Кориной в город, и мы встретили мэрову жену с ее служанкой. Мэрова жена ходила по магазинам, а служанка носила за ней покупки и у дверей ее ждала. Не знаю, видела ли ты когда-нибудь мэрову жену. На мокрую кошку похожая. А ее служанка, вот уж, глядя на нее, трудно подумать, что она может кому-то прислуживать, а тем более этой.

Я с ней пыталась разговориться. Она ответила, но тут же смутилась, и будто все в ней погасло. Так странно это было, Сили! Только говорила с живой женщиной, и вдруг в ней ничего живого. Одна оболочка.

Я весь вечер не могла забыть ее. Самуил с Кориной мне рассказали, как она попала к ним в прислуги. Будто она полезла с мэром драться, ее посадили, а потом мэр с женой взяли ее из тюрьмы к себе по дому работать.

Я стала их расспрашивать об Африке и перечитала все книжки, какие у них есть на эту тему.

Знала ли ты, к примеру, что тысячи лет назад в Африке были большие города, больше, чем Милледжвилл и даже Атланта? И что египтяне, которые пирамиды строили и израильтян покорили, были не белые? И что Египет вообще в Африке? И что Эфиопия, о которой в Библии написано, обозначала всю Африку?

Я читала и читала, чуть глаза не повылезли. Читала, как африканцы нас продали, потому что любили деньги больше нас, своих сестер и братьев. Как нас привезли в Америку на кораблях. Как заставили работать.

Я и не подозревала, что я такая *невежественная*, Сили. Все мои знания уместились бы в наперстке. А мисс Бизли еще говорила, что я ее лучшая ученица. Но за одно я ей благодарна — она меня научила, как самой знания получить, если много читать, запоминать и писать ясным почерком. И за то, что она поддержала во мне *любовь* к знанию. Так что, когда Корина с Самуилом спросили, поеду ли я с ними в Африку строить школу, я сказала: да. С условием, что они будут учить меня всему, что сами знают, чтобы от меня был толк в их миссии и чтобы они за меня не стеснялись перед своими друзьями. Они согласились, и так начались мои университеты.

Они держат слово, и я занимаюсь день и ночь.

Да, Сили, есть на свете чернокожие, которые хотят, чтобы мы учились! Хотят, чтобы мы росли и тянулись к свету! Не все такие низкие, как папаша и Альберт, и не такие забитые, как мама была. Корина с Самуилом чудно ладят друг с другом. Их очень огорчало, что у них не было детей, но потом, как они говорят, «Бог» послал им Оливию и Адама.

Я хотела им сказать, что «Бог» им послал еще и их тетю и сестру, но не стала. Да, Сили, это твои дети, посланные «Богом». И они растут в любви, христианском милосердии и познании Бога. И теперь еще «Бог» послал меня, чтобы хранить и защищать их. Чтобы передать им часть моей любви к тебе. Разве это не чудо? Такое чудо, что тебе наверняка трудно во все это поверить.

С другой стороны, если ты веришь, что я в Африке, а я в Африке, ты можешь поверить во что угодно.

Твоя сестра Нетти

После тово письма следующее было вот это:

Дорогая Сили!

Когда мы ездили в город, Корина купила материи на два дорожных костюма для меня. Один оливкового цвета, другой серый. Длинные юбки клиньями и жакеты, под них белые хлопковые блузки, а на ноги высокие ботинки на шнурках. Еще она мне купила соломенную шляпку с лентой в мелкую клетку.

Хоть я и работаю у Корины с Самуилом и смотрю за детьми, я совсем не чувствую себя служанкой. Думаю, это потому, что они занимаются со мной, я занимаюсь с детьми, и так круглый день — учеба, занятия, работа.

Прощаться с нашей церковной общиной было грустно. Но и радостно тоже. Все надеются, что в Африке нам удастся много сделать для тамошних жителей. Над кафедрой у нас в церкви написано *Эфиопия прострет руки к Богу*. Подумай только, что это значит, Эфиопия в Африке. Все эфиопы в Библии были цветными. Мне это никогда не приходило в голову, хотя, если читать все слова внимательно, это совершенно очевидно. Все дело в картинках. В иллюстрациях к словам. Вот где обман. На них все люди белые, и начинаешь думать, что вообще все люди в Библии белые. Но белые, которые действительно *белые,* жили в это время совсем в других местах. Не зря в Библии говорится, что у Иисуса были волосы как овечье руно. Овечья шерсть не прямая, Сили. И даже не просто волнистая.

Не знаю даже, с чего начать тебе рассказывать про Нью-Йорк; наверное, начну с железной дороги. Мы должны были ехать в сидячем вагоне, но, Сили, представляешь, в поездах есть кровати! И ресторан! И туалеты! Кровати прикреплены к стенкам, они откидываются и называются полками. Только белые могут спать в кроватях и ходить в ресторан. И для них устроены отдельные туалеты.

Один белый, на остановке в Южной Каролине, когда мы вышли, чтобы проветриться и отряхнуть платья от пыли и крошек, спросил нас, куда мы едем. Когда мы сказали, что в Африку, его это позабавило и как будто малость оскорбило. Он сказал своей жене, ниггеры в Африку едут, ну, теперь меня ничем не удивишь.

Мы приехали в Нью-Йорк усталые и грязные. Но сколько было радости! Слушай, Сили, Нью-Йорк такой *красивый* город! У цветных есть целый отдельный район, Гарлем называется. На улицах так много хороших машин с цветными за рулем, просто не верится, что такое может быть, и хорошие дома, лучше, чем любой дом у белых в наших краях. В Гарлеме больше ста церквей! И мы были, почитай, во всех. Корина, Самуил, я и дети выступали перед прихожанами, и мы порой в себя не могли прийти от их щедрости и доброты. Они живут в такой красоте и с таким достоинством, Сили! А стоит только заговорить по Африку, пожертвования текут рекой.

Африку здесь очень любят. Снимают шляпу при одном упоминании. И говоря о шляпах, если бы мы просто пускали по кругу наши шляпы, они бы переполнились тут же и не вместили бы всех пожертвований на наше предприятие. Даже маленькие детишки доставали свои монетки и бросали в общую кучу. И говорили при этом, пожалуйста, передайте африканским детям. Все детки здесь очень нарядные, Сили. Как бы мне хотелось, чтобы ты на них посмотрела. В Гарлеме теперь мода для мальчиков носить короткие брючки, присобранные ниже колена, бриджи называются. А девочки носят цветочные венки на головах. Я таких красивых детей еще не видывала, и Адам с Оливией с них глаз не сводили.

И еще нас приглашали на обеды, а также на завтраки и ужины. Я поправилась на пять фунтов, хотя везде только пробовала, потому что не могла есть от волнения.

И еще тут у всех туалеты внутри дома, и газ, и электрические лампочки!

В общем, у нас было две недели на изучение языка олинка, на котором говорят жители той земли, куда мы едем. Доктор (цветной!) проверил наше здоровье, а Миссионерское общество Нью-Йорка выдало нам запас лекарств для нас самих и для жителей деревни, где мы будем жить. Во главе Общества стоят белые, и они ничего не говорили о любви к Африке, а только о долге. Неподалеку от деревни, куда мы едем, уже живет одна белая женщина-миссионер. Говорят, что местные ее очень любят, хотя она их считает совсем другим биологическим видом по сравнению с европейцами. Европейцы — это белые люди, которые живут в Европе. Наши домашние белые все приехали из Европы. Еще она говорит, что африканская ромашка и английская ромашка называются ромашка, но это совершенно разные цветы. Один человек из Общества сказал, что она не потакает своим подопечным, поэтому у нее получается. И еще она знает их язык. Этот человек белый и относится к нам так, будто нам нечего и надеяться на подобный успех у африканцев.

После того как мы побывали в Обществе, я немного упала духом. Там все стены увешаны портретами белых мужчин, какой-то Спик, какой-то Ливингстон. Еще кто-то по имени Дейли. Нет, вру, не Дейли. Может быть, Стэнли? Я искала портрет с белой женщиной, но не нашла. Самуил тоже загрустил, но потом приободрился и напомнил нам, что у нас есть одно большое преимущество. Мы не белые. Мы не европейцы. Мы черные, как и сами африканцы. И у нас с ними есть общая цель: духовный рост черного народа во всем мире.

Твоя сестра Нетти

Дорогая Сили!

Самуил большой и высокий. Он одевается во все черное, только воротничок белый, как положено проповеднику. Он очень черный. Если не видишь его глаз, кажется, что он мрачный или даже злой, но у него очень добрые и заботливые карие глаза. Все, что он говорит, действует успокаивающе, потому что он никогда не говорит ничего сгоряча и никогда не хочет огорчить, осадить или обидеть. Корине повезло, что у нее такой муж.

Теперь про корабль. Он называется «Малага», и, представляешь, он высотой в три этажа! На корабле у нас были комнаты (называются каюты) с кроватями. Ах, Сили, как это необыкновенно — лежать в кровати посреди океана! А сам океан! Сили, в нем больше воды, чем умещается в воображении. Нам понадобилось две недели, чтобы переплыть его! После чего мы очутились в Англии. Англия — это такая страна, где живут белые люди, причем некоторые из них очень хорошие, и есть свое Миссионерское общество за отмену рабства. В английских церквях нас тоже очень поддержали. Белые мужчины и женщины, очень похожие на наших белых, приглашали нас на свои собрания и к себе домой на чай. «Чай» для англичан — это как пикник в комнате. Бутерброды и печенье и, конечно, горячий чай. И у всех одинаковые чашки и тарелки.

Все говорили, что я слишком молодая для миссионерской работы, но Самуил сказал, что у меня большое желание работать и, во всяком случае, моей основной обязанностью будет сидеть с детьми и вести один или два подготовительных класса.

В Англии мы стали яснее представлять свою будущую работу, потому что англичане уже, наверное, сто лет ездят миссионерами не только в Африку, но и в Индию, и в Китай, и еще Бог знает куда. А сколько всего они навезли из этих мест! Мы провели в одном музее все утро. Он битком набит драгоценностями, мебелью, коврами, мечами, одеждой, и даже есть гробницы из тех стран, где они бывали. Мы видели тысячи ваз, чаш, масок, кувшинов, корзинок, статуй из Африки — они все такие красивые, даже не верится, что народа, их сделавшего, больше не существует, как уверяют англичане. У африканцев была цивилизация выше европейской (я это вычитала у писателя по имени Дж. А. Роджерс, сами англичане, конечно, так не считают), но несколько столетий назад для них настали тяжелые времена. Англичане любят повторять эту фразу — «тяжелые времена», когда разговор заходит об Африке. При этом забывают, что они сами немало постарались, чтобы «тяжелые времена» стали еще тяжелее. Миллионы и миллионы африканцев были проданы в рабство — я и ты, Сили! Целые города гибли и разрушались, когда работорговцы воевали между собой, чтобы поймать побольше людей для продажи в рабство. Сейчас жители Африки, после того как самые сильные и крепкие были убиты или проданы, страдают от болезней и духовного, и физического упадка. Они верят в бесов и поклоняются мертвецам. И не умеют ни читать, ни писать.

Зачем они нас продали? Как они могли? И почему мы до сих пор их любим? Вот какие у меня были мысли, пока мы бродили по холодным лондонским улицам. Как-то раз я изучала карту Англии, такую точную и аккуратную, и мне вдруг подумалось, что при усердии и правильном отношении все еще может быть хорошо на африканской земле.

И наконец мы отплыли в Африку. Мы покинули Англию из Саутгемптона 24 июля и прибыли в Монровию, в Либерии, 12 сентября. По пути мы делали остановки в Лиссабоне, что находится в Португалии, и Дакаре, что в Сенегале.

В Монровии мы последний раз увидели людей, нам более-менее знакомых и привычных, так как Либерия была «основана» бывшими американскими рабами, вернувшимися жить в Африку. Был ли хоть один из их предков из этих именно мест? — спрашивала я себя. Что они чувствовали, проданные некогда в рабство и вернувшиеся, чтобы быть хозяевами этой земли? Каково им было, по-прежнему связанным с той страной, которая их купила?

Сили, мне пора заканчивать. Солнце уже не такое жаркое, и мне надо готовиться к вечерним занятиям в школе и к вечерней службе.

Как бы мне хотелось, чтобы ты была со мной или я с тобой.

*С любовью, твоя сестра
Нетти*

Дорогая моя Сили!

После первой короткой встречи с Африкой в Сенегале мы остановились на некоторое время в Монровии. Столица Сенегала называется Дакар, и люди там говорят на своем языке, наверное, на сенегальском, и еще на французском. Они такие черные, Сили, каких в жизни не видела. Знаешь, как мы иногда говорим о человеке, что он чернее некуда или что он иссиня-черный, вот они как раз такие. Ах, Сили, они просто сияют чернотой. Черные до блеска, как еще у нас дома говорят о тех, которые по-настоящему черные. Но все-таки, Сили, попробуй вообразить город, сплошь состоящий из таких иссиня-черных, черных до блеска людей, одетых в ярко-синие одежды с узорами, как на наших самых красивых лоскутных одеялах. Все высокие, стройные, с длинными шеями и прямыми спинами. Можешь ты вообще такое представить, милая Сили? У меня было чувство, что я вообще раньше черного цвета никогда по-настоящему не видела. И, Сили, в этом есть что-то волшебное. Этот черный цвет настолько черный, что просто слепит глаза, и блеск кажется отраженным светом луны, такое от него исходит свечение, но кожа их сияет и при солнце.

Сказать по правде, мне не очень понравились сенегальцы, которых я встретила на рынке. Они только и думали, как бы продать свой урожай. Если мы ничего не покупали, они переставали нас замечать, так же как они не замечали местных французов. Я почему-то не ожидала увидеть в Африке белых, но их тут целые толпы. И не все из них миссионеры.

В Монровии их тоже полно. Даже у президента, чья фамилия Табмен, среди министров есть несколько белых. И много цветных, выглядящих как белые. На второй день после нашего приезда в Монровию нас пригласили на чай в президентский дворец. Он очень похож на американский Белый дом, где живет наш президент (так сказал Самуил). Президент долго говорил о том, сколько усилий он тратит на развитие страны, и о трудностях с туземцами, которые не хотят работать на благо страны. Я впервые слышала, чтобы черный человек использовал это слово. Я знаю, что для белых все цветные — туземцы. Он закашлялся и сказал, что имел в виду уроженцев либерийской земли. Однако я не видела ни одного из этих «туземцев» среди его министров. И жены министров не походили на местных жительниц. По сравнению с ними, разодетыми в шелка да жемчуга, мы с Кориной были одеты не просто кое-как, а вообще никак. Мне кажется, эти женщины из дворца тратят уйму времени на одежду, но все равно они выглядели какими-то недовольными, в отличие от веселых школьных учительниц, которых мы случайно встретили, когда они шли купаться со своими учениками.

Перед отъездом нам показали самую большую в стране плантацию какао. Огромное поле какао, до самого горизонта. И целые деревни с жителями, построенные прямо среди полей. Мы видели, как усталые семьи возвращались домой с работы с корзинками для сбора какао-бобов (в начале дня они служат корзинками для еды, чтобы есть в поле), и среди них женщины с детьми за спиной. Но представляешь, Сили, какие бы они ни были усталые, они все равно пели! Совсем как мы дома. Я спросила Корину, почему усталые люди поют. Так устали, что ни на что другое не способны, сказала она. И потом, это не их поля, Сили, и даже не президента Табмена. Владельцы живут в таком месте, которое называется Голландия. Они делают голландский шоколад. Рядом с полями живут надсмотрщики, они смотрят, чтобы люди работали как следует.

Ну вот, мне опять пора идти. Все уже спят, я пишу при свете лампы. На свет слетелось столько насекомых, что меня просто съедают живьем. У меня укусы везде, даже на затылке и на пятках.

И вот еще что...

Писала ли я про то, как мы впервые увидели на горизонте африканский берег? У меня в душе что-то случилось в эту минуту, Сили, будто ударил большой колокол, и все во мне содрогнулось. Корина с Самуилом почувствовали то же самое. Мы опустились на колени прямо на палубе и поблагодарили Бога за то, что он дал нам возможность увидеть землю, о которой плакали наши предки и умерли, так и не увидев ее.

Ах, Сили, смогу ли я тебе все это рассказать?

Даже не буду задаваться такими вопросами. Предадимся на волю Божью.

*Вечно любящая тебя
сестра Нетти*

Дорогой Бог!

Посреди слез да вздохов, да сморканий да гаданий про непанятные слова в Неточкиных письмах мы и не заметили как время прабежало, а мы еле-еле первые два, не то три письма успели разобрать. Только дочитали до таво места, как она в Африке устроивши, тут и Мистер __ с Грейди домой воратились.

Ну все, крепись, Шик говорит.

Не понимаю, говорю, почему бы мне его не убить.

Не моги, говорит. Нетти скоро домой вернется, а тут здрасьте. Не надо ей с тобой тово пережить, что мы с Софией пережили.

Ох, не просто мне это будет, говорю, а Шик тем временем свой чемоданчик вытряхивает да письма туда ложит.

А что, Христу, что ли, легко было? Ништо, справился. Помнишь, что у ево сказано? Не убий, сказано. Меня в том числе, хотел, наверное, добавить, знал ведь, с какими дураками дело имеет.

Мистер __ не Иисус Христос. И я тоже, говорю.

Верно, но для Нетти ты кой-чево значишь. Хреново ей будет, если ты ей такую свинью падложишь, пока она домой едет.

Слышим, Грейди с Мистером __ в кухне посудой гремят. Дверью кладовки хлопают.

Мне уже тошно. Чую, будто все во мне окаменело. Не-е, говорю, все-таки лучше я его убью. На душе спокойнее будет.

Нет, не будет. Никому лучше еще не становилось после смертоубийства.

Но хоть как-то становилось.

Все лучше, чем никак.

Сили, тут Шик говорит, ты кроме Нетти еще кое о ком должна подумать.

О ком это? спрашиваю.

Обо мне, Сили, обо мне ты тоже должна чуток подумать. Мисс Сили, если ты Альберта укокошишь, у меня только и останется, что Грейди. От одной мысли тошно.

Вспомнила я про лошадиные Грейдины зубы, и смех меня разобрал.

Можешь сделать, штобы Альберт со мной не спал, пока ты тут, а вместо него ты?

Не знаю как, но она сделала.

Дорогой Бог!

Мы с Шик спим рядышком как две сестры. Вроде и хочется мне быть с ней, и смотреть на нее ндравится, вот только сиси мои обмякли, и кнопка не встает. Ничегошеньки мне больше не надо, думаю я, все во мне умершее. Не-а, Шик говорит, это из-за тово, что ты нынче горюешь, да гневаешься, да об убийстве помышляешь. Ничего, это пройдет, и сиськи заторчат, и кнопка встанет.

Телячьи нежности я люблю, говарит она, больше мне на сегодняшний день ничево не надо, и точка.

Ага, говорю, обниматься-то больно сладко.

Она говорит, раз такое дело, надо нам чем-нибудь заняться, из ряда вон выходящим.

Это каким, спрашиваю.

Ну, говорит она, оглядывая меня, давай-ка к примеру сошьем тебе пару брюк.

Зачем это мне портки? говорю. Мужик я, что ли?

Нечего важничать, говарит она. Платья на тебе не сидят. Ты не так сделана, чтобы платья носить.

Ну, не знаю, я говорю. Мистер _ скажет, не позволю своей жене в брюках ходить.

Почему это? Шик говарит. Вся работа в доме на тебе. Срам смотреть, как ты, платье надевши, в поле горбатишься. Как ты умудряешься на подол не наступать, и как тебя еще под лемех не затянуло, это загадка природы.

Да? говарю.

Да. И еще тебе скажу. Я раньше, когда мы с Альбертом хороводились, бывало, штаны его надевала. Даже было раз, он мое платье надел.

Брешешь, говорю.

Истинная правда. Я же говарю, он был смешной. Не то што нынче. Он обожал меня в брюках. Портки для него, што красная тряпка для быка.

Фу, говорю. Представила я себе картину, и аж противно стало.

Сама знашь, какие они, Шик говорит.

Из чево шить-то, говорю.

Надо раздобыть военную форму, говарит Шик. Потренироваться чуток. Ткань на ей крепкая. И бесплатная.

У Джека есть, говорю, Одессиного мужа.

Ага, говорит. Так и заведем, шить да Неттины письма читать.

Ишь, думаю, хитрюга, лучше иглу мне в руку, чем бритву. Она больше ничего не сказала, подошла ко мне и обняла.

Дорогой Бог!

Как я узнала, што Нетти живая, начала потихоньку спину разгибать. Стала думать, вот она вернется и мы уедем отсюдова подальше, я, она и двое наших детей. Стала гадать, на ково они похожие. Чтой-то тяжко мне о них думать. Неловко как-то мне. Ежели по правде, то больше стыда чувствую, чем любви. Как они вообще? Нормальные аль нет? Шик говорит, при кровосмешении дети дураки получаются. Кровосмешение от сатаны, на погибель людям.

Все ж таки больше я думаю о Нетти.

Жарко тут, Сили, она мне пишет. Жарче, чем в июле. Жарче даже, чем в июле и августе вместе взятых. Жарко, как в июле и августе у растопленной плиты в маленькой комнатке. Одним словом, жарко.

Дорогая Сили!

С корабля нас встретил житель той деревни, где мы будем работать. Его христианское имя Джозеф. Он невысокий и толстый, и у него такие ладони, что, когда я пожимала ему руку, мне показалось, я ухватилась за что-то мокрое и мягкое, будто совсем без костей. Он немного знает английский, но этот английский не такой, как наш, хотя что-то общее все-таки есть, и он называется пиджин. Джозеф помог нам перетащить наши вещи с корабля на лодки, присланные для нас. Скорее не лодки, а долбленки, как у индейцев, знаешь, на картинках. Для нас и наших вещей понадобилось три лодки, и четвертая для лекарств и учебных принадлежностей.

В лодках было весело, люди на веслах гребли наперегонки и пели песни. На нас они не обращали никакого внимания. Когда мы причалили к берегу, они даже не помогли нам сойти на берег, а некоторые наши вещи бросили прямо в воду. Потом они вымогли из Самуила плату, которая, как сказал Джозеф, была непомерно большой, и тут же стали кричать что-то другим пассажирам, которым надо было добраться на корабль.

Порт здесь красивый, но большие корабли не могут подойти близко к причалу из-за мелководья. Так что в мореходный сезон для лодочников здесь много дела. Все лодочники, каких я видела, были больше и сильнее Джозефа, но цвет у всех одинаковый, темно-шоколадный. Не черный, как у сенегальцев. И, Сили, у них у всех прекраснейшие, белейшие, крепчайшие зубы! Пока мы плыли на корабле, я мучилась от зубной боли, и мне поневоле приходили в голову мысли о зубах. Помнишь, какие у меня плохие задние зубы? И в Англии меня поразило, какие нехорошие у англичан зубы, черные, гнилые и корявые. Интересно, не вода ли этому причиной? У африканцев же зубы напоминают лошадиные. Такие же ровные, крепкие и хорошо сформированные.

Весь порт помещается в домишке величиной со скобяную лавку, которая у нас в городке. Внутри прилавки с тканями, маслом, сетками от комаров, походными постелями, фонарями, гамаками, топорами, мотыгами, мачете и другими инструментами. Всем заправляет белый, но некоторые прилавки сданы африканцам, которые торгуют овощами и фруктами. Джозеф сказал, что нам надо купить с собой. Большой железный котел, кипятить воду, и постельное белье. Цинковый таз и сетку от комаров. Гвозди, молоток, пилу и топор. Лампы и масло к ним.

В порту негде было переночевать, и Джозеф нанял носильщиков из парней, которые болтались у торговых рядов, чтобы сразу пойти в Олинка, в четырех днях пути через дикие заросли. То есть джунгли по-твоему. Сили, ты знаешь, что такое джунгли? Ну так вот, это лес, где очень много деревьев. Все деревья такие огромные, словно их поставили друг на друга. И повсюду мхи, вьющиеся растения, всякие мелкие зверьки. Лягушки. Есть змеи, как сказал Джозеф, но, слава Богу, мы ни одной не видели, только горбатых ящериц величиной с твою руку, которых местные жители ловят и едят.

Они очень любят мясо, все, кто живет в нашей деревне. Если просишь их что-нибудь сделать, а они не делают, надо пообещать им мясо, либо небольшой кусок из собственных запасов, либо, если надо их подвигнуть на важное дело, барбекю. Да-да, барбекю. Они так похожи на наших людей!

Вот мы и на месте. У меня ноги онемели от сидения на носилках всю дорогу, еле размяла их, когда мы добрались до деревни. Все жители тут же столпились вокруг нас, выйдя из своих круглых хижин, крытых соломой. Я думала, соломой, но потом это оказалось растение с большими листьями, которое растет повсюду. Они его собирают, сушат и кладут на крышу внерехлест, чтобы дождь не попадал. Это считается женская работа. Мужчины забивают столбы для стен и иногда помогают строить стены из глины и речной гальки.

Ты не представляешь, какие у них были удивленные лица. Они окружили нас и сперва только смотрели. Потом несколько женщин подошли и потрогали мое и Коринино платья. Подол у моего платья был такой грязный после трехдневного путешествия с ночевками и готовкой на костре, что мне стало стыдно. Но потом я рассмотрела их платья. Их будто по земле валяли, и сидят они плохо. Потом к нам еще подошли женщины и потрогали нам волосы, все еще не говоря ни слова. Потом стали наши ботинки рассматривать. Мы взглянули на Джозефа. Он нам объяснил, что они так себя ведут, потому что раньше к ним только белые миссионеры приезжали. И они, естественно, думали, что все миссионеры белые, и наоборот. Некоторые мужчины были на побережье, в порту, и видели белых торговцев, поэтому они знали, что белые бывают не только миссионеры. А их женщины нигде не были, и единственный белый, кого они знали, был миссионер. Он умер год назад.

Самуил спросил, видели ли они белую женщину-миссионершу, которая живет в двадцати милях от их деревни, и они сказали, что нет. Мужчины, бывает, отходят миль на десять от деревни во время охоты, но женщины стараются держаться поближе к своим домам и полям.

Одна женщина задала вопрос. Мы посмотрели на Джозефа. Он сказал, что она спрашивает, чьи это дети, мои, Корины или нас обеих. Джозеф сказал, что они Коринины. Женщина посмотрела на нас и еще что-то сказала. Мы опять посмотрели на Джозефа. Он перевел, что они оба на меня похожи. Мы вежливо посмеялись.

Потом другая женщина сказала что-то. Она спрашивала, не вторая ли я жена Самуила.

Джозеф ответил, что нет, я такая же миссионерша, как Корина с Самуилом. Потом кто-то сказал, что они никогда не подозревали, что у миссионеров могут быть дети. А другой сказал, что никогда не думал, будто миссионеры бывают черные.

Потом кто-то сказал, что видел сон как раз прошлой ночью и что во сне он видел, как приехали новые миссионеры, две женщины и мужчина, и все черные.

Тут началось столпотворение. Детские личики стали выглядывать повсюду из-за материнских юбок. Нас повлекло куда-то вместе с деревенской толпой, наверное, их было около трехсот человек, и мы оказались под навесом из листьев, где все уселись на землю, мужчины впереди, женщины и дети позади. Несколько стариков, похожих на наших церковных старост — в мешковатых штанах и лоснящихся плохо сидящих куртках, — стали о чем-то шептаться между собой и наконец спросили, пьют ли миссионеры пальмовое вино.

Корина посмотрела на Самуила, Самуил посмотрел на Корину, а нам с детьми уже кто-то сунул в руки маленькие коричневые глиняные стаканчики, и мы, после всех дневных волнений, тут же стали пить.

Мы прибыли в деревню около четырех и просидели под лиственным навесом до девяти. Там же мы в первый раз ели деревенскую пищу, жаркое из курицы в арахисовом соусе, и ели мы его пальцами. Но большей частью мы слушали песни и смотрели, как танцуют наши хозяева, поднимая тучи пыли.

Основная часть обряда гостеприимства состояла из рассказа про листья, идущие на кровлю, который нам перевел Джозеф. Люди в этой деревне верят, что они всегда жили на одной и той же земле, там, где сейчас их деревня. И эта земля всегда была щедра и добра к ним. Они сажают маниоку, и поля приносят большие урожаи. Они сажают земляной орех, и опять земля дает им сторицей. Они сажают ямс, хлопок и просо. И еще много другого они сажают. Но как-то, давным-давно, один человек захотел получить земли больше, чем ему полагалось. Он мечтал вырастить большой урожай, чтобы продать его белым людям на побережье. Поскольку в то время он был вождем, то он захватывал все больше и больше общей земли и брал себе все больше и больше жен, чтобы они на этой земле работали. Жадность его была беспредельна, и он стал распахивать землю, на которой рос лист для крыш. Даже его жены были недовольны и стали жаловаться, но они были известны своей ленью, поэтому никто не стал их слушать. Лист всегда рос в изобилии, и жители не помнили такого, чтобы листьев не хватало всем, кому они были нужны. Постепенно жадный вождь захватил столько земли, что даже старейшины забеспокоились. Но он их подкупил, подарив им новые топоры, горшки и ткани, которые он получил от торговцев на побережье.

Однажды, во время дождливого сезона, буря унесла все листья со всех хижин в деревне, и люди вдруг, к своему горю, увидели, что в округе не осталось ни одного растения с листьями для кровли. Там, где раньше, с незапамятных времен, колыхался кровельный лист, теперь росли земляные орехи, маниока и просо.

Полгода небо и ветры обрушивали свою злость на жителей Олинка. Дождь лил косыми струями, размывая глину в стенах домов. Ветер дул с такой силой, что галька из стен летела в горшки с пищей. Потом с неба стали падать холодные комки, похожие на пшенную крупу, они без жалости секли всех, не жалея ни детей, ни женщин, ни мужчин, и несли с собой болезни и лихорадку. Сначала заболели дети, потом родители. В деревню пришла смерть.

К концу сезона дождей деревня недосчиталась половины жителей.

Люди молились своим богам и с нетерпением ждали перемены погоды. Как только дождь перестал, они бросились в поля, где раньше рос кровельный лист, в надежде найти старые корни растений. Они нашли всего лишь несколько дюжин корней, где раньше их было без числа. Прошло пять лет, и листья выросли снова. Но за эти пять лет умерли еще люди. Многие ушли из деревни навсегда. Иных загрызли дикие звери. Очень и очень многие были больны. Вождю сунули в руки мотыги и топоры, которые он купил у торговцев, и выгнали из деревни навсегда. Его жен отдали другим мужчинам.

День, в который крыши хижин украсились новыми листьями, жители отпраздновали песнями и танцами и историями про листья для кровли. А само растение стало священным.

В конце рассказа, когда мы взглянули поверх окруживших нас детских голов, мы увидели что-то огромное, колючее, коричневого цвета, шедшее к нам на шести ногах. Когда коричневая штука дошла до нашего навеса, это оказалась наша крыша, которую нам торжественно вручили. Все жители кланялись ей.

Белый миссионер, который был до вас, не позволил нам совершить эту церемонию, сказал нам Джозеф. Но люди олинка ее очень любят. Мы знаем, что наш простой лист — это, конечно, не Иисус Христос, но, по-своему, разве это не Бог?

Так мы и сидели под лиственным навесом, перед Богом олинка. И знаешь, Сили, я была такая усталая и сонная, объевшаяся курятины с арахисовой подливкой, обалдевшая от песен и танцев, что слова Джозефа мне показались совершенно разумными и полными смысла.

Интересно, что ты думаешь обо всем этом.

Шлю тебе мою любовь.

Твоя сестра Нетти

Дорогая Сили!

Давно тебе не писала. Я так занята, что даже некогда присесть и написать тебе письмо. Но что бы я ни делала, я мысленно тебе рассказываю обо всем, что со мной происходит. Дорогая Сили, говорю я про себя во время вечерней службы, и посреди ночи, и когда я готовлю обед. Милая, милая Сили. И воображаю, будто ты получаешь мои письма и пишешь мне в ответ: Милая Нетти, а у меня в жизни происходит вот это.

Мы встаем в пять утра, завтракаем пшенной кашей и фруктами и начинаем утренние занятия в школе. Мы учим детей читать и писать по-английски, преподаем им историю, географию, арифметику, читаем библейские рассказы. В одиннадцать мы делаем перерыв, чтобы пообедать и заняться домашними делами. С часу до четырех так жарко, что трудно пошевелиться, хотя некоторые мамаши сидят в тени своих хижин и шьют. В четыре начинаются уроки для старших детей, а вечером мы занимаемся со взрослыми. Некоторые дети постарше раньше ходили в школу при миссии и привыкли, а младшие нет. Они визжат и брыкаются, когда матери тащат их на уроки. В школе только мальчики. Оливия единственная девочка.

Люди племени олинка считают, что девочкам не нужно учиться. Когда я спросила одну мать, почему они так думают, она сказала: девочка сама по себе ничто, только для мужа она может стать чем-то.

Чем она может стать? — спросила я ее.

Ну, матерью его детей, ответила она.

У меня нет детей, сказала я ей, я сама по себе.

А кто ты такая сама по себе? Работница. Ишачишь на миссионеров, только и всего, сказала она.

Да, я действительно очень много работаю. Даже не ожидала, что я смогу столько работать. Я подметаю пол в школе и убираю после службы, но я вовсе не считаю себя ишаком. Я была удивлена, что эта женщина, чье христианское имя Кэтрин, воспринимает меня таким образом.

У нее есть маленькая дочь, Таши, которая играет с Оливией после школы. В школе с Оливией никто не разговаривает, кроме Адама. Нет, не подумай, они ее не обижают, просто, как бы это сказать, учиться в школе — это «мужское» занятие. Они Оливию просто не замечают. Ты за нее не бойся, у нее твое упрямство и ясная голова, и она умнее их всех, вместе взятых, включая Адама.

Почему Таши не может ходить в школу? — спросила она меня. Я ей ответила, что люди олинка считают, будто девочкам не надо учиться. Она мне, ни минуты не задумываясь, ответила: они как белые у нас дома — те тоже считают, что цветным не надо учиться.

Какая она умница, Сили! Вечерами, после того как Таши сделает по дому все, что ей скажет мать, они с Оливией тихонько идут в мою хижину, и Оливия учит Таши всему, что сама за день узнала в школе. Для Оливии Таши — это вся Африка. Та Африка, куда она так стремилась, когда мы плыли через океан. Все остальное ей доставляет мучения.

Например, насекомые. Непонятно почему, но все укусы превращаются на ней в волдыри, а ночью она плохо спит из-за того, что ее пугают звуки ночного леса. Еще она никак не может привыкнуть к здешней еде, питательной, но простой. Для нас готовят по очереди деревенские женщины, и не все из них аккуратные и старательные. У Оливии всегда болит живот после еды, приготовленной женами вождя. Самуил думает, что это, может быть, из-за воды, так как семья вождя берет воду из отдельного источника, который не пересыхает даже в засуху. Хотя надо сказать, что, кроме Оливии, никто из нас не страдает от местной пищи. Может быть, Оливия просто боится есть их еду, потому что они все такие печальные и усталые. При встрече они всегда ей говорят, что придет день, когда она тоже станет их младшей сестрой и женой вождя. Они просто шутят и на самом деле хорошо к ней относятся, но лучше бы они этого не говорили. Они все несчастные и работают как ишаки и при этом все равно думают, что быть замужем за вождем большая честь. Сам он гуляет по деревне целый день, сложив руки на круглом брюшке, разговаривает да пьет пальмовое вино со знахарем.

Почему они говорят, что я буду женой вождя? — спрашивает Оливия.

Ничего лучшего не могут придумать, говорю ей.

Вождь толстый, с лоснящейся кожей и прекрасными зубами, только очень уж большими.

Ты вырастешь и станешь настоящей христианкой, говорю я ей. Будешь работать на благо нашего народа. Станешь учительницей или сестрой милосердия. Поедешь путешествовать. Узнаешь много людей, гораздо более замечательных, чем этот вождь.

А Таши? — спрашивает она меня.

И Таши тоже, ответила я.

Сегодня утром Корина мне сказала: Нетти, чтобы не сбивать с толку людей, нам надо называть друг друга сестрами, а Самуила братом. До некоторых из них никак не доходит, что ты не жена Самуила. Мне это не нравится.

Почти с момента нашего приезда сюда я заметила в Корине перемену. Не то чтобы она больна. Работает она не меньше, чем обычно. Она по-прежнему милая и добрая. Но иногда мне кажется, что ее что-то гложет, как будто дух ее борется с каким-то искушением.

Ладно, сказала я, хорошо, что вы мне это сказали.

И не позволяй детям называть тебя мама Нетти, даже в игре, добавила она.

Это меня немного задело, но я ничего не сказала. Дети и вправду называют меня иногда мама Нетти, но это потому, что я много с ними вожусь. Однако я никогда даже и не пытаюсь заменить им Корину.

И вот еще что, говорит она. Нам надо перестать занимать друг у друга одежду.

Она-то у меня ничего никогда не занимала, поскольку у меня ничего нет, а вот я все время беру у нее что-нибудь поносить.

У вас все в порядке? — спросила я.

Она сказала, да.

Как бы я хотела, Сили, чтобы ты видела мою хижину. Мне она так нравится! В отличие от нашей школы, которая квадратная, и церкви, которая вообще без стен, моя хижина круглая, у нее есть стены и круглая крыша из листьев. От стенки до стенки в ней двадцать шагов. На глиняных стенах я развесила тарелки, коврики и куски ткани с узором племени олинка. Люди олинка славятся своими материями, которые они ткут вручную из хлопка и красят ягодным соком, особой глиной, индиго и древесной корой. Посередине моей хижины стоит парафиновая походная плитка. Еще у меня есть походная кровать с сетчатым пологом от комаров, почти как у невесты, лампа, табуретка и маленький письменный стол, на котором я пишу тебе письма. А на полу чудесные половики из тростника. Вот такой у меня очень милый и уютный домик. Но мне не хватает окна! Ни у одного дома в деревне нет окон, и, когда я заговорила с деревенскими женщинами об окнах, они дружно засмеялись. Видимо, в дождливый сезон смешно даже мечтать об окнах, но я решила, что обязательно добьюсь, чтобы мне сделали окно, пусть даже у меня на полу будут лужи во время дождей.

Я бы все отдала за твой портрет, милая Сили. У меня в чемодане есть всякие картинки, которые нам надарили в миссионерских обществах в Америке и в Англии. На этих картинках Иисус Христос, апостолы, Мария, Распятие, Спик, Ливингстон, Стэнли, Швейцер. Может быть, когда нибудь я их повешу, но однажды я примеряла их к своим коврикам и тканям, и они нагнали на меня тоску, так что я их сразу все убрала. Даже картина с Иисусом Христом, которая везде хороша, здесь выглядит как-то странно. У нас, конечно, они все есть в школе, и картинок с Иисусом много в церкви за алтарем. Я думаю, этого достаточно. Правда, в хижине у Самуила с Кориной висят картинки и реликвии (кресты).

Твоя сестра Нетти

Дорогая Сили!

Только что приходили мать и отец Таши. Им не нравится, что их дочка проводит столько времени с Оливией. Она изменилась, сказали они, стала тихой и задумчивой. Она не похожа на себя, в нее вселился дух ее тети, которую продали торговцу на побережье, потому что она не хотела жить, как живут все в деревне. Она отказалась выходить замуж за того, кого ей назначили. Не кланялась вождю. Лежала целый день, щелкала колу и смеялась.

Они спросили, почему Таши с Оливией сидят в хижине, в то время как другие девочки помогают своим мамам. Что они там делают?

Таши ленится работать по дому? — спросила я.

Отец посмотрел на мать. Нет, наоборот, сказала она, Таши работает больше, чем другие девочки ее возраста. И быстрее справляется с домашними делами. Но это только потому, что она хочет скорее идти к Оливии. Она запоминает все, чему я ее учу, как будто ей уже все известно, но эти знания не западают ей в душу.

Мать выглядела испуганной и смущенной.

Отец был рассержен.

Ага, подумала я, значит, Таши чувствует, что ей эти знания не пригодятся, потому что ее ждет другая жизнь. Но вслух я этого не сказала.

Мир меняется, сказала я. Он теперь не только для мужчин и мальчиков.

Наши женщины пользуются уважением, сказал отец. Мы не позволяем им скитаться по свету, как скитаются американки. За женщинами олинка всегда есть кому присмотреть. На это есть отец. Если не отец, то дядя. Не дядя, так брат или племянник. Не обижайся, сестра Нетти, но наши люди жалеют таких, как ты, отверженных и оказавшихся в незнакомом мире, где они одни и некому за них постоять.

Итак, я вызываю у этих людей, и у мужчин, и у женщин, жалость и презрение, подумала я.

Не надо думать, что мы простаки, сказал отец. Мы понимаем, что в других местах женщины живут не так, как наши. Но мы не хотим такой жизни для наших детей.

Жизнь меняется даже здесь, в Олинка, сказала я. Например, мы здесь.

Он плюнул на землю и сказал: а кто вы такие? Трое человек с двумя детьми. Настанет дождливый сезон, и кто-нибудь из вас, может быть, умрет. Ваши люди недолго выдерживают в нашем климате. Если не умрете, то заболеете и потеряете силы. Да-да. Мы все это уже проходили. Вы, христиане, приезжаете сюда, пытаетесь что-то изменить, потом начинаете болеть и возвращаетесь назад в Англию или куда там еще. Только белый торговец на побережье есть всегда, но не один и тот же из года в год. Мы знаем, потому что мы посылаем им женщин.

Таши умная девочка, сказала я. Она могла бы стать учительницей. Или медицинской сестрой. Она могла бы многое сделать для жителей деревни.

Здесь нет места таким женщинам, сказал отец.

Тогда нам нужно уехать, сестре Корине и мне, сказала я.

Нет, нет, сказал он.

Значит, надо учить только мальчиков? — спросила я.

Согласен, ответил он, как будто мой вопрос был предложением.

У здешних мужчин есть манера говорить с женщинами, которая приводит мне на память нашего папашу. Они слушают ровно столько, сколько им надо времени, чтобы сообразить, какое отдать приказание. Они даже не смотрят на женщин, когда те с ними говорят. Наклонят голову и смотрят в землю. Женщины тоже не «смотрят мужчине в лицо», как у них принято говорить. «Смотреть мужчине в лицо» считается бесстыдством. Они обычно смотрят куда-то в ноги. Мне ли их осуждать? Мы тоже так себя вели с нашим папой.

В следующий раз, когда Таши появится у ваших дверей, отправьте ее прямиком домой, сказал ее отец, и тут он улыбнулся. И пусть ваша Оливия с ней пойдет. Узнает, для чего нужны женщины.

Я тоже в ответ улыбнулась. Оливия действительно должна знать, как применять свое образование в жизни, куда бы она ее ни забросила, подумала я. Его приглашение даст ей такой шанс.

До свидания, милая Сили, до следующего письма от жалкой отверженной женщины, за которой некому присмотреть и которая, может быть, умрет в ближайший дождливый сезон.

Твоя любящая сестра
Нетти

Дорогая Сили!

Сначала из леса раздавался глухой непонятный шум. Как будто вдалеке происходило какое-то движение. Потом стало слышно, как рубят и таскают деревья. Временами пахло дымом. Теперь же, по прошествии двух месяцев, во время которых мы все по очереди болели, то я, то дети, то Корина, мы с утра до вечера слышим грохот падающих деревьев, скрежет и вой. Дымом пахнет каждый день.

Сегодня на вечернем уроке один мальчишка, только войдя в класс, выпалил: Дорогу строят! Дорогу строят! Он охотился с отцом в лесу и видел стройку собственными глазами.

Каждый день теперь жители деревни собираются за околицей, у поля с маниокой, и смотрят, как строят дорогу. Я наблюдаю за ними, как они сидят на табуретках или на корточках, жуют орешки кола и рисуют что-то в пыли, и чувствую прилив любви к ним. Они никогда не приходят на место стройки с пустыми руками. О нет. Каждый день, с тех пор как дорога подошла близко к деревне, они угощают строителей козлятиной, пшеном, печеным ямсом и маниокой и поят их пальмовым вином. Каждый день у них пикник, и кажется, многие подружились, хотя строители все из другого племени, чья земля к северу от нас и ближе к океану, и язык у них несколько другой. Я, во всяком случае, их не понимаю, в отличие от жителей деревни. Они хорошо разбираются во многих вещах и быстро усваивают всё новое.

Трудно поверить, что мы уже пять лет в Африке. Время идет медленно, но проходит быстро. Адам и Оливия уже ростом почти с меня, и учеба их идет хорошо. Адам имеет способности к цифрам, и Самуил беспокоится, что скоро не сможет уже сам учить его.

В Англии мы встречали миссионеров, которые отсылали своих детей домой для дальнейшей учебы, но мне трудно даже представить, как мы будем здесь без детей. Они тоже привыкли к жизни на открытом воздухе и полюбили свои маленькие хижины. Здешние люди им очень нравятся, их восхищает охотничье искусство мужчин и умение женщин своим силами выращивать большие урожаи. И как бы мне ни было грустно, а иногда такое бывает, стоит только Адаму или Оливии подойти и обнять меня, я тут же оживаю или по крайней мере прихожу в рабочее состояние. Я уже не так близка с их матерью, как раньше, но зато все больше чувствую себя их тетей. И мы становимся с каждым днем все более и более похожи друг на друга.

Примерно месяц назад Корина попросила меня не приглашать Самуила ко мне в хижину без нее.

Она сказала, что деревенские могут нас неправильно понять. Это был удар для меня, я очень ценю его общество. Сама Корина почти никогда ко мне не заходит, так что мне теперь не с кем будет поговорить по-дружески. Дети по-прежнему часто у меня бывают, иногда с ночевкой, когда их родителям надо побыть одним. Это мои любимые дни. Мы расстилаем на полу карты и путешествуем по разным странам, щелкая земляные орешки, поджаренные на моей маленькой плитке. Иногда заходит Таши и рассказывает нам истории, которые дети олинка рассказывают друг другу. Я попросила их записать эти сказки на олинка и на английском. Пусть попробуют, это будет для них хорошая практика. Оливия печалится, что не знает таких хороших сказок. Однажды она начала рассказывать одну из сказок дядюшки Римуса и выяснила, что Таши знает исконную версию. Ты бы видела ее огорченное личико! После этого мы стали обсуждать, каким образом сказки Ташиного народа попали в Америку, и Таши очень заинтересовалась историей. Она плакала, когда Оливия рассказывала ей, что пришлось пережить ее бабушке-рабыне.

Больше никто в деревне и слышать не хочет о временах рабства. Считают, что они тут абсолютно ни при чем. Эта их черта мне решительно не нравится.

Ташин отец умер во время прошлого сезона дождей. Он заболел малярией, и никакие снадобья деревенского знахаря не могли ему помочь. Наши лекарства он принимать отказался и не хотел, чтобы Самуил пришел взглянуть на него. Его похороны были первыми, которые мы видели здесь. По обычаям олинка, женщины раскрашивают лица в белый цвет, надевают белые одеяния, похожие на саваны, и начинают причитать. Тело Ташиного отца обернули в ткань и похоронили под большим деревом в лесу. Таши очень горевала. Все свое детство она старалась сделать так, чтобы отец был ею доволен, до конца не понимая, что ей, девочке, это не удастся. Его смерть сблизила ее с матерью, и теперь Кэтрин нам как своя. Под своими я имею в виду себя, детей и иногда Самуила. Она еще в трауре, далеко от своей хижины не отходит и говорит, что больше замуж не пойдет (у нее пять сыновей, и она вольна делать, что захочет, поскольку теперь она считается почетным мужчиной). Я ходила к ней в гости и из ее слов поняла, что она хочет, чтобы Таши училась дальше. Кэтрин самая трудолюбивая из всех вдов Ташиного отца, ее огород очень ухоженный и приносит большой урожай, и ее за это все всегда хвалят. Я, может быть, буду помогать ей в поле. Когда женщины работают вместе, они лучше узнают друг друга и лучше друг к другу относятся. Ташина мать подружилась с другими женами своего мужа на общих работах.

Самуил часто раздумывает о дружбе между женщинами олинка. Его озадачивает, что жены имеют общего мужа, но дружат между собой, а муж исключен из их дружбы. Самуила это как-то сбивает с толку. Ведь он должен проповедовать библейское правило о браке одного мужа и одной жены. Он думает, что, раз жены дружат между собой и поддерживают во всем друг друга — не всегда, конечно, но чаще, чем предположил бы американец, — и раз они относятся к детям других жен как к своим и любят посмеяться и посплетничать вместе, значит, они довольны таким положением дел. Но жены редко проводят время со своими мужьями. Некоторые из них были обручены с пожилыми мужчинами еще при рождении. В их жизни главное — это работа, дети и подруги (поскольку с мужчиной женщина дружить не может, если не хочет стать поводом для сплетен и вообще изгоем). Своих мужей они балуют до невозможности. Ты бы видела, как они их захваливают. Превозносят до небес любой их шаг. Закармливают сладостями и поят пальмовым вином. Неудивительно, что их мужчины как дети. А старый ребенок — это опасная вещь, особенно когда он имеет власть распоряжаться жизнью и смертью своей жены, как это происходит у олинка. Стоит ему обвинить любую из своих жен в колдовстве или неверности, ей угрожает смерть.

Слава Богу (и заступничеству Самуила), при нас такого еще не было. Но в Ташиных историях из недавнего прошлого часто говорится именно о таких жутких событиях. И Боже упаси, чтобы заболел ребенок любимой жены! Тут всякой дружбе между женами приходит конец, потому что каждая боится, что муж или одна из жен обвинят ее в колдовстве.

Счастливого Рождества тебе и твоей семье, дорогая Сили. Мы празднуем его здесь, на «черном» континенте, молитвами и песнями, а угощением у нас будет арбуз, фруктовый пунш и барбекю!

Благослови тебя Бог.

Нетти

Дорогая моя Сили!

Я хотела написать тебе на Пасху, но времена для нас были тяжелые, и я не хотела обременять тебя своими несчастьями. Вот и прошел уже целый год. Первое, о чем мне надо тебе рассказать, — это история с дорогой. Дорогу дотянули до наших полей с маниокой девять месяцев назад, и люди племени олинка, которые больше всего на свете любят праздники, на этот раз превзошли себя и задали настоящий пир строителям дороги. Те целый день веселились, смеялись и заигрывали с деревенскими женщинами, а вечером их позвали в деревню, и гуляние продолжалось до утра.

Африканцы в чем-то очень похожи на наших американцев, они думают, что они центр Вселенной и, что ни делается, делается ради них. Все деревенские определенно так считают. Поэтому они и полагали, что дорогу построили для них. Строители и вправду все время говорили о том, как олинка смогут теперь запросто добираться до побережья. По гудронной дороге это всего три дня пути пешком. А на велосипеде и того меньше. Хотя, конечно, в деревне ни у кого нет велосипеда, есть один у дорожного строителя, и все мужчины олинка смотрят на него с завистью. У них только и разговоров о том, как они купят себе велосипед.

Ну так вот, едва только строители «закончили», как считали олинка, дорогу (в конце концов ее дотянули прямо до их полей), как на следующее утро они снова принялись за работу. У них, оказывается, задание протянуть дорогу еще на тридцать миль! И прямо через деревню племени. Утром, не успели мы встать, строители уже прокладывали дорогу по полю Кэтрин, с только что посаженным ямсом. Жители деревни взбунтовались, но что толку? У строителей было настоящее оружие. И представляешь, Сили, был приказ стрелять!

Как это было грустно! Жители деревни чувствовали себя преданными. Люди стояли в стороне и беспомощно смотрели, как губят их поля и рушат дома, — они ведь по-настоящему не умеют воевать и уже давно забыли о прошлых войнах с другими племенами. Строители ни на дюйм не отклонились от своего плана. Все хижины, которые были на пути строителей, сровняли с землей. Вот так. И, Сили, наша церковь, наша школа, моя хижина — все было разрушено за несколько часов. К счастью, мы успели вынести все наши вещи, но теперь, с идущей насквозь гудронной дорогой, в деревне очень неуютно.

Как только вождь понял, какой план у строителей, он сразу же отправился на побережье, за объяснениями и возмещением убытков. Он вернулся через две недели с еще более печальными новостями. Вся земля, включая деревню племени олинка, теперь принадлежит англичанину, фабриканту резины. По дороге, на подходе к побережью, наш вождь был просто ошеломлен тем, что он там увидел, — сотни людей, таких же деревенских жителей, как олинка, выкорчевывали деревья по обе стороны дороги и сажали каучуковые плантации. Огромные старые красные деревья, кусты, лесные звери и птицы — все уничтожено, рассказывал он, кругом только обнаженная земля, плоская, как ладонь.

Сначала он думал, что люди ошибаются и рассказы про английскую резиновую компанию, или по крайней мере про земли олинка, неправда, но его направили к особняку губернатора, огромному белому зданию с развевающимися во дворе флагами, и он попал на прием к белому начальнику, как раз тому, кто отдавал приказы строителям, видевшему деревню олинка только на карте. Наш вождь пытался с ним говорить по-английски, поскольку тот не знал языка олинка.

Представляю, что это была за беседа. Наш вождь так и не выучил толком английского, кроме нескольких фраз, перенятых от Джозефа, который сам не очень грамотный и до сих пор говорит «амблийский» вместо «английский».

Но это было еще не самое плохое. Поскольку племя олинка теперь не владеет своей землей, они должны платить за аренду, а чтобы пользоваться водой, которая тоже им теперь не принадлежит, они должны платить налог на воду.

Сначала люди смеялись. Это действительно было похоже на безумие. Они ведь жили на этой земле испокон веков. Но вождь не смеялся.

Мы будем воевать с белым человеком, сказали все.

Он не один, сказал вождь. У него здесь армия.

Все это случилось несколько месяцев назад, и пока все по-старому. Люди живут как страусы. На новую дорогу ни ногой, в сторону побережья даже не смотрят. Мы построили новую церковь и школу. У меня новая хижина. Пока мы ждем.

И еще одно. Корина заболела африканской лихорадкой. Многие миссионеры в прошлом умерли от нее.

Но дети здоровы. Мальчики в школе теперь не сторонятся Таши и Оливии. Другие матери тоже стали посылать девочек в школу. Мужчинам это не нравится. Кому нужна жена, которая знает столько же, сколько муж? Но женщины стоят на своем, они любят своих детей, даже если они девочки.

Я напишу еще, когда станет полегче. Бог даст, станет.

Твоя сестра Нетти

Дорогая моя Сили!

Весь этот год, после Пасхи, был для нас нелегким. Корина больна, и вся ее работа легла на меня. На мне же уход за ней, что ей крайне не нравится.

Однажды, когда я переодевала ее в постели, она посмотрела на меня пристальным, недобрым и в то же время несчастным взглядом и спросила: почему все мои дети похожи на тебя?

Вам действительно кажется, что они так уж на меня похожи? — сказала я.

Как две капли воды, ответила она.

Может быть, когда долго живешь вместе с людьми и любишь их, они становятся на тебя похожи, сказала я. Вы же знаете, как старые семейные пары иногда похожи друг на друга.

Деревенские женщины заметили сходство в первый же день нашего приезда, сказала она.

И вы из-за этого беспокоились? — сказала я, пытаясь перевести все в шутку.

Она молча посмотрела на меня.

Когда ты впервые познакомилась с моим мужем? — задала она мне следующий вопрос.

Тут я поняла, что у нее на уме. Она думает, что Адам и Оливия — мои дети и что Самуил — их отец!

Ах, Сили, подумать только, эта мысль грызла ей душу столько лет!

Я встретила Самуила в один день с вами, Корина, сказала я ей (я все еще не научилась говорить «сестра» при каждом обращении). Бог мне свидетель, это правда.

Принеси Библию, сказала она.

Я принесла Библию, положила на нее ладонь и поклялась.

Вы ни разу не видели, чтобы я обманывала, Корина, сказала я. Прошу вас, поверьте, я и сейчас не лгу.

Тогда она позвала Самуила и попросила его поклясться, что он увидел меня впервые в тот же день, что и она.

Самуил сказал, я прошу у тебя прощения, сестра Нетти, пожалуйста, прости нас.

Как только Самуил вышел, она велела мне поднять платье и, привстав на своем одре болезни, осмотрела мой живот.

Как мне было жалко ее, Сили, и как это было унизительно! Но хуже всего то, как она относится к детям. Она их не подпускает к себе, а они не понимают, в чем дело. Да и как им понять? Они даже не знают, что они приемные.

Деревня должна быть распахана под каучуковые плантации в ближайшее время. Охотничьи угодья племени уже уничтожены, и мужчины вынуждены уходить все дальше и дальше от деревни в поисках дичи. Женщины все время в поле, ухаживают за посадками и молятся. Они поют песни земле и небу, маниоке и земляному ореху. Песни любви и прощания.

Мы все очень опечалены, Сили. Остается надеяться, что ты более счастлива в своей жизни.

Твоя сестра Нетти

Дорогая Сили!

Отгадай, что я узнала! Самуил, оказывается, тоже думал, что дети мои! Поэтому он и настраивал меня поехать с ними в Африку. Когда я объявилась у их порога, он подумал, что я следую за своими детьми, и по своему мягкосердечию не нашел сил меня прогнать.

Если они не твои, спросил он, то чьи же?

Но у меня тоже были к нему вопросы.

Откуда вы их взяли? — спросила я. И тут, Сили, он рассказал мне историю, от которой у меня волосы встали дыбом. Надеюсь, у тебя, бедняжки моей, достанет сил ее выслушать.

Жил да был когда-то один зажиточный фермер, и были его владения неподалеку от города. Нашего города, Сили. За что бы он ни взялся, все у него шло хорошо, ферма его процветала, и он решил открыть лавку, чтобы испытать свою удачу в торговле. И что же, торговля его пошла так бойко, что он уговорил двух своих братьев войти в дело, чтобы помогать ему управляться в лавке. С каждым месяцем дела шли все лучше и лучше. Тем временем белые торговцы стали жаловаться друг другу, что эта лавка отняла у них черных покупателей, а кузница, которую фермер устроил позади лавки, начинает притягивать и белых. Так не годится, решили они. Однажды ночью лавка фермера и двух его братьев сгорела, кузница была разгромлена, а самого его и двух его братьев вывели из дома посреди ночи и повесили.

У фермера была горячо любимая жена и маленькая дочка двух лет от роду. Жена была беременна другим ребенком. Когда соседи принесли тело ее мужа домой, изувеченное и обожженное, это зрелище чуть не убило ее. У нее наступили роды, и родилась вторая девочка. Хотя сама вдова оправилась после случившегося, ум ее повредился. Она продолжала накрывать на стол для мужа и все время говорила о том, какие у них с мужем планы на будущее. Соседи все больше сторонились ее, хотя и не со зла, просто ее безудержные фантазии становились все более странными для них, цветных людей, и еще отчасти потому, что ее привязанность к прошлому была такой безумной. Между тем она была красива и по-прежнему владела землей, на которой некому было работать, поскольку сама она не умела, и, кроме того, она ждала, что муж вот-вот придет домой к обеду, а потом сам отправится в поле. У них кончилась еда, и они бы голодали, если бы не помогали соседи.

Вторая девочка была еще младенцем, когда в городке появился незнакомец, который начал осыпать вдову с детьми знаками внимания, и скоро они были женаты. Почти тут же она забеременела в третий раз, хотя душевное ее здоровье не улучшилось. С тех пор она беременела каждый год, становилась все слабее телом и разумом, пока, через много лет после брака с этим незнакомцем, она не умерла.

За два года до смерти у нее родилась девочка, которую она не могла оставить себе по причине болезни, а через год мальчик. Детей звали Оливия и Адам.

Вот рассказ Самуила, можно сказать, слово в слово.

Незнакомец, женившийся на вдове, был приятелем Самуила еще до того, как он обрел Иисуса Христа. Когда этот мужчина появился у Самуила сначала с Оливией, а потом с Адамом, Самуил почувствовал, что он не только не может отказаться от детей, но что Бог ответил на их с Кориной молитвы и послал им долгожданных детей.

Он не рассказал Корине ни о незнакомце, ни о их «матери», так как хотел, чтобы ничто не омрачало ее счастья.

Но вдруг, как гром среди ясного неба, явилась я. Он вспомнил, что его бывший приятель всегда был гулякой, и быстро понял, что к чему. Поэтому он принял меня без лишних расспросов. Что меня, сказать по правде, всегда озадачивало, но я относила это за счет христианского милосердия. Корина раз спросила меня, не убежала ли я из дому. Я объяснила ей, что у нас большая семья, мы бедные, и я уже не маленькая, так что мне пора самой зарабатывать на жизнь.

Цвет пурпурный

К концу Самуилова рассказа блузка моя была мокрой от слез. В тот момент я была не в состоянии сказать ему правду. Но тебе я могу сказать все. И я молю Бога, чтобы до тебя дошло это письмо, хотя бы одно из всех.

Папаша не наш папа!

*Искренне преданная тебе
сестра Нетти*

Дорогой Бог!

Шик говарит, Ну все, хватит. Собирай барахло. Ты едеш со мной в Теннесси.

У меня голова кругом.

Папу линчевали. Мама сошла с ума. Младшие братья и сестры мне не родные. Папаша не мой папа.

Дорогой Бог! ты што, спишь?

Дорогая Нетти!

В первый раз в жизни мне захотелося свидеться с папашей. Мы с Шик напялили одинакие новенькие синие брючки цвятами и большущие праздничные шляпы, тоже одинакие, только у ей в шляпе роза красная, а у меня желтая, залезли в Паккард и покатили. Нонче по всему округу мощеные дороги, и нестись по им двадцать миль в час очень даже приятно.

Как я из дому-то съехала, я только один раз папашу видела. Загружали мы как-то с Мистером __ телегу у магазина с кормами, и тут папаша с Мэй Элен. У Мэй Элен чулок сползши, и она остановилася подтянуть его. Нагнулася и узел у коленки завязывает, а он стоит и тросточкою по камешкам на дороге постукивает. Кажется, так щас и огреет ее своей тростью.

Мистер __ как их увидел, весь сделался любезный, и к ним пошел руку вперед выставивши, а я мешки в телегу гружу и рассматриваю штампы на их. Вот уж не думалось мне тогда, что захочу его увидеть.

Ну так вот, день был ясный, весенний, вроде с утреца прохладный, как бывает на Пасху, да только мы с шоссе на проселок свярнули, видим, вокруг-то все уже зеленое, хотя почва местами еще не шибко прогрелася. На папашиной земли хоть щас сей. Вдоль дороги цветы полевые, лилии, жонкилии, нарциссы всякие, и птицы, как с ума посходивши, заливаются на все голоса и порхают по изгородям, желтыми цветочками увитым, с запахом как у виргинского вьюнка. Такое тут все непохожее на места, по каким мы до тово с Шик ехали, инда мы с ей примолкли. Может, энто я глупости говорю, Нетти, да только показалось мне в тот миг, што даже солнце застыло у нас над головами.

Ага, говарит Шик, очень миленько тут у вас. Ты мне никогда не сказывала, как тут красиво.

Тут и не было красиво, говорю. Што ни Пасха, то наводнение, мы, дети, вечно с простудами, от дома ни на шаг, да и вообще жарища была ужасная.

Как будто щас не жарища, она говорит. Тут мы обогнули холмик, которово я что-то не припомню, и прямо перед носом у нас возник большой желтый двухэтажный дом с зелеными ставенками и высокой черепичной крышей.

Мне смешно стало. Мы, кажись, не туда свернули, говорю. Энто каких-то белых дом.

Он был такой славный, домишко энтот, што мы заглушили машину и просто сидели да любовались на ево.

Что это за деревья цветут? Шик спрашивает.

Не знаю, говорю. Сливы, поди, или яблони, или, может, вишни. А то и персики. Какая разница, коли они такие красивые.

Вокруг дома, и особо на задах, сплошь деревья в цвету. Всюду лилии полевые да нарциссы, и розами все увито. А птиц-то, будто со всей округи слетелось, штобы погомонить на ветках деревьев.

Смотрели мы, смотрели, и я говорю, Тихо то как. Чай, и дома никово нет.

В церкви, чай, Шик говорит. В такое-то дивное воскресенье.

Нукась давай-ка убираться отсюдова, говарю, покуда хозяева не вернулись. Говарю я это, а сама глазом на смокву кошусь и будто узнаю ее, а тут как раз слышим, машина подъезжает, и кто бы ты думала сидит в машине, как не папаша с какой-то девчонкой, похоже, дочкой.

Подкатили они, он вышел, обогнул машину и дверь распахнул для девицы. Вылезла она, одета умопомрачительно. Розовый костюм, большая розовая шляпа и розовые туфли, а на руке маленькая розовая сумочка болтается. Вышедши, покосились на наш номерной знак и подошли к нам. Она на евоной руке повисла.

Доброе утро, говорит он, поравнявшись с Шиковым окном.

Доброе утро, говорит она медленно, и по ее голосу я могу сказать, что он ей совсем иным представлялся.

Что вам угодно, спрашивает. Меня он не замечает, и коли бы в упор смотрел, все равно бы не заметил.

Шик мне шипит: Это он?

Он, говорю.

Мы с Шик сидим и изумляемся, как он молодо выглядит. Старше, конешно, чем малявка, которая его под ручку держит, пущай она и одета как женщина, однако, никак не скажешь, что у него могут быть взрослые дети, не говоря уж о взрослых внуках. Тут я вспомнила, што он не мой папаша, а папаша моих детей.

Твоя мама что, из колыбели его выкрала? спрашивает Шик.

Да не больно уж он и молодой.

Со мной Сили, Шик ему говорит. Ваша дочь Сили. Она хотела вас навестить. Вопросы у ей имеются.

Он призадумался малость. Сили? говорит, мол, какая еще Сили? Потом говорит, не хотите ли выйти и на крыльце посидеть. Дейзи, говорит девчонке, поди скажи Хетти, штобы подождала с обедом. Она ущипнула его за руку, привстала на цыпочки и чмокнула его в скулу. Он посмотрел, как она дошла до дома, поднялась по лестнице и открыла дверь. Потом довел нас до крыльца, пододвинул кресла-качалки и говорит: Ну, чево тебе надо?

Дети здесь? спрашиваю.

Какие дети? говорит. И хохотнул. А-а, эти, они у матери. Она уехавши, со своими живет. Верно, говорит, ты же застала Мэй Элен.

Почему она ушла? спрашиваю.

Он опять засмеялся: Старая стала для меня, я так думаю.

Тут девчонка вернулась и на подлокотник его кресла уселась. Он с нами говорит и ее за руку треплет.

Это Дейзи, говарит. Моя новая жена.

Ого, Шик говорит. Да тебе больше пятнадцати не даш.

Мне больше и нет, говорит Дейзи.

Как это твоя родня тебя замуж отпустила?

Она плечами дернула и на папашу взглянула. А они на ево работают. Живут на земле на евонной.

Я теперь ее родня, говорит он.

Мне так тошно стало, чуть было не вывернуло меня. Нетти в Африке, говарю ему. В миссионерах. Она мне написала, будто вы мне не отец.

Ну да, говорит. Знаешь теперь, значит.

Дейзи на меня смотрит, и лицо у ей такое жалостливое. Вот он какой, скрывал от вас, говарит. Он мне сказывал, што у ево двое сироток выращено, а они даже не евонные были. Я и не верила раньше.

Он и им не сказал, Шик говорит.

Ах ты, старичок-добрячок, Дейзи говарит и в макушку его поцеловала, а он ей все руку наглаживает. Посмотрел на меня и ухмыльнулся.

Твой папаша не знал, как с людьми ладить. Вот его белые и линчевали. Зачем детям такие-то страсти рассказывать? Любой бы на моем месте то же самое сделал.

Да нет, небось не любой, Шик говорит.

Он на нее посмотрел, апосля на меня взглянул. Рассек, што она все знает. Да разве ж ему дело есть?

Вот взять, к примеру, меня, говарит. Я к энтим людям подход имею. Ключ к им один — деньги. Вся беда с нашими-то, што они считают, раз раб-

Элис Уокер

ство отменили, то ничего белым больше от нас не надо, и мы им ничего не должны. Ан нет. В том то весь и хрен, што от них просто так не отделаешься. Хочешь, не хочешь, а отстегни, либо деньги, либо землю, либо женщину, либо собственную задницу. Я с ними сразу о деньгах речь завожу. Еще не посеяно у меня было, а уж кой-кто знал, што каждое третье зерно в его амбаре окажется. И как на мельницу мешки нести, то же самое до их ума довел. Я, как твоего папаши старую лавку открыл, белого парня в лавку поставил. И што самое интересное, оплачивал его на деньги белых.

Шик говорит, Ладно, Сили, задавай деловому человеку свои вопросы и давай-ка отчаливать, а то у ево обед простынет.

Где моево папы могилка? спрашиваю. Мне больше ничево от ево и не надобно.

Там, где мамы твоей, он говорит.

Отметка какая ни на то есть? спрашиваю.

Он посмотрел на меня как на полную дуру. Которые линчеванные, никаких отметок не имеют, говорит. Будто это каждый младенец должен знать.

А у мамы есть? спрашиваю.

Не-а, говорит.

Птицы так же поют, как давеча, когда мы к дому только подъезжали. Как отъехали мы от дома, они тут же замолкли. А до кладбища добрались, и вовсе небо затянуло.

Искали мы, искали папы с мамой могилку, думали, можа, хоть деревяшку какую найдем. Ничево не нашли, бурьян один кругом да бумажные цветы полинявшие на могилках. Шик подкову подобрала, у лошади с копыта, видать отваливши. Взяли мы старую эту подкову, стали кружиться с ней на месте, чуть не упали, и там где чуть не упали, там и воткнули подкову в землю.

Мы одни друг у друга остались, Шик говорит, я теперь твоя родня. И поцеловала меня.

Дорогая Сили!

Я проснулась сегодня утром в твердой решимости рассказать все, как есть, Корине и Самуилу. Придя в их хижину, я взяла табуретку и села у кровати Корины. Она так ослабела, что у нее хватает сил только на недружелюбные взгляды. Я сразу поняла, что она не рада моему приходу.

Корина, сказала я ей, я пришла, чтобы рассказать вам с Самуилом правду.

Самуил мне уже все рассказал, ответила она. Если дети твои, почему ты сразу нам не сообщила?

Ну зачем ты так, милая, сказал Самуил.

Не надо мне нукать. Нетти поклялась на Библии, что говорит мне правду, что говорит Богу правду, и солгала.

Корина, сказала я, я не лгала. Я отвернулась от Самуила и прошептала ей: вы же видели мой живот.

Я ничего про это не знаю, сказала она. Я ни разу не рожала. Почем мне знать, может быть, женщины умеют избавляться от следов беременности.

Нельзя избавиться от растяжек на животе, сказала я. Они не только на поверхности, и, кроме того, живот меняет форму. Как у всех наших деревенских женщин, вы же их видели.

Она отвернулась лицом к стене и ничего не сказала.

Корина, сказала я ей, мать детей моя старшая сестра. Я их тетя.

И я рассказала им всё. Только Корину это все равно не убедило.

Вы с Самуилом говорите столько лжи. Как можно верить хоть единому вашему слову?

Ты должна поверить Нетти, сказал Самуил. Хотя видно было, что история про тебя и папашу его ошеломила.

И тут я вспомнила, как ты рассказывала мне про свою первую встречу с Кориной, Оливией и Самуилом, когда она покупала ткань себе и Оливии на платья. Ты потому и направила меня к ней, что она была единственной женщиной, у которой ты видела в руках деньги. Я напомнила Корине тот день, но она начисто забыла его.

Она все более теряет силы. Если она не поверит нам и в ней не проснутся прежние чувства к детям, я боюсь, мы ее потеряем.

Ах, Сили, недоверие страшная вещь. Так же как боль, которую мы, сами того не ведая, друг другу причиняем.

Помолись за нас.

Твоя Нетти

Дорогая Сили!

Всю неделю я пытаюсь напомнить Корине ту вашу единственную встречу. Я знаю, если она вспомнит твое лицо, она поверит, что по крайней мере Оливия твой ребенок. Они оба думают, Оливия похожа на меня, но это только потому, что я похожа на тебя. У Оливии твое лицо и глаза. Меня удивляет, что Корина тогда сразу не заметила сходства.

Помните главную улицу в городе? — спросила я ее. Помните столб, где лошадей привязывают, напротив Финлевой бакалейной лавки? Помните, как пахло арахисовой кожурой в лавке?

Она говорит, что все помнит, но не помнит, чтобы с кем-то говорила.

Тут мне на память пришли ее лоскутные одеяла. Мужчины олинка делают прекрасные лоскутные покрывала, украшенные птицами, зверями и человеческими фигурами. Как только Корина их увидела, то сразу начала мастерить покрывало, где квадратики с аппликациями в виде разных фигурок чередовались с квадратиками из девяти разных лоскутков, для которых она использовала свою и детскую старую одежду.

Я подошла к ее сундуку и стала вытаскивать, одно за другим, покрывала.

Не трогай мои вещи, сказала Корина. Я пока еще жива.

Но я продолжала поднимать покрывала к свету и рассматривала их, пытаясь найти первое, сшитое ею, и пытаясь вспомнить, что она с детьми носила в первые месяцы моей жизни в их доме.

Ага, сказала я, когда нашла, что искала, и положила покрывало к ней на постель.

Вы помните, как покупали эту ткань? — спросила я, указывая на цветастый лоскуток. Взгляните на эту птичку. Помните клетчатое платье?

Она пробежала пальцами по рисунку, и ее глаза медленно наполнились слезами.

Она была так похожа на Оливию, сказала Корина. Я боялась, она захочет забрать ее у меня. И поэтому постаралась ее забыть как можно скорее. Я запомнила только продавца, нахамившего мне в лавке, мне, выпускнице Спелмановского училища и жене Самуила. Я думала, что я что-то собой представляю, а он обращался со мной, как с простой черной бабой. Я была так оскорблена. И так разгневана. Я только об этом и думала, даже Самуилу рассказывала по пути домой. А о твоей сестре — как ее звали? Сили? — ни слова ему не сказала. Ни слова о ней.

Она начала всерьез плакать, а мы с Самуилом сидели рядом и держали ее за руки.

Не плачьте, сказала я. На самом деле моя сестра очень обрадовалась, когда встретила вас с Оливией.

Она была просто счастлива, что увидела ее живой. Она ведь думала, что оба ее ребенка мертвы.

Бедная она, бедная, сказал Самуил. Мы еще посидели, держась за руки, и поговорили, пока Корина не уснула.

И, Сили, посреди ночи она проснулась, повернулась к Самуилу, сказала, верю, и все равно умерла.

Твоя горестная сестра
Нетти

Дорогая Сили!

Мне казалось, я научилась переносить жару, постоянную влажность, непросохшую одежду, пот под мышками и между ног, но приходят мои ежемесячные гости, а с ними неудобства, боли в животе, слабость — и я должна вести себя так, будто со мной ничего не происходит, чтобы не ставить в неловкое положение Самуила, себя и детей. Не говоря уж о деревенских жителях, которые вообще считают, что женщины в такое время не должны показываться кому-либо на глаза.

К Оливии впервые пришли ее месячные сразу после того, как умерла ее мать. Мне ничего не говорит; но я думаю, она делится с Таши. Я не знаю, как начать говорить об этом. Это неправильно, но для Оливии важно, чтобы на нее не смотрели как на чужую, а у олинка не принято говорить с девочками на эти темы, иначе ее мать и отец будут очень недовольны. А единственный обряд посвящения в женщины, который есть у олинка, такой кровавый и болезненный, что я запрещаю Оливии даже думать о нем.

Помнишь, как я была напугана, когда у меня в первый раз это началось? Я думала, что я поранилась, но, слава Богу, ты была рядом и успокоила меня.

Мы похоронили Корину по обычаям олинка, обернув ее в ткань, под большим деревом. Ее доброе сердце, ее обаяние, ее ученость — все ушло вместе с ней. Я знаю, мне ее будет вечно не хватать. Она стольким меня научила! Дети были ошеломлены смертью их матери. Они знали, что она болеет, но детям всегда кажется, что смерть не может коснуться их родителей или их самих. Это были странные похороны, мы все были одеты в белое и наши лица раскрашены белой краской. Самуил совершенно потерян. Мне кажется, они со дня свадьбы ни разу не разлучались.

А как ты живешь, милая моя сестричка? Годы идут, а я еще не получила от тебя ни строчки. Нас соединяет только небо над нашими головами. Я часто гляжу вверх, как будто надеюсь увидеть в небесах твои глаза, отраженные в необъятном просторе. Твои прекрасные, большие, чистые, дорогие мне глаза. Ах, Сили, моя жизнь — это беспрерывная работа. Работа, работа и еще раз работа. И заботы. Пора девичества позади, и у меня нет ничего, что я могла бы назвать своим. Ни мужа, ни детей, ни близкого друга, за исключением Самуила. Ах да, у меня есть дети, Адам и Оливия. И друзья, Таши и Кэтрин. У меня даже есть семья — эта деревня, на которую свалилось столько бед.

К нам вчера приезжали инженеры осмотреть территорию. Явились двое белых и два часа бродили по деревне и обследовали колодцы. Олинка настолько вежливы и гостеприимны, что не могли не накормить гостей. Они тут же бросились готовить угощение из того малого, что у них осталось, поскольку большая часть огородов, которые дают урожай в это время года, уничтожена. Белые уселись за еду, даже не обратив внимания на то, что им подано, будто это нечто недостойное их внимания.

Жители деревни понимают, что ничего хорошего от людей, которые разрушили их деревню, ждать не приходится, но обычаи сильнее. Я сама не разговаривала с белыми инженерами, но Самуил подошел к ним побеседовать. Он рассказал потом, что они говорили только о километрах дороги, осадках, рабочих, машинах, саженцах и тому подобном. Один из них вообще не замечал людей вокруг — ел, курил и смотрел куда-то вдаль, а другой, помоложе, интересовался языком и даже хотел его выучить. Пока он не вымер, как он выразился.

Мне было не очень приятно глядеть, как Самуил разговаривает с ними, ни с тем, который цеплялся за каждое слово, ни с тем, который смотрел куда-то мимо него.

Самуил отдал мне одежду Корины, и мне она пригодилась, хотя никакая наша одежда здесь не хороша. Даже одежда самих африканцев не очень выручает в этом климате. Раньше они почти ничего не носили, но англичанки ввели обычай носить платья фасона «старуха Хаббард», длинные неудобные балахоны, совершенно бесформенные, то и дело попадающие в огонь во время стряпни и причиняющие ожоги. Я так и не смогла себя заставить носить эти платья, рассчитанные, наверное, на великанш, и была рада получить платья Корины. И все-таки я боюсь их надевать. Я все еще помню, как она меня предупредила, что нам не следует носить одежду друг друга. И воспоминание это стесняет болью сердце.

Вы уверены, что сестра Корина не возражала бы? — спросила я у Самуила.

Да, сестра Нетти, сказал он, не поминайте ей ее страхов. Перед концом она поняла и поверила. И простила — если было что прощать.

Мне надо было раньше все рассказать, сказала я.

Он попросил меня рассказать ему о тебе, и воспоминания мои полились рекой. Я давно хотела с кем-нибудь поделиться нашими историями. Я рассказала ему о том, что пишу тебе на Пасху и на Рождество, и о том, как было бы важно для нас тогда, если бы он зашел к вам в дом перед отъездом. Он жалел, что не решился тогда вмешаться и помочь нам.

Если бы я понимал тогда то, что понял только сейчас, сказал он.

Но было ли это возможно? Мы столького не понимаем, и от этого происходят многие наши несчастья.

Веселого Рождества.

С любовью, Нетти

Дорогая Нетти!

Все, больше я Богу не пишу. Я пишу тебе.

А Бог-то куда подевался? спрашивает Шик.

Энто кто еще такой? говарю я.

У ей взгляд стал серьезный.

С каких таких пор ты о Боге забеспокоилася, чертовка ты эдакая? говорю я ей.

Постой-ка, Шик говорит, ну-ка погоди-ка минуточку. Если я не беспокою его день и ночь, как некоторые известные нам особы, это не значит, что мне и дела нет.

Да чево харошево мне он сделал-то, энтот Бог? говарю я.

Сили! говорит она, остолбеневши, Он дал тебе жизнь, здоровье и дал женщину, которая любит тебя до смерти.

Ага, говарю, и еще зверски убитого отца, спятившую с ума мать, подонка отчима и сестру, которую я, может статься, больше не увижу. И вообще, энтот Бог, какому я писала и молилась всю жизнь, он мужик и посему такой же как все остальные мужики. Беспамятный, подлый и мелочный.

Ой, мисс Сили, помолчи-ка ты лучше. Кабы тебя Господь не услышал.

Нехай слушает, говарю. Ежели б он хошь иногда прислушивался к нищим цветным бабам, то мир был бы не такой помойкой, скажу я тебе.

Она стала меня пилить, штобы я не кощунствовала. А я кощунствую себе, сколько душеньке моей угодно.

Всю-то жизнью мне было плевать, чево люди обо мне думают, говорю я, но в глубине души на Бога-то мне не плевать. Не все равно, чево он обо мне подумает. А выясняется, он и не думает ничево. Сидит там себе и радуется, што глухой. Без Бога трудно, конешно. Хошь и знаеш, нет ево, а как-то без него неспоро.

Я грешница, и не отпираюсь, говорит Шик. На свет родилась, чево еще остается делать? Чево еще остается делать, коли в жизни столько всякого разново есть.

Грешникам-то лучше, говарю.

И знаешь, отчего? она спрашивает.

Вы не печетесь о Боге каждую минутку.

Нет, говорит она, не верно. Мы о нем очень даже печемся. Вот только мы чуем, что он нас любит, и во всю стараемся, чтоб он радовался, на наше счастье глядя.

И ты говаришь, Бог тебя любит, хошь у тебя ни разу ничево для ево не сделано? В церковь не хожено, в хоре не пето, пастора не потчевано и все такое прочее?

Цвет пурпурный

Но, Сили, ежели Бог меня любит, то мне и нет нужды все это делать. Ежели, конешно, не захочется.

Я много чево другово могу делать, чево Богу нравится.

Чево это? спрашиваю.

Ну, она говорит, я могу просто лежать и любоваться всем вокруг. Радоваться. Веселиться.

Ну не знаю, говарю. Энто уж точно кощунство.

Она говарит, Сили, ну-ка скажи мне по правде, ты Бога в церкви хоть раз видала? Я нет. Видала толпу народу, и все ждут, так он щас и явится. Ежели я Бога в церкви находила, так с собой принесла. Сдается мне, и другие тоже. Люди в церковь ходют делиться Богом, а не искать его там.

У ково есть чем делиться, говорю я, Я таких встречала, стороной меня обходили, когда я беременная была, и потом, как с Мистеровыми __ детьми мучилася.

Вот именно, она говорит.

Тут она спрашивает, Скажи-ка, Сили, а какой он, этот твой Бог?

Ну уж нет, говорю. Застеснялася я. Никто еще у меня такого не спрашивал, и растерявши я. И потом, подозрение у меня имеется, не то у меня понятие. Но куда деваться? Да и интересно мне, што Шик скажет.

Ну ладно, скажу, так уж и быть, говарю, Большой белый дядька. Пожилой. Рост высокий, борода седая, одет в белое. Ходит босиком.

Глаза голубые? спрашивает.

Серо-голубые. Холодные. Пожалуй что большие. Ресницы белые, говарю.

Она смеется.

Ну чево ты смееьси? говорю я. Ничево смешнова нету. А ты думаешь на ково он похожий? На Мистера __, што ли?

Хрен редьки не слаще, говорит. Я раньше таково же Бога представляла, когда молилась. Коли думаешь найти Бога в церкве, Сили, говорит она, вот такой белый старикан тебе и явится. Он там живет потому што.

Как так? спрашиваю.

Да такой он у белых в Библии.

Шик! говарю я, Библию Бог написал. Белые тут сбоку припека.

Как так получилось тогда, что он на них похожий? Только крупнее? спрашивает она. И волос больше. Как вышло, что в Библии все точно так, как у их всегда делается? Будто они всегда главные, а на цветных только проклятия сыпятся?

У меня о таком и не думано никогда.

Нетти говарит, в Библии сказано, будто у Иисуса волосы были как овечья шерсть, говарю я ей.

Во-во, Шик говорит, а прийди он в какую ни есть нашу церкву, ему бы пришлось волосики-то выпрямить, иначе бы ево и на порог не пустили. Нашим нигтерам такого Бога не надо, у которово волосы мелким бесом.

Истинная правда, говорю я.

Никак такое невозможно, чтобы Библию читать и думать, будто Бог не белый, Шик говорит.

Цвет пурпурный

И вздохнула. Как я поняла, что мой Бог белый и при том мужик, никаково интереса у меня к ему не стало. Ты осерчала, что он твоих молитв не слушает? А мэр хоть одно слово слушает, какое ему цветные говорят? Спроси-ка Софию.

Чево мне Софию спрашивать? Знамо, белые цветных не слушают. Точка. А коли слушают, то штобы приказывать было легче.

Слушай сюда, Шик говорит, Вот какая моя вера. Бог внутри тебя, и вообще внутри всех. Ты только родивши, а уже Бог в тебе. Кто ищет внутрях, тот и находит. Бывает оно является само по себе, даже тебе и искать не надо, коли ты вообще знаешь, чево тебе надо. Многим от этово беда. Скорбеша и погибоша. В дерьме сидят, другим словом.

Оно? я спрашиваю.

Ну да. Оно. Бог не он и не она, а оно.

А как оно выглядит? спрашиваю.

А никак, Шик говорит, На кой ляд ему выглядеть? Картина тебе, что ли? Это такое, что нельзя увидеть по отдельности от всего остального, включая себя самово. Бог это все, говорит Шик, вот такая моя вера. Все, что было, есть и будет. И когда ты чуешь это, и радуешься при том, считай, ты нашла ево.

Шик ужас какая красивая бывает, скажу я тебе. Нахмурила она бровки, во двор взглянула, откинулась в кресле и стала как роза.

Как я с белым стариканом разделалась, говорит, первым делом увидела деревья. Потом воздух. Потом птиц. Потом других людей. И вот однажды сидела я, тихая и несчастная, как дитя без матери, и пришло оно ко мне: чувство пришло, будто я не отдельная от мира, а наоборот, часть всево. Мне казалось тогда, ежели дерево срезать, у меня на руке кровь выступит. Я заплакала и засмеялась, и стала по всему дому носиться. Я сразу поняла, чево это такое. Когда оно приходит, тут не ошибешься. Это как сама знаешь что, говорит она, и сбоку по ноге меня поглаживает.

Шик! говарю я.

Ага, говарит, Бог любит всякие такие штуки. Им же они и сделаны, среди прочего добра. Когда знаешь, если что Богом сделано, то удовольствия больше получаешь. Расслабься и плыви, куда тебя несет, и хвали Бога, что у тебя есть радость.

А што, по Богу-то энто прилично?

Ага, говорит она, Бог же сам все сделало. Слушай, Бог любит все, чево ты любишь — и еще кучу других вещей, какие ты не любишь. Но больше всего Бог любит похвалы.

Так по-твоему оно тщеславное? спрашиваю я.

Не-а, она говорит. Не тщеславное. Просто ему хочется, чтобы нам было хорошо. Оно злится, ежели мы, скажем, идем по полю и не замечаем пурпурных цветочков среди травы.

А чево оно делает, когда оно злится на нас.

А-а, что-нибудь новенькое для нас придумывает. Люди считают, будто главное Богу угодить, будто это для нево самое главное, хотя любому дураку понятно, что оно само нам изо всех сил угодить старается.

Да-а? говарю я.

Да-а, она отвечает, устраивает нам всякие маленькие приятности, когда мы меньше всего ждем.

Так ты говоришь, оно хочет любви, как в Библии?

Ну да, Сили, Шик говорит, а что не хочет любви? Мы-то сами как себя ведем? Цветы дарим, песни поем, танцуем, глазки строим, чтобы нас любили. Ты замечала ли, как деревья стараются, чтобы на них нимание обратили? Только что не ходют.

Сидим мы с Шик и о Боге беседуем, только я еще как в тумане. Старикана белого все пытаюсь из головы своей вытурить. Так я с ним носилась, што его творение времени не было рассмотреть. Колоски (как это оно такие придумало?), цвет пурпурный (откуда такой взялся?), цветы полевые. Ничего не видела.

А теперь глаза открыла и поняла, што я за дура. Супротив любой травинки у меня в огороде, Мистер __ ништо. Нет, все таки не совсем. Энто как Шик говорит, коли хочешь хоть что-нибудь увидеть в мире, надо мужика из глаза своего вынуть.

Весь вред от мужика, Шик говорит, Он тебе и на пакете с крупой, и по радио, и в собственных мыслях. Он хочет, штоб ты думала, будто он все и везде. А стоит только начать так думать, готово дело, ты уже думаешь, будто он Бог. Да нет же. Ты, когда молишься и вдруг мужик у тебя перед глазами начинает маячить, скажи, чтобы убирался сию минуту, говорит Шик, а вместо него вообрази воду, цветы, ветер, камень большой вообрази.

Не так то это просто, скажу я тебе. Столько времени он мне глаза мозолил, што и не думает исчезать. Еще и угрожает, громом, молнией, потопом и землетрясом. Дерусь я с ним. Даже молиться некогда. Как только представлю камень, тут же в ево швыряю.

Аминь.

Дорогая Нетти!

Я сказала Шик, больше Богу я не пишу, а пишу тебе, дак она смеяться стала. Нетти же нас никово не знает, говорит мне. Будто я ничево не понимаю.

Которую мэрову прислугу ты видела тогда, это наша София. Еще сумки да авоськи несла за белой, помнишь, тогда, в городе? София, Харпо жена, сынка Мистерова. Как она мэровой-то жене нагрубила да мэру по роже съездила, ее в полицию забрали. Она сперва в тюрьме сидела, в прачечной там работала да загибалась потихоньку. Апосля мы ее в мэров дом прислугой пристроили. Жила она в маленькой клетушке под ихним домом, но все лучше чем в тюряге. Мух много, дак хошь не крысы.

Вобщем держали они ее одиннадцать лет с половиной, да и отпустили на шесть месяцев раньше срока за хорошее поведение, и наконец она домой смогла вернуться. Старшие ее дети уже семьями обзавелись да разъехались кто куда, а младшие ее теперь не признают. Думают, она какая-то чудная, старая и слишком уж носится с белой девчонкой, которую она вырастила.

Вчерась мы все обедали в Одессином доме. Енто которая Софиина сестра. Она всех ее детей вырастила. Ну так вот значит, она, муж ее Джек, Харпова Мышка и сам Харпо. И мы.

София сидит притуливши на углу огроменного обеденного стола, будто дрового места ей не нашлось. Дети мимо нее шныряют, словно и нет ее вовсе. Харпо и Мышка друг с другом как старая семейная пара. Дети Софиины Одессу мамой кличут, а Мышку тетей. Софию зовут «мисс». Только Харпова с Мышкой малышка, Сюзи Кью, и привечает Софию. Сидит насупротив ее и глаза на ее таращит.

Поели мы, тут Шик стул отодвинула, сигарету закурила и говорит, Друзья мои, хочу вам кой-чево сказать.

Чево? Харпо спрашивает.

Уезжаем мы, Шик говарит.

Да? Харпо говорит, а сам за кофейником тянется, и на Грейди посматривает.

Мы уезжаем, Шик опять говорит. Мистер __ сидит словно по башке стукнутый. Он всегда такой, когда Шик объявляет, што ей ехать надо. Поежился, брюхо себе почесал, потом мимо ее уставился, будто никаких слов и не сказано.

Грейди говорит, люди вы конешно харошие, соль земли и все такое, да ничево не поделаешь, надо двигать.

Мышка молчит, в тарелку свою уткнувши. Ну и я молчу. Жду, когда сыр-бор начнется.

Сили едет с нами, Шик гаворит. Мистер __ резко голову выпрямил. Чево ты сказала? говорит.

Сили едет со мной в Мемфис, говарит Шик.

Только через мой труп, Мистер __ говарит.

Это как прикажешь, Шик отвечает не дрогнув.

Мистер __ со стула было приподнялся, на Шик посмотрел и назад уселся. Ко мне повернулся. Я-то думал, ты наконец успокоилась, говорит. Чево теперь неладно?

Пес ты шелудивый, вот чево, говорю я. Давно пора с тобой распроститься и двинуться навстречу новой жизни. И твой труп будет мне ступенькой в будущее.

Чево ты сказала? он спрашивает, остолбенев.

Все за столом рты разинули.

Ты отнял у меня мою сестру Нетти, говарю я. Единственную на всем белом свете, которая меня любила.

Мистер __ тужится чево-то сказать. Но-но-но-но. Похоже будто мотор затарахтел.

Нетти с моими детьми домой едут, говарю я. Как она приедет, уж мы тебе задницу-то начистим.

Нетти с твоими детьми! Мистер __ говарит. Ты, кажись, спятила.

Да, мои дети, говарю. И хорошие дети. В Африке выросли, где хорошие школы, свежий воздух и спорт. Не то што твои дураки, без отцовской опеки да заботы выросшие.

Постой-ка, постой-ка, Харпо говарит.

Черта лысого я буду тебе стоять, я говарю, Вот ты, ежели б ты Софию не гнобил, разве ж ее белые бы сцапали.

София аж на несколько минут жевать перестала от моих слов.

Это вранье, Харпо говарит.

Доля истины в этом есть, София говарит.

Все на нее оборотились, будто впервые ее за столом приметили. Будто голос из могилы раздался.

Поганые вы были дети, все до одново, я говарю. С вами не жизнь была, а каторга. И ваш папаша туда же, жук навозный.

Мистер __ размахнулся было ударить меня, да я навстречу евоной ладони складной ножик сунула.

Ах ты сука, он говорит. Что люди скажут, как узнают, што ты в Мемфис укатила, будто у тебя дома нет.

Шик говорит, Альберт, ты хоть думай, что говоришь. Почему бабе должно быть дело до того, что люди скажут, это для меня тайна, покрытая мраком.

Ну как же, Грейди говорит, штобы разрядить обстановку. Вам мужика будет не заполучить, если разговоры пойдут.

Шик на меня взглянула, и мы с ней хихикнули. Потом и вовсе засмеялися. Тут и Мышка похохатывать начала. За ней София подхватила. Сидим мы и смеемся.

Шик говорит, ну и фрукты. Мы только можем выдавить из себя, ага, по столу ладонями хлопать и слезы с глаз отирать.

Харпо на Мышку посмотрел. Ну-ка, заткнись-ка, говорит ей. Дурная примета для вашего бабского племени над мущинами смеяться.

Ладно, она говорит. Села прямо, поглубже вздохнула и рожу состроила серьезную.

Потом он на Софию посмотрел. Ей хош бы што. Она смеется. Я наперед лиха-то хватила, говорит. Могу теперичя по гроб жизни смеяться.

Харпо посмотрел на нее, и взгляд у ево стал, как тогда, когда она Марии Агнессе зуб выбила. И будто искорка над столом пролетела.

Подумать только, он пробормотал, и у меня шесть детей от ентой сумасшедшей бабы.

Пять, она говарит.

Он аж онемел, даже не завопил, Чево ты сказала. Сразу на младшую посмотрел, девчонку вредную, шкодную, угрюмую и такую упрямую, што жизнь ей бока пообломает. Он в ей души не чает, однако. Имячко ей Генриетта.

Генриетта, он говорит.

Ш-ш-што, она отвечает. С радио кого-то изображает.

Чево она ни скажи, он в толк не может взять, как это понимать.

Поди принеси мне стакан воды похолоднее, он говорит.

Она ни с места.

Пожалуйста, он говорит.

Она пошла за водой, принесла, у евоной тарелки поставила и в щеку его клюнула. Бедный папочка, говорит, и на место села.

Я тебе ни копейки не дам из своих денег, Мистер __ говорит мне. Ни ломаного гроша.

Я хошь раз денег просила? я говорю. Я у тебя никогда в жизни ничево не просила. Даже жениться на мне.

Стоп, Шик говорит, Это еще не все. Со мной еще кой-кто едет. Пусть-ка тоже поучаствует. Что это Сили одна отдувается?

Все на Софию посмотрели. Она одна тут не пристроеная. В телеге пятое колесо.

Неча на меня смотреть, София говорит, и в глазах у нее написано, А пошли-ка вы все к ядрене фене, раз такое про меня подумали. Взяла оладью и покрепче в стуле уселась. Один раз достаточно взглянуть на нее, большую, крепкую, седеющую, большеглазую, и ясно, лишних вопросов лучше не задавать.

На всякий случай, штоб понятно было, она говорит, я у себя дома. И точка.

Сестра ее Одесса к ней подошла и обняла ее. Джек поближе придвинулся.

Конешно, ты дома, Джек говорит.

Мама плачет? кто-то из Софииных детей спрашивает.

И мисс София тоже, другой ее ребенок говорит.

София все быстро делает, и плачет тоже быстро.

Так кто едет? она спрашивает.

Все молчат. Тихо стало, слышно, как в плите уголья гаснут и рассыпаются в пепел.

Наконец Мышка из под своей челки выглянула. Я, говорит, еду на север.

Чево? Харпо говорит. Он так удивился, аж заикаться начал. Совсем как его папаша. Такие звуки издает, даже не изобразить.

Я хочу петь, говорит Мышка.

Петь? говорит Харпо.

Ну да, говорит Мышка. Петь. Я на людях не пела с тех пор, как Иоланта родилась. Дочки ейной имя Иоланта. А кличут Сюзи Кью.

А с какой стати тебе на людях петь, как Иоланта родилась? Али я тебя не содержу? У тебя все есть, чево тебе надо.

Мне петь надо, Мышка говорит.

Слушай, Мышка, Харпо говорит, в Мемфис ты не едешь. И дело с концом.

Мария Агнесса, Мышка говорит.

Мышка, Мария Агнесса, какая разница?

Большая, Мышка говорит, когда я была Мария Агнесса, я пела.

Тут в дверь тихонько постучали.

Одесса с Джеком переглянулись. Входите, говорит Джек.

В дверь просунулась тощенькая маленькая белая женщина.

Ах, вы обедаете, говорит. Извините.

Ничево, ничево, Одесса говорит. Мы уж почти пообедавши. Заходите да к столу присаживайтесь. Еды полно. А если хотите, я вам на крыльце накрою.

О господи, говорит Шик.

Женщину зовут Элинор Джейн, София у ее работала.

Она стоит и озирается по сторонам. Как Софию увидела, вздохнула с облегчением. Спасибо тебе, Одесса, говорит, я не голодная. Я к Софии пришла.

София, говорит, можешь на минуточку на крыльцо выйти? Мне поговорить с тобой надо. Хорошо, мисс Элинор, София говорит. Из-за стола вылезла и на крылечко с ей пошла. Через минуту слышим, мисс Элинор носом шмыгает. А вскоре и по-настоящему реветь начала.

Чево это с ней? Мистер __ спрашивает.

Генриетка говорит, Пр-р-роблемы... Опять кого-то с радио изображает.

Одесса плечами пожала. Она всегда в расстройстве, говорит.

Пьянство в семье, Джек говорит. Мальчишку, сына ее, из университета то и дело выгоняют. Он пьет, сестру обижает, с женщинами гуляет, ниггеров травит, и это еще не все.

Куда уж больше, Шик говорит, бедная София.

София скоро к нам вернулась и опять за стол уселась.

Что случилось? Одесса ее спрашивает.

Дома у их беда, София говорит.

Ну что, итить тебе надо? Одесса спрашивает.

Угу, София говорит. Прям сейчас. Я ворочусь, как детей спать укладывать.

Генриетта спросила, можно ли ей пойти спать. Живот болит, говорит.

Дочка Харпова и Мышкина к Софии подошла, голову задрала и смотрит на нее. Ты уходишь, Мисофия? спрашивает.

София ее на коленки к себе усадила и говорит, София на поруках. Софии надо хорошо себя вести.

Сюзи Кью положила голову к Софии на плечо. Бедная София, говорит, точно как Шик. Бедная София.

Мария Агнесса, милая, Харпо говорит, Глянь-ка, как Сюзи Кью Софию полюбила.

Ну да, Мышка говорит, дети знают, что хорошо, что нет. Взглянула на Софию, и они друг другу улыбнулись.

Пой себе на здоровье, София говорит. Я за малышкой присмотрю, пока ты в отъезде.

Присмотришь? Мышка говорит.

Присмотрю, не волнуйся, София говорит.

И за Харпо тоже, Мышка говорит. Пожалуйста.

Аминь.

Дорогая Нетти!

Ты сама знаешь, где мужик, там и беда. Пока мы ехали до Мемфиса, от Грейди покоя не было. Как мы ни пересаживались, он все норовил к Мышке присоседиться. Куда она ни севши, туда и он.

Кака настал его черед вести машину, покуда мы с Шик дремали, он рассказывал Мышке про жизнь в Северном Мемфисе, штат Теннесси. Я заснуть толком не могла от евонной болтовни, все про клубы, да про тряпки, да про сорок девять сортов пива. Столько про выпивку говорил, што мне все время писать хотелось. Приходилось с дороги съезжать да кустики искать подходящие.

Когда я собиралася, Мистер __ делал вид, что ему и дела нет до моево отъезда.

Все равно вернешься, говарит. Таким бабам на Севере неча делать. У Шик талант, говарит, она петь умеет. У ей шик есть, она с кем угодно поговорить может. У ей внешность. Видная она. А ты-то чево из себя представляешь? Некрасивая. Тощая. Фигура у тебя неказистая. При людях боисься рот раскрыть. В Мемфисе тебе один удел, быть Шиковой прислугой. Горшок за ей выносить, ну и еще, может, еду готовить. Хоть кухарка из тебя хреновая. В ентом доме порядка не было с тех пор, как мою первую жену похоронили. А замуж выйти, такого дурака еще надо поискать, штоб на тебе женился. Ну и что ты будешь делать? На ферму, в батрачки наймешься, што ли? Или шпалы таскать на железной дороге?

Еще письма были? спрашиваю.

Чево? говарит.

Ты слышал, говарю. Еще письма были от Нетти?

А коли и были, я тебе бы их все равно не дал. Вы с ей одново поля ягода. С вами по-людски, а вы как бешеные на людей кидаетесь.

Я проклинаю тебя, я говорю.

Как это понимать? он спрашивает.

Покуда не перестанешь делать мне зло, все, чево ты ни коснешься, будет рассыпаться в прах.

Он смеяться стал. Да кто ты такая, чтобы проклинать? он говорит. Ты только посмотри на себя. Черная. Нищая. Некрасивая. Да еще баба. Черт побери, да ты вообще никто.

Пока ты не будешь поступать честно по отношению ко мне, говарю, ничево у тебя хорошего в жизни не будет. Я ему прямо так и сказала, будто на меня наитие какое сошло. Мне и взаправду почудивши было, будто ветки деревьев мне эти слова нашептали.

Вы только посмотрите на нее, Мистер __ говорит, мало я тебе, видать, поддавал.

Все твои побои тебе вдвойне отплатятся, говорю я. Молчи лучше. Мои слова теперь не от меня исходят. И действительно, кажется, стоит мне рот раскрыть, будто ветер мне на язык слова метет.

Вот черт, он говорит, надо было тебя под замок посадить. И выпускать только работать.

Ты сам будешь гнить в темнице, которую ты мне уготовил, говарю.

Тут Шик к нам подошла. Раз только на меня взглянула и говорит: Сили! Затем к Мистеру __ повернулась. Прекрати, Альберт, говорит ему. Больше ни слова. Ты только себе хуже сделаешь.

Я ей сейчас рога-то пообломаю! Мистер __ сказал и ко мне подскочил.

Пыльный бес тут влетел на крыльцо и наполнил мне рот землей. Земля сказала, все что ты делаешь мне, уже сделано тебе.

Тут чую, Шик меня трясет. Сили, Сили, говорит. И я пришла в себя.

Да, я нищая. И, уж точно, черная. Может быть, некрасивая. И што верно то верно, не умею готовить, объявил голос всему сущему. Но я есть.

Аминь, говорит Шик. Аминь.

Дорогая Нетти!

Расскажу-ка я тебе, как мне живется в Мемфисе. У Шик бальшущий дом, крашеный розовым, на амбар похожий. Только наверху, вместо сена, спальни и туалеты, и широкая зала, где Шик репетирует со своими музыкантами. Вокруг дома много земли, всякие статуи и фонтан у входа. Статуи людей, которых я видом не видывала и слыхом не слыхивала. И еще слоники и черепахи, куда ни глянь. Есть большие, а есть поменьше, какие в фонтане, а какие под деревьями. Черепахи и слоники. В доме тоже. На занавесках слоники, на покрывалах черепахи.

Шик меня поселила в большую комнату с окнами на задний двор и речку.

Знаю, знаю, тебе утреннее солнышко подавай, говорит мне.

Ейная комната насупротив моей, на теневой стороне дома. Она работает допоздна, спит тоже допоздна. У ей в спальне нет ни слоников, ни черепахов, правда всякие другие диковины кой-где наставлены. Она спит на шелке да атласе. А кровать у ей круглая!

Я вообще хотела построить круглый дом, она говорит, но все стали вопить, я с ума, мол, сошла. В круглом доме окон, мол, не сделать. А я все равно мечтаю. В один прекрасный день. И показала мне рисунки.

На рисунках большой круглый розовый дом, как фрукт какой. В ем окны и двери, все как положено, и много деревьев.

Из чево он? спрашиваю.

Из глины, она говорит. Хотя я и против бетона не возражаю. Можно будет сделать формы и заливать в их бетон. А как он застынет, формы те разбить, достать части и присобачить их друг к другу клеем. Вот тебе и дом готов.

Мне и нынешний нравится, я ей говорю. Ентот нарисованый чтой-то больно мал.

Да, нынешний тоже неплох, говарит Шик. Но просто как-то странно, везде углы. Если бы я была квадратная, то может оно и ничево бы было.

Стали мы с ей о домах говорить. Как их строють, какое дерево берут, чево вокруг дома можно сделать. Я села на кровать и нарисовала вокруг ее бетонного дома што-то вроде деревянного фартучка. Штоб было на чем посидеть, если в доме прискучило, говарю.

Верно, она говорит. А давай еще навес приделаем, для тени. Она взяла карандаш и пририсовала навес.

Здесь будут клумбы, говорит. И пририсовала клумбы.

А в их герань, говарю я. И нарисовала герань.

А здесь каменные слоники, она говорит.

А сюда пару-тройку черепах, я говорю.

А как мы будем знать, что ты тут тоже живешь? она спрашивает.

Уток давай! я говорю.

Как мы дом закончили, он уже не то летал, не то плавал.

Никто не умеет гатовить как Шик, когда на ее находит такое желание.

С утра она подымается и идет на рынок. Пакупает только свежее, прямо с грядки. Вернувши домой на ступеньки усядется, горох лущить или орехи пеканы колоть или рыбу чистить или што там еще у ей с рынка притащено. И про себя песенку мурлычет. Потом паставит на плиту зараз все кастрюльки и радио включит. К часу дня все готово, и она нас кличет к столу. А тут и ветчина, и зелень, и курица, и лепешки. Требуха с фасолью в соусе. Окра и арбуз в маринаде. Карамельный торт и черничный пирог.

Мы едим вволю и попиваем сладкое вино да пиво.

Апосля мы с Шик идем в ее комнату и заваливаемся на кровать, штобы еда улеглась. У ей прохладно и сумрачно, а кровать мягкая и уютная. Мы лежим вобнимку. Иногда Шик газету вслух читает. В новостях сплошной кошмар. Драки да ругань, да выливание помоев. О том, штобы мир наладить, даже никто не заикается.

Все с ума посходивши, Шик говорит. Как тараканы в банке. Такое долго не подержится. Слушай, говорит мне, вот, к примеру, строят плотину и затопют землю, на которой индейцы жили спокон веков. А вот енто, кино снимают про мужика, который баб убивал, и тот же актер будет играть священника. А ты только посмотри на те туфли. Да разве они для ходьбы сделаны? Надень-ка их и будешь об одном мечтать, как бы до дома дохромать. А что ты думаешь они сделали с этим типом, который китайскую пару до смерти избил? Ничево.

Ну, говарю, есть же и хорошее.

Ага, говорит и страницу переворачивает. Мистер и миссис Хафлмайер объявляют о бракосочетании своей дочери Джун Сью. Семья Моррисов, с Эндоверского шоссе, устраивает прием для общины епископальной церкви. Миссис Херберт Иденфэйл ездила в Адирондаки навестить свою больную мать, миссис Джефри Худ, вдову.

Пожалста тебе, у всех счастливые рожи, Шик говорит, румяные да щекастые. И широко раскрытые невинные глаза. Будто и понятия не имеют, что там такое творится на первой странице. Только люди-то те же. Они и творят.

Вскоре обед съеден, чистота в доме наведена, и Шик опять берется за работу. А это значит, еда побоку. Сон тоже. Шик пропадает в поездках неделями. Приезжает, глаза мутные, дыхание поганое, растолстевшая и как будто засаленная. В дороге-то ей и помыться толком негде, особенно волосья.

Давай-ка я с тобой буду ездить, я ей говорю, одежку твою гладить и за волосьями твоими следить. Как раньше, когда ты у Харпо пела.

Не-а, она говорит. Это она перед белой публикой из себя изображает, со мной она вся как на ладони.

Нет, говорит, ты мне прислуживать не будешь. Не для тово я тебя в Мемфис привезла. А для тово я тебя привезла, штобы любить тебя и помочь тебе на ноги встать.

Нынче вот она опять на две недели уехавши, а мы с Грейди и Мышкой своими делами занялись. Мышка по клубам ездит, Грейди ее возит. Плюс к тому, он грядки развел на заднем дворе.

Я сижу в столовой и шью одни портки за другими. У меня порток теперь всех на свете цветов и размеров. Как мы дома начали шить, так мне с тех пор и не остановиться. Я беру разные ткани. Меняю расцветки. Меняю фасоны. Карманы такие да сякие. В талии так да эдак. Штанины то одни, то другие. У меня столько штанов нашито, что Шик меня дразнить начала. Если бы я только знала тогда, во что все это выльется, говорит и смеется. Штаны на стульях и на дверках горки с фарфором. Выкройки и обрезки ткани на столе и на полу. Она, как домой возвращается, меня целует и спрашивает: Сколько тебе нужно денег на эту неделю?

И вот однажды я сшила идеальную пару брюк. Конечно для моей шикаладной. Из мягкого темно-синего джерси в красную крапинку. Самое в них хорошее, они ужас какие удобные. В поездках Шик ест всякую дрянь, да еще и пьет. Вот брюхо у ей все время и раздувши. А эти брюки скрадывают толстый живот и при том сидят хорошо. В дороге одежда вечно жеваная, поэтому брючки мягкие и почти не мнутся. Рисунок у их такой, што они всегда как новенькие. Книзу они расклешеные, и захоти Шик в них выступать, то и туда тоже можно. А как она их наденет, просто глаз не отвести.

Мисс Сили, она мне говорит, кто сравнится с тобой?

Я глаза потупила. А она бегает по дому и во все зеркала смотрится. Да как бы она ни выглядела, все равно хороша.

Сами знаете, безделье-то до чево доводит, говорю я, пока она хвастается перед Грейди и Мышкой своей обновкой. Сижу, бывает, да думаю, што мне дальше по жизни делать, а руки, глядь, сами к шитью тянутся.

Тут и Мышка глаз положила на одни брючки. О, мисс Сили, говорит, можно мне вот енти примерить?

Она выбрала штанишки цвета заката. Оранжевые с серыми разводами. Как она их надела, Грейди так на нее уставился, будто съесть готов в ту же минуту.

Шик перебирает куски ткани, которых у меня всюду развешано. Все ткани богатые, на ощупь приятные. И на цвет красивые. Это тебе не дермантин, с которово мы, помнишь, начинали, Шик говорит. Тебе надо Джеку пару сшить, на память.

Себе в убыток она это сказала. Всю следующую неделю я по магазинам шастала да деньги тратила. Да сидела и в окно смотрела, Джековы брюки представляла. Джек высокий. Говорит мало. Добрый. Любит детей. Жену уважает, Одессу, и всех ее сестер амазонок. Если ей чево надо, он всегда рядом. Без лишней болтовни. Это главное. А потом я вспомнила, как он раз до меня дотронулся. Мне показалось, будто у него на пальцах глаза. Будто он меня всю узнал, хотя лишь тронул пальцем руку у плеча.

Поняла я, какие евонные брюки должны быть. Конешно, из верблюжей шерсти. Мягкие и крепкие. С большими карманами, штобы детские сокровища хранить, камушки всякие, веревочки да монетки. Штобы стиралися легко. И поуже, чем Шиковы, мало ли ребенка догонять, коли на дорогу выбежит или еще какое озорство учинит. И штоб в их можно было у камина растянуться да Одессу обнять. И еще...

Я все думала и думала про Джековы брюки, все кроила да шила, шила да кроила. И сшила. И отправила.

Только отослала, Одесса пишет, мол, ей тоже брюки хочется.

Шик требует еще две пары, такие же как первые. И весь ее оркестр просит по паре. Где она ни поет, оттуда тоже брюки заказывают. Я глазом не успела моргнуть, как по уши в работе.

Как-то Шик приходит домой, а я ей говорю, Знаешь, я шить люблю, но надо же мне и о пропитании подумать. Отвлекает меня шитье енто.

Шик смеется. Давай-ка, говорит, поместим объявления в газетах. И цену повыше заломим. И давай-ка мы тебе столовую отдадим под швейный цех. А еще давай-ка наймем тебе парочку другую баб, чтобы резали да строчили, а ты бы сидела да фасоны придумывала. Ты что не видишь, у тебя же ремесло в руках. Ты, девушка, теперь при деле.

Нетти, я нынче тебе штанишки взялась шить, штобы тебе в Африке не жарко было. Белые, тоненькие и мягкие. Пояс на шнурке. И не надо будет тебе теперь лишнее на себя надевать. Я их руками буду шить. Каждый стежок с поцелуем.

Аминь.

Твоя сестра Сили,
АО Штаны для народа,
с безграничной
ответственностью.
Улица Шик Эвери,
Мемфис, Теннесси

Дорогая Нетти!

Я такая счастливая. У меня в жизни есть любовь. У меня есть работа. У меня есть деньги, друзья и свабодное время. Ты живая и скоро приедеш. С нашими детишками.

Шить мне теперь памагают Джирин и Дарлин. Они близнецы. Не замужем и никогда не были и обе абажают шить. Плюс ко всему, Дарлин учит меня культурно говорить. Говарит, ихний нельзя говарить, никуда не годится. Некультурно, говорит. Надо говорить — их, а то тебя все за дуру будут держать. Цветные будут думать, ты деревещина, а белые смеяться будут.

А мне-то што? говорю, у меня и без того все хорошо.

Она твердит, мол, еще лучше будет. Ха! Лучше будет, коли я с тобой опять свижусь, да ей тово не говорю. Стоит мне што не так сказать, она ко мне пристает, пока я правильно не скажу. Мне уж кажется, будто я вапще ничево не соображаю. Только мысль в голову придет, я учинаю думать, как бы так ее сказать без ошибков, и она уходит.

А стоит оно тово? я спрашиваю.

Она говорит, что стоит. Принесла мне охапку книжек, белые сочинили. Про собак и про яблоки.

Што мне за дело до собак? думаю я.

Но она не отступает. Подумай, как Шик будет радоваться, когда у тебя образования прибавится, говарит мне, ей не стыдно будет тебя в люди вывести.

Шик и так не стыдно, я ей говорю. Она, однако, не верит. Однажды спрашивает Шик, когда та домой приехала, правда, лучше будет, если Сили правильно говорить научится?

Шик говорит, по мне так пусть хоть на пальцах объясняется. Заварила себе травяного чая и принялась болтать про горячие масляные припарки для волос.

Я не мешаю Дарлин, нехай учит. Бреват, я даже думаю про собак да про яблоки. А бреват, што нет. И все ж таки надо быть полным дураком, штоб речь свою ломать супротив своей природы. Все равно она милая, ента Дарлин, и шьет хорошо, и потом надо же нам о чем-то говорить, пока мы делом занимаемся.

Нонче шью брюки для Софии. Одна штанина пурпурная, а другая красная. Я представляю, как София наденет эти штаны и прыгнет до небес.

Аминь.

Твоя сестра Сили

Дорогая Нетти!

Шла я до Харпова с Софией дома, и чудилось мне, будто я опять в прошлую свою жизнь попавши. Вот только дом у них новый, большой. Да и я другая. Не похожая на ту, прежнюю. Иду, а на мне темно-синие брючки и белая шелковая блузка приличново вида, на ногах маленькие красные туфельки без каблуков, в волосах цветок. Иду себе мимо Мистерова __ дома, а он на крыльце сидит, меня не узнает.

Только собралась постучать в дверь, слышу, в доме что-то грохнуло. Будто стул упавши. Слышу ругаются.

Харпов голос говорит, Где это слыхано, штобы бабы гроб несли. Я только то и хотел сказать.

Ну, София говарит, ты сказал, чево хотел, и отдохни.

Я понимаю, она твоя мать, Харпо говорит, но все ж таки.

Так ты собираешься нам помогать или нет? София спрашивает.

Ну на што это будет похоже? Харпо говорит, Три большие толстые бабы гроб несут, вместо тово, чтобы дома сидеть да куру жарить.

С другого бока братья будут итить, София говорит, им что, дрова што ли колоть, по-твоему, вместо того, штобы гроб несть?

Так принято, штобы мущины тяжелую работу делали. Женщины слабые, Харпо говорит. Так думают, во всяком случае. Как говорится, женщины слабый пол. Им себя трудить не положено. Поплачьте, ежели хочется. Не надо только не в свое дело лезть.

Надо не в свое дело лезть, София говорит. Умер человек. Я и поплакать могу, и гроб понести и себя при этом не утруждать. Что я и сделаю, будешь ты нам помогать с едой и поминками или нет.

Тихо стало. Тут Харпо говорит, мягко так, ну почему ты такая, а? Почему тебе надо завсегда на своем настоять? Я даже твою мать однажды спрашивал, когда ты в тюрьме сидела.

Ну и чево она сказала? София спрашивает.

Сказала, што ты, мол, думаешь, по-твоему-то не хуже чем по чьему другому. Плюс, это по-твоему.

София засмеялась.

Я понимаю, што не ко времени, но все равно постучала.

О мисс Сили, София говорит, дверь распахивая, да как хорошо же ты выглядишь! Правда, Харпо? Харпо уставился на меня, будто в первый раз увидел.

София меня обняла и чмокнула в скулу. А где мисс Шик? спрашивает.

Она в отъезде, говорю. Она очень горевала, што твоя мама умерла.

Чево же поделаешь, София говорит, мамочка у нас всем опора была. Никогда не сдавалася. Если есть на том свете воздаяние, она теперь в раю.

Как дела, Харпо, спрашиваю, все кушаешь?

Засмеялись они с Софией.

Сдается мне, Мария Агнесса нынче тоже не приедет, София говарит Она гостила месяц назад. Ты бы видела ее и Сюзи Кью.

Не, не приедет, говарю, она постоянную работу нашла, поет в двух не то трех клубах в городе. Народ на ее валом валит.

Сюзи Кью уж так ей гордится, так гордится, говарит София. Не наслушается, как она поет. Духи ее абажает. Платья ее тоже абажает. И шляпки да туфли ее примерять тоже абажает.

А как она учится? спрашиваю.

Отлично. Она же умничка. А как перестала за мамой своей шибко скучать и дошло до ее, што я Генриеттина мама, так и пришла в норму. Она Генриетку-то любит.

А как Генриетта?

Ох, чертова девка, София говорит. Чуть что сразу трам-тарарам устраивает. Вырастет, пройдет, может. Ее папаше сорок лет понадобилось, чтобы помягчать малость. Он своей родной маме, бывало, житья не давал.

Видитесь с ним? спрашиваю.

Да не чаще, чем с Марией Агнессой, София говарит.

Какая-то она не такая стала, Мария-то Агнесса, Харпо говорит.

А именно? спрашиваю.

Даже не знаю, как и сказать. Ум у ей будто гуляет где. Говорит словно пьяная. Озирается все время, будто Грейди ищет.

Анашу они курят, вот што, говарю я.

Анаша? Харпо спрашивает. Это што еще за хреновина такая?

Штука такая для поднятия настроения, говорю я. Видения тоже от ее бывают. И полежать хочется. Только ежели много курить, спятить можно. Будто заблудившись ты и ухватиться тебе надо за ково ни на то. Грейди эту штуку на заднем дворе ростит.

В жизни ни о чем таком не слыхивала, София говорит. Оно как, в земле што ли растет?

Ну да, говорю, как сорняк. У Грейди пол-акра засажено.

И какое оно вырастает? Харпо спрашивает.

Выше меня, говарю. И пышное.

И какую же часть они курят?

Листья, говарю.

И што, они все пол-акра выкуривают? спрашивает.

Да не, смеюсь я, Грейди-то почитай почти все продает.

Ты-то сама пробовала? он спрашивает.

Ну да, говарю. Он скручивает цигарки и продает по десять центов за штуку. Только от них дух плохой во рту становится. Да вы никак попробовать хотите?

Коли потом не свихнемся, София говорит, тут и нормальному то жисть собачья.

Это как виски, говарю я им. Главное, не зевать и смотреть, штобы оно тебя не перегнало. Опрокинуть рюмку, другую, чево ж тут плохого, а вот если без ентово дела уже никак, тогда худо.

И много ты куришь? Харпо спрашивает.

Неушто я на полоумную похожая? спрашиваю я. Я курю, когда мне с Богом поговорить надобно. Или любовью позаниматься. Да последнее-то время мы с Богом и без дури хорошо с этим делом справляемся.

Мисс Сили! София говорит в конфузе.

Не бойся, дорогая, я в порядке. Бог-то меня поймет.

Глядишь, мы уже за кухонным столом сидим, цигарки запаливши, и я им показываю, как затягиваться надо. София задыхается, Харпо дымом давится.

Скоро София говорит, што за звук такой чудной? Раньше не было ево. Будто гудит чево.

Чево гудит? Харпо спрашивает ее.

Послушайте-ка, она говорит.

Мы замерли. И точно, слышим ууууууууууу.

Откуль оно? София спрашивает. Пошла на улицу выглянула. Ничево подозрительного. Гул громче стал. Ууууууууу.

Харпо из окна посмотрел. Обстановка нормальная, говорит. Все равно гудит ууууууууууу.

Кажись, я знаю чево это, говарю.

Чево? они спрашивают.

Все, говорю я.

Да, они отвечают, твоя правда.

О-хо-хо, говорит Харпо на похоронах, вот и амазонки.

С братьями со своими, я ему в ответ шепчу. Их как назовешь?

Не знаю, говорит. Они-то трое всегда за сестер горой стояли. Куда сестры, туда и они. Как ихние жены такое терпят?

Вышагивают они, вся церковь трясется. Прошли вдоль рядов и опустили свою мать перед кафедрой.

Народ кругом кто глаза вытирает, кто платочками обмахивается, кто на детей своих поглядывает, чтобы не бедокурили, и никто на Софию с сестрами внимания не обращает. Будто всю жизнь так и было. За што ентот народец я и люблю.

Аминь.

Дорогая Нетти!

Чево мне сразу в глаза бросилось, так ето какой Мистер __ чистый. Лицо умытое до блеска. Волосья назад зачесаные.

Он к гробу подошедши, с Софииной матерью попрощаться, прошептал чевой-то ей. И по плечу погладил. А как назад итить, на меня взглянул. Я веер подняла и в другую сторону посмотрела.

После похорон все пошли к Харпо.

Ты не поверишь, мисс Сили, София говорит, но кажись, Мистер __ к Богу хочет обратиться.

Хотеть не вредно, говорю ей, да только черту ентому не стоит особо на что-то рассчитыывать.

И не то, штобы он в церковь ходил, говарит, зато ругает других меньше. И работает много.

Чево? говорю, Мистер __ работает?

Еще как, говорит София. Торчит в поле с утра до вечера. И в доме прибирает.

Даже готовит, Харпо говорит, и што самое странное, после себя тарелки моет.

Не выдумывайте, говорю, вы оба, видать, еще от травки не оправивши.

Молчун стал и не видится почти ни с кем, София говорит.

Точно, конец света наступает, говорю им.

Тут как раз Мистер __ входит.

Как поживаешь, Сили? спрашивает меня.

Хорошо, говорю. Посмотрела ему в глаза и вижу, боится он меня. Ладно, думаю, пусть-ка на своей шкуре узнает, каково мне было.

Шик с тобой не приехала нынче? спрашивает.

Не-а, говорю. Работы у ей много. Но из за Софииной мамы все равно горюет.

Все горюют, говорит. Женщина, которая Софию родила, не зря жизнь прожила.

Я молчу.

Похороны ей знатные устроили, говарит.

Што верно, то верно, говорю.

Внуков-то сколько у ей, говорит. И то сказать, двенадцать детей, и все плодятся да размножаются. Одна семья и церква полна.

Истинная правда, говорю.

Надолго приехала? спрашивает.

На неделю пожалуй, говорю.

Говорили тебе, что младшенькая-то у Софии с Харпо хворает сильно? спрашивает.

Ничево про енто не знаю, говорю и Генриетту в толпе высмотрела. Вон она, говорю, с виду вроде здоровенькая.

Ну да, с виду-то ничево. Да только с кровью у нее чевой-то неладное. Сворачивается будто, ей тогда худо совсем бывает. Не жилец она на этом свете, говорит.

Милостивый Боже, говорю.

Такие дела, говорит, Софии тяжело сейчас. Мать померши. Да еще ента белая девчонка, которую она вырастила. И у самой здоровье неважное. Плюс к тому, Генриетка у них девка с норовом, она и здоровая-то не сахар.

Да, бедовая она, отвечаю. И тут мне на память пришло твое, Неточка, письмо, как ты писала, што у детишек в африканских краях такое тоже случается. Будто кровь сгущается. Силюсь вспомнить и не могу, какие снадобья люди африканские пользуют от этой хвори. Так мне удивительно с Мистером __ говорить, даже ни о чем подумать не могу. И о чем дальше говорить, не знаю.

Мистер __ ждал, ждал, чево я еще скажу, по сторонам смотрел, да так и не дождавши, сказал до свидания и пошел себе.

Как мы с Шик уехали, София сказала, Мистер __ в доме затворился. Свинарник развел страшный. Никуда не выходил и не впускал никово, покуда Харпо к ему силком не вломился.

Дом ему убрал, еду приготовил. Самово его помыл. Мистер __ такой слабый был, даже и не противился. Ему уж все равно было.

Спать не мог. По ночам ему мерещилось, будто летучие мыши за дверью возятся. И в дымоходе кто-то шебуршит. Но хуже всего ему было слушать, как собственное сердце бьется. Днем еще куда ни шло, перекантовывался, а как ночь придет, он совсем умом мешался. Сердце так у ево билося, что комната дрожала. Будто в барабаны кто стучал.

Харпо к нему часто ночевать хаживал. Сказывал, что Мистер __ в угол кровати забьется и мебель караулит, штоб стулья да шкафы на него не наезжали. Сама знаешь, какой он маленький да щуплый, София мне говорит, супротив-то Харпо, толстяка эдакого. Ну так вот, как-то вечером захожу я в дом, надобно мне было с Харпо словечком перекинуться, гляжу, они оба уснувши, Харпо лежит и папашу своего как ребенка к себе прижимает.

Как увидела я их, у меня к ему, к Харпо, сердце-то и потеплело, София говорит, а там и дом новый начали строить. Засмеялась тут она. Спросишь, легко это было? Убей меня Бог, ежели я отвечу да.

Как же он выкарабкался? спрашиваю.

О-о, говорит она, Харпо заставил его отправить тебе все оставшиеся сестрины письма. Тут он и на поправку пошел. Подлость убивает, ты же знаешь, София говорит.

Аминь.

Дорогая и любимая Сили!

Я надеялась к этому времени быть дома и уже представляла, как вновь увижу тебя и скажу: Сили, неужели это ты? Я пытаюсь вообразить, какая ты сейчас, прибавилось ли у тебя с возрастом веса и морщинок и что у тебя за прическа. Сама я превратилась в настоящую толстушку. А в волосах появилась седина!

Самуил уверяет, что седая и толстая я ему еще милее.

Ты, верно, удивлена?

Мы с Самуилом поженились прошлой осенью в Англии, где собирали пожертвования в церквях и Миссионерском обществе для помощи племени олинка.

Люди олинка долгое время делали вид, что дороги и белых строителей не существует, но вот однажды им приказали покинуть деревню. Строителям понадобилась их земля, чтобы разместить здесь правление будущей каучуковой плантации. Это единственное место на много миль вокруг, где круглый год есть источник пресной воды.

Против их воли люди олинка, вместе с миссионерами, были выведены в бесплодную землю, где вода есть только шесть месяцев в году. В остальное время они должны покупать воду у плантаторов. Во время дождливого сезона вода есть в реке, и олинка пробуют выдалбливать в камне резервуары для воды. А пока они хранят воду в брошенных строителями баках из-под нефти.

Ужасная история случилась с листьями, из которых олинка делают крышу для своих хижин и которым поклоняются как божеству. На бесплодном участке, отведенном для олинка, белые построили два рабочих барака, один для мужчин, другой для женщин и детей. Но поскольку олинка некогда поклялись, что ни за что не будут жить в домах, не защищенных Богом листьев, то строители оставили бараки без крыш. Потом они разрушили деревню олинка и распахали землю на мили вокруг, уничтожив при этом заросли листа для крыш.

После нескольких невыносимых недель без крыши под палящим солнцем мы проснулись однажды утром от тарахтенья тяжелогруженого грузовика. Он привез рифленую жесть для крыши.

Сили, представь, мы должны были платить за жесть сами! На это ушли небольшие накопления олинка и почти все наши деньги, которые мы сумели отложить на образование детей по возвращении домой. С тех пор как умерла Корина, мы каждый год собирались вернуться домой, но тяготы, выпавшие на долю олинка, не позволили нам этого сделать. Нет уродливее материала, чем рифленая жесть, Сили, и, когда они начали покрывать крышу блестящими тяжелыми листами, женщины олинка подняли вой, эхом отдававшийся в каменных ущельях на мили вокруг. В этот день олинка пришлось признать свое, во всяком случае временное, поражение.

Люди олинка больше ничего у нас не просят, кроме того, чтобы мы учили их детей, поскольку видят, насколько бессильны мы и наш Бог. Мы с Самуилом решили, что нам следует что-то предпринять по поводу последнего бесчинства, хотя многие жители, и среди них наши близкие друзья, ушли к мбеле, лесным жителям, живущим в самых непроходимых джунглях, чтобы не подчиняться белым и не работать на них.

Итак, мы взяли детей и поехали в Англию.

Это было удивительное путешествие, и не только потому, что мы отвыкли от большого мира, от кораблей, каминов, уличных фонарей и овсянки. Мы встретили на корабле женщину-миссионера, о которой были давно наслышаны. Она оставила миссионерскую работу и возвращалась в Англию вместе с маленьким африканским мальчиком, которого она представила как своего внука!

Все пассажиры были шокированы присутствием на корабле пожилой белой женщины с черным ребенком. Она ежедневно прогуливалась по палубе со своим подопечным, и всякий раз, когда она проходила мимо столпившихся белых, все разговоры стихали.

Наша попутчица, произведшая фурор на борту, бойкая, худая и крепкая голубоглазая женщина с волосами цвета серебра и сухой травы, с коротким подбородком и гортанной речью, по имени Дорис Бейнс, рассказала нам свою историю, когда мы оказались за одним с ней столиком во время обеда.

Мне скоро шестьдесят пять, рассказывала она. И почти всю жизнь я прожила в тропиках. Но теперь скоро начнется большая война. Больше, чем прошлая, которую я не застала, так как уехала сразу после ее начала. Англии предстоят тяжелые испытания, но я полагаю, мы выстоим. Я пропустила прошлую войну и хочу быть дома во время этой.

Самуил и я никогда всерьез не задумывались о войне.

Ну как же, сказала она, всюду в Африке заметны признаки грядущей войны. В Индии, я думаю, то же самое. Сначала прокладывается дорога к тем местам, где есть что-нибудь хорошее и где вы как раз и живете. Потом срубают ваши деревья, чтобы построить из них корабль и делать мебель для капитана. Потом на вашей земле сажают нечто совершенно несъедобное. И наконец вас же еще и заставляют работать на этой самой плантации. Такое происходит везде в Африке. И в Азии, я полагаю, например в Бирме.

Мы с Гарольдом решили убраться подальше от всего этого. Правда, Гарри? — спросила она и дала мальчику печенье. Ребенок ничего не ответил и стал задумчиво жевать угощение. Адам с Оливией вскоре занялись им и пошли показывать ему спасательные лодки.

Наша новая знакомая родилась в очень богатой английской семье. Ее отец был лорд такой-то, и жизнь их состояла из сплошных праздников и развлечений, ужасно скучных, по ее словам. Она хотела стать писательницей, но ее семейство было решительно против. Они надеялись, что она выйдет замуж.

Я? Замуж? Она так и покатилась со смеху. (Странные у нее понятия, хочу я тебе сказать.)

Что они только ни делали, чтобы склонить меня к замужеству, рассказывала она, вы просто не представляете. К своему двадцатилетию я познакомилась с таким количеством холеных и изнеженных молодых людей, один скучнее другого, сколько я их потом не видела за всю свою жизнь. Что может быть скучнее английского мужчины из хорошего общества? Они мне все чертовски надоели — одинаковые, как грибы после дождя.

Так она болтала без умолку во время бесконечных корабельных обедов, поскольку капитан приписал нас к ее столу. Кажется, идея стать миссионером возникла у нее в один прекрасный вечер, когда она лежала в ванне перед очередным нудным свиданием и ее внезапно осенило, что в монастыре ей будет лучше, чем в ее родном замке. По крайней мере там она могла бы размышлять, могла бы писать. Могла бы быть себе хозяйкой. Но стоп. В монастыре она не сможет быть себе хозяйкой. Ее хозяином будет Бог. Пречистая Дева. Настоятельница. И так далее и тому подобное. А что, если стать миссионером? Где-нибудь на краю земли, в диких индийских лесах, одна! Блаженство!

Она стала проявлять благочестивый интерес к язычникам. Ей удалось провести родителей. Она сумела обмануть миссионерское общество. Ее знание языков произвело на миссионеров такое впечатление, что ее послали в Африку (не повезло!), где она и начала писать романы обо всем на свете.

Мой псевдоним Джаред Хант, сообщила нам она. В Англии и даже в Америке я знаменитость. Богатый чудак, который бежит толпы и любит поохотиться в дальних странах.

Вы, наверное, думаете, сказала она нам в один из вечеров, что я не слишком пеклась об обращении язычников? Честно говоря, мне не казалось, что их надо в чем-то исправлять. Ко мне они хорошо относились. И надо сказать, что я немало для них сделала. Я же, в конце концов, писательница, так что я исписывала кучи бумаги ради них: писала об их культуре, об их обычаях, об их нуждах. Вы не представляете, как важно уметь хорошо писать, когда речь идет о поисках денег. Я научилась безукоризненно говорить на их языке, и, чтобы заткнуть рот заносчивым миссионерам в правлении общества, я писала отчеты целиком на языке племени. Я выгребла из семейной казны не меньше миллиона фунтов, прежде чем мне удалось получить первые деньги из миссионерских обществ или от богатых друзей семьи. Я построила больницу и школу. Построила училище. Бассейн, наконец. Эту роскошь я позволила ради себя, чтобы не купаться в реке, где много пиявок.

Вы не поверите, какое на меня снизошло умиротворение, поведала она нам однажды за завтраком, где-то в середине нашего путешествия. Не прошло и года, как мое заведение в Африке стало работать как часы, особенно там, где это касалось моих отношений с местными жителями. Я им сразу объявила, что до их душ мне нет дела, я собираюсь писать книги и прошу меня не беспокоить. За это удовольствие я готова была платить. И платить щедро.

В порыве благодарности вождь в один прекрасный день подарил мне пару жен. Наверное, ничего лучшего не мог придумать. Мне кажется, у них бытовало мнение, что я не женщина. Им было не совсем понятно, что я за существо. Как бы то ни было, я постаралась дать обеим девушкам образование. Конечно, отправила их в Англию, изучать медицину и агрономию. Когда они вернулись, отдала их замуж за парней, которых хорошо знала. Я стала бабушкой их детей, и началось самое счастливое время моей жизни. Должна вам сказать, с сияющим лицом продолжала она, что из меня получилась превосходная бабушка. Я многому научилась от народа акви. Они никогда не бьют детей. Не запирают их в темных хижинах. Правда, они совершают кровавые обряды, когда у детей наступает половая зрелость. Но мать Гарольда доктор, и она собирается все это изменить, правда, Гарольд?

Дайте мне только добраться до Англии, сказала она, я положу конец всем их наглым притязаниям на земли племени. Уж они узнают, куда надо послать их чертовых плантаторов с облезающей от солнца кожей и что сделать с их проклятой дорогой и каучуковыми плантациями. Я очень богата, и земля акви моя собственность.

Мы слушали ее речи в почтительном молчании. Дети с удовольствием занимались маленьким Гарольдом, хотя он не проронил ни слова в нашем присутствии. Он, по всей видимости, привязан к своей бабушке и привык к ней, но воспринимает ее красноречие с трезвостью стороннего наблюдателя, не говоря ни слова.

Он не такой, как мы, сказал Адам, который очень любит детей и может за полчаса завоевать сердце любого малыша. Адам большой шутник, он поет песни, умеет попаясничать и знает много игр. Он умеет ослепительно улыбаться, что и делает почти все время, показывая крепкие и здоровые африканские зубы.

Я сейчас пишу о его ясной улыбке и понимаю, что все время на пароходе он был невесел. Конечно, он всем интересовался, проявляя обычную любознательность, но по-настоящему весел он бывал только в обществе маленького Гарольда.

Надо спросить Оливию, в чем дело. Она в восторге от того, что наконец увидит Англию. Ее мать часто рассказывала ей о милых английских домиках с черепичной крышей, напоминающих хижины олинка, крытые листьями. Только они квадратные, говорила она, и больше напоминают нашу школу и церковь, чем жилые дома, что Оливия находила очень странным.

Когда мы приехали в Англию, Самуил подал жалобу олинка епископу английского филиала нашей церкви, довольно молодому мужчине в очках, сидевшему за столом и просматривавшему стопку ежегодных отчетов Самуила. Даже не поинтересовавшись тем, как живут люди олинка, он сразу спросил, когда умерла Корина, при каких обстоятельствах и почему после ее смерти я сразу же не вернулась в Англию.

Я не совсем понимала, что он имел в виду.

Соблюдение приличий, мисс __, сказал он. Соблюдение приличий. Что подумают о нас туземцы?

Что вы имеете в виду? — спросила я.

Ах, оставьте, сказал он.

Мы друг для друга все равно что брат и сестра, сказал Самуил.

Епископ ухмыльнулся. Да, да, Сили, именно ухмыльнулся.

Я почувствовала, что у меня начинает гореть лицо.

На этом дело не кончилось, но я не хочу огорчать тебя своими рассказами. Ты же знаешь, какие бывают люди, и этот епископ был как раз таким. Мы с Самуилом ушли, даже не начав разговора о бедах олинка.

Самуил был в таком гневе, что я испугалась. Он сказал, что, если мы хотим остаться в Африке, нам остается только уйти к мбеле и других убедить сделать то же самое.

А что, если они не захотят уходить? — спросила его я. Многие из них слишком стары, чтобы перебираться в лес. Некоторые больны. У женщин маленькие дети. А молодежи подавай велосипеды и европейскую одежду, зеркала и блестящие кастрюльки. Они хотят работать на белых и покупать себе новые вещи.

Вещи! — произнес он с отвращением. Чертовы вещи!

Во всяком случае, у нас впереди целый месяц, и надо провести его с пользой, сказала я.

Поскольку мы истратили большую часть наших денег на жестяную крышу и на оплату проезда, этот месяц нам предстояло провести в нищете. Однако он оказался счастливым. Мы почувствовали себя одной семьей, хотя с нами и не было Корины. Прохожие на улице неизменно говорили нам (если они вообще с нами разговаривали), что дети очень похожи на нас обоих. Дети уже не удивлялись и воспринимали это как должное. Освоившись, они стали ходить на прогулки по городу одни, предоставив своему отцу и мне более скромные развлечения, заключавшиеся в тихих беседах.

Самуил родился на Севере, в Нью-Йорке, и учился там же. Он познакомился с Кориной через свою тетку, которая вместе с теткой Корины некогда была на миссионерской работе в Бельгийском Конго. Самуил нередко ездил со своей тетей Алфеей в Атланту, где жила Коринина тетя Феодосия.

Эти две дамы вместе пережили необыкновенные приключения, смеясь, рассказывал Самуил. На них нападали львы, их атаковали «туземцы», им приходилось спасаться от охваченных паникой слонов и грозных потоков воды во время дождливых сезонов. Истории, которые они обе рассказывали, были просто невероятны. Восседая на диване, набитом конским волосом, среди подушечек и абажуров, две чопорные дамы в кружевах и оборках делились за вечерним чаем самыми ошеломляющими историями.

Еще подростками мы с Кориной переделывали эти истории в комиксы, придумывая им разные названия, такие, как ТРИ МЕСЯЦА В ГАМАКЕ, или УСТАВШИЕ БОКА ЧЕРНОГО МАТЕРИКА, или КАРТА АФРИКИ: ПОСОБИЕ ПО АФРИКАНСКОМУ РАВНОДУШИЮ К СВЯЩЕННОМУ ПИСАНИЮ.

Мы потешались над своими старыми тетками, но нас зачаровывали их рассказы. Они обе были такие степенные, такие положительные. Трудно было представить, что они собственными руками строили школу в джунглях, или сражались с крокодилами, или отбивались от недружественных африканцев, которые считали, что раз они носят развевающиеся, похожие на крылья накидки, то, значит, они могут летать.

Джунгли? Мы с Кориной хмыкали, переглядываясь друг с другом. Одно это слово могло вызвать у нас тихую истерику, пока мы спокойно попивали чай. Они-то, конечно, не подозревали, насколько они нас смешили. Причиной наших насмешек во многом были существовавшие тогда понятия об Африке и африканцах. Африканцы для нас, как и для всех прочих, были не просто дикарями, они были нелепыми и неуклюжими дикарями, как и их нелепые и неуклюжие потомки у нас дома. Правда, мы избегали, слишком, может быть, старательно, этого очевидного сравнения.

Мать Корины посвятила свою жизнь семье и домашнему очагу и недолюбливала свою сестру, искательницу приключений. Тем не менее она никогда не препятствовала Корине видеться с тетей. А когда Корина подросла, мать определила ее в Спелмановское училище, где когда-то училась тетя Феодосия. Это было очень интересное заведение. Его основателями были две белые миссионерши из Новой Англии, всегда носившие одинаковые платья. Поначалу ютившееся в церковном подвале, училище вскоре переехало в бывшие армейские казармы. Со временем две дамы-основательницы сумели получить большие пожертвования от некоторых богатейших семей Америки, и училище стало расти. Появились новые здания, вокруг выросли деревья. Девиц учили чтению, письму, арифметике, шитью, кулинарии, домоводству. Но более всего их учили служить Богу и своему цветному народу. Их официальный девиз был: НАША ШКОЛА ВО СЛАВУ ХРИСТА. Мне часто казалось, что их неофициальным девизом должно было быть: НАШЕМУ НАРОДУ ПРИНАДЛЕЖИТ МИР, потому что выпускницы училища трудились на благо своего народа по всему миру. Это было просто поразительно. Милые и любезные молодые женщины, чье знакомство с окружающим миром иногда ограничивалось училищем и тихим родным городком, после окончания училища без лишних раздумий уезжали работать в Индию, Африку, на Восток. Или же в Филадельфию и Нью-Йорк.

Однажды зимой, много лет назад, за шестьдесят лет до основания школы, индейцы племени чероки, жившие в Джорджии, были изгнаны со своих земель. Они шли пешком, по снегу, в лагеря для переселенцев в Оклахоме. Треть из них погибла во время пути. Но многие отказались покинуть Джорджию. Они выдавали себя за цветных и постепенно смешались с нашим народом. Многие из их потомков учились в Спелмановском училище. Некоторые из них помнили семейную историю, но большинство из них забыли свою родословную. Если они и вспоминали когда-либо о своих корнях (а индейцев вспоминали все реже, потому что их там не осталось), то думали, что желтоватый или красноватый цвет их кожи и волнистые волосы происходят от белых, а не от индейских предков.

Даже Корина так думала, рассказывал Самуил. Но я всегда чувствовал в ней индейскую кровь. Она была такой тихой, такой созерцательной. Она с такой пугающей быстротой уходила в себя, если чувствовала, что окружающие не смогут оценить ее духа и отнестись к нему с уважением.

Когда мы были в Англии, Самуил мог легко говорить со мной о Корине. И мне было не тяжело слушать.

Как все странно, говорил он. Я уже немолодой человек, и все мои мечты о помощи людям оказались просто мечтами. Как бы мы с Кориной тогда, в юности, посмеялись над самими собой. ДВАДЦАТЬ ЛЕТ РАБОТЫ ДУРАКОМ, ИЛИ ЛИСТВЕННАЯ БОЛЕЗНЬ: ТРАКТАТ О ТЩЕТЕ ВСЕГО ЗЕМНОГО В ТРОПИКАХ. Или что-нибудь в этом роде. Мы потерпели такое горькое поражение, сказал мне он. Мы стали не менее смехотворны, чем Алфея с Феодосией. Мне кажется, болезнь Корины была вызвана, по крайней мере отчасти, этими мыслями. У нее была хорошая интуиция, гораздо лучше, чем у меня. И людей она понимала намного лучше. Она часто говорила, что олинка относятся к нам с неприятием, но я не соглашался с ней. Но ведь это так и есть, могу тебе сказать.

Нет, сказала я, это не неприятие. Это скорее равнодушие. Иногда мне кажется, что мы мухи на толстой шкуре слона.

Я помню, как однажды, продолжал рассказывать Самуил, еще до нашей свадьбы, у тети Феодосии был званый вечер. Она устраивала их каждый четверг. В этот раз она позвала множество «серьезной молодежи», как она их называла. Один из них был молодой ученый из Гарварда, которого звали Эдвард. Фамилия у него, насколько я помню, была Дю Бойс[1]. Так вот, тетя Феодосия пустилась в воспоминания о своих африканских приключениях и о том, как бельгийский король Леопольд наградил ее медалью. Этот Эдвард, или Билл, точно не помню,

---

[1] Вильям Эдвард Бергхарт Дю Бойс (1868—1963) — известный афроамериканский писатель и общественный деятель. — *Примеч. пер.*

был человек нетерпеливый, что сразу было видно по выражению его глаз и беспокойным движениям. Тетя Феодосия уже добралась до того момента, когда она, вне себя от радости и удивления, получила медаль за отличную миссионерскую службу в его колонии, как вдруг Дю Бойс начал громко постукивать носком ботинка по полу. Мы с Кориной в тревоге переглянулись. Было очевидно, что он уже слышал эту историю и не собирался спокойно выслушивать ее второй раз.

Мадам, сказал он, когда тетя Феодосия завершила свой рассказ и махнула своей знаменитой медалью перед нашими носами, знаете ли вы, что по приказу короля Леопольда рабочим плантации отрубали руки, если они, по мнению надсмотрщика, не выполняли нормы по сбору каучука? Вместо того чтобы гордиться этой медалью, я бы на вашем месте счел ее символом вашего невольного соучастия в делах жестокого деспота, который изувечил, сгноил на непосильной работе и, по сути дела, уничтожил тысячи и тысячи африканцев.

Как и следовало ожидать, рассказывал Самуил, гости онемели от неожиданности. Бедная тетя Феодосия! В каждом из нас, наверное, сидит это желание, чтобы нас оценили и наградили за наши заслуги. А африканцы медалей не делают. Им вообще все равно, существуют миссионеры или нет.

Не огорчайся, сказала я Самуилу.

Как же мне не огорчаться? — ответил он.

Африканцы нас не приглашали, ты же знаешь. Нет смысла обвинять их в том, что мы чувствуем себя незваными.

Хуже чем незваными, сказал Самуил. Африканцы даже не видят нас. Не признают в нас братьев и сестер, которых некогда продали в рабство.

О Самуил, сказала я, не надо так.

Ах, Нетти, сказал он в слезах, в этом же все и дело, разве ты не видишь? Мы любим их. Мы изо всех сил стараемся показать им свою любовь. А они нас отвергают. Они даже не хотят слушать о том, какие страдания нам пришлось пережить в прошлом. А если слушают, то говорят в ответ всякие глупости. Почему вы не говорите на нашем языке, например. Почему не помните старые обычаи? Чего вам не хватает в Америке, где у всех есть машины?

Милая Сили, что мне оставалось делать, как не обнять его и не утешить? Что я и сделала. И слова, давно запертые в моем сердце, хлынули наружу. Я гладила его дорогое лицо, его голову и называла его ласковыми именами. И боюсь, моя дорогая Сили, что скоро жалость друг к другу и страсть заставили нас забыться.

Ты, может быть, догадалась, что я давно его любила, но сама не понимала своих чувств. О, я любила его как брата и уважала как друга, но, Сили, теперь я знаю, что люблю его телесно, как мужчину. Я люблю его походку, его рост, его фигуру, его запах, курчавость его волос. Я люблю кожу на его ладонях. Бледно-розовый цвет оттопыренной губы. Я люблю его большой нос, его брови, его ноги.

И я люблю его дорогие глаза, в которых так ясно читаются нежность и красота его души.

Дети сразу заметили перемену в нас. Боюсь, моя дорогая, мы не смогли скрыть своего счастья.

Мы любим друг друга, сообщил Самуил детям, и собираемся пожениться.

Но прежде этого, сказала я, я должна рассказать вам о себе и Корине и еще об одном человеке. Вот тогда я и рассказала им о тебе, Сили. И о том, как их мама Корина их любила. И о том, что я их тетя.

А где живет та, другая женщина, твоя сестра? — спросила Оливия.

Я как могла попыталась объяснить им про твою жизнь с Мистером __.

Адам сразу встревожился. Это такая чувствительная душа — он моментально слышит то, о чем рассказчик пытается умолчать.

Мы скоро поедем в Америку, сказал Самуил, чтобы успокоить его, и позаботимся о ней.

Дети были с нами во время скромной свадебной церемонии в маленькой английской церкви. В тот же вечер, после свадебного ужина, когда мы готовились ко сну, Оливия объяснила мне, что происходит с ее братом. Адам скучает по Таши.

Он еще и сердит на нее, сказала мне она, потому что, когда мы уезжали, она собиралась нанести ритуальные шрамы на лицо.

Я ничего не знала об этом. Мы думали, что сумели убедить людей олинка отказаться от обычая наносить на лица молодых женщин шрамы как знаки принадлежности к племени.

Так олинка показывают, что у них осталось хоть что-то свое, сказала Оливия, пусть даже белые забрали у них все остальное. Таши не хотела делать этого, но в конце концов согласилась, чтобы не обижать людей. К тому же она собирается пройти ритуал женской инициации.

О нет, сказала я. Это же так опасно. Ей могут занести инфекцию.

Я знаю, сказала Оливия. Я ей говорила, что ни в Америке, ни в Европе никто ничего у себя не отрезает. И во всяком случае, ей надо было совершить ритуал, когда ей было одиннадцать лет. Сейчас она слишком взрослая.

У некоторых народов есть мужское обрезание, сказала я, но при этом удаляют лишь кусочек кожи.

Таши обрадовалась, что таких обрядов нет ни в Европе, ни в Америке, сказала Оливия, тем ценнее для нее обычай ее народа.

Я понимаю, сказала я.

Они с Адамом серьезно поссорились. Не так, как раньше, когда он дразнил ее, или бегал за ней по всей деревне, или вплетал ей в волосы веточки и листочки. Он так рассердился, что был готов ее ударить.

Хорошо, что не ударил, сказала я, Таши бы надела ему на голову свой ткацкий станок.

Я буду рада вернуться домой, сказала Оливия. Не только Адам скучает по Таши.

Перед тем как пойти спать, она поцеловала меня и своего отца. Позже зашел Адам и тоже поцеловал нас перед сном.

Мама Нетти, спросил он меня, присев на край кровати, как понять, любишь ты человека или нет?

Иногда это трудно понять, сказала я.

Он очень красивый юноша, Сили. Высокий, широкоплечий, с приятным глубоким голосом. Писала ли я тебе, что он сочиняет стихи? И любит петь? Ты можешь гордиться своим сыном.

Твоя любящая сестра
Нетти

P. S. Твой брат Самуил тоже шлет тебе свою любовь.

Дорогая Сили!

Когда мы вернулись домой, деревенские встретили нас с радостью. Но когда мы сообщили, что наше обращение за помощью в церковь и миссионерское общество не возымело успеха, все были очень разочарованы. Отерев с лиц пот, а заодно и улыбки, люди понуро разбрелись по своим баракам, а мы пошли в свой домик, где у нас и церковь, и школа, и начали распаковывать вещи.

Дети — хотя я, наверное, не должна называть их детьми, поскольку они уже взрослые, — сразу же пошли искать Таши. Через час они вернулись, очень расстроенные. Таши нигде не было. Им сказали, что мать Таши Кэтрин занята на посадках на отдаленной плантации, а Таши никто не видел с самого утра.

Оливия очень огорчилась. Адам делал вид, что он спокоен, но я заметила, что он в рассеянности грыз себе ногти.

Спустя два дня нам стало ясно, что Таши прячется от нас. Ее друзья сказали нам, что, пока нас не было, Таши совершила оба обряда, скарификации[1]

---

[1] Нанесение глубоких царапин на лицо в знак принадлежности к племени. — *Примеч. пер.*

и женской инициации. При этом известии Адам переменился в лице, Оливия тоже была поражена, и ей захотелось скорей найти ее.

Мы увидели Таши только в следующее воскресенье. Она очень похудела, глаза потеряли блеск, жизнь как будто ушла из нее. Лицо ее опухло от полудюжины маленьких аккуратных надрезов на щеках. Она протянула руку Адаму, но он не взял ее, взглянул на шрамы, развернулся и вышел.

Оливия обнялась с ней, но это было грустное объятие, так не похожее на их обычные шумные встречи.

Таши стыдится рубцов на лице и едва поднимает голову. Шрамы, по-видимому, еще доставляют ей боль, поскольку вид у них воспаленный.

Вот так люди племени обращаются с девушками, да и с юношами тоже. Вырезают племенные знаки на лицах своих детей, многие из которых считают нанесение порезов несовременным и пытаются сопротивляться. Поэтому ритуал приходится зачастую совершать силой, в самых ужасающих условиях. Мы даем детям прибежище и снабжаем их ватой и антисептиками, чтобы они могли выплакаться и залечить раны.

Каждый день Адам говорит, что пора возвращаться домой. Он больше не может переносить этой жизни. Во всей округе не осталось ни одного дерева, только скалы да валуны. Его друзья один за одним уходят из деревни. Истинной причиной, конечно, являются его противоречивые чувства к Таши, которая, мне кажется, начинает понимать всю серьезность сделанной ею ошибки.

Мы с Самуилом по-настоящему счастливы, милая Сили. И благодарны Богу за это счастье. Мы все еще держим школу для младших детей, а те, кому восемь лет и старше, уже работают в поле. Всем приходится теперь работать, чтобы платить ренту за бараки и налоги на землю, покупать воду, дрова и еду. Так что мы учим младших, присматриваем за малышами, помогаем больным и старым, ухаживаем за роженицами. Наши дни заняты работой более, чем всегда, и поездка в Англию кажется сном. Но все-таки жизнь моя стала светлее, потому что есть рядом любящая душа.

Твоя сестра Нетти

Дорогая Нетти!

Которово мы за папашу принимали, помер.

А чево это ты его папашей зовешь? Шик меня намедни спрашивает.

Да уж поздно его теперь Альфонсо звать. Не припомню даже, штобы мама ево так называла. Она всегда говорила, ваш папа, хотела видать, штобы мы крепче в это поверили. Вопщем, звонит мне среди ночи Дейзи, жена евоная.

Мисс Сили, говорит, у меня плохие вести. Альфонсо помер.

Кто помер? спрашиваю.

Альфонсо, говорит, отчим ваш.

Что случилось? спрашиваю. А у самой догадки разные, убили, думаю, его или грузовиком сбило, или молния разразила или болезнь тяжелая приключилась. Не-а, говорит, во сне помер. Ну, не совсем во сне. Мы с ним перед сном отдыхали немножко, сами понимаете.

Ну што ж, говорю, сочувствую.

И вот еще, мэм, говорит, я-то думала, домик тоже мне достанется, да похоже он ваш да сестрицы вашей Нетти.

Повтори-ка, говорю ей.

Отчим ваш уж с неделю как помер, говарит она, А вчерась мы в город ездили, завещание евоное читать, так я чуть не упала от удивления. Оказывается, дом, земля и лавка вашево родново отца были. Он все оставил вашей матери, а как она померла, все вам с Нетти отошло. Не знаю, почему Альфонсо вам сам не сказал.

От ентова человека, говарю, мне ничево не надо.

Слышу, у Дейзи аж дыхание сперло. А сестрица ваша как? спрашивает. Вы думаете, она тоже откажется?

Тут я малость опомнилась. А к тому времени, как Шик подошла да спросила, кто звонит, у меня и вовсе в голове прояснилось.

Не делай глупостей, Шик говарит, и носком башмачка меня пихает, у тебя свой дом теперь будет. Твои родные папа с мамой тебе все оставили. Этот пес поганый, отчим твой, как гнилой запах, был да весь вышел.

У меня отродясь ничево своево не бывало, говарю ей. А теперича дом есть, подумать страшно. К тому ж он больше, чем Шиков, и земли при ем больше. Да еще и лавка.

Милостливый Бог, говорю, мы с Нетти теперь лавочницы. Чево продавать-то будем?

А брючки на што? Шик спрашивает.

Положила я трубку, и мы тут же понеслись взглянуть на мои владения.

По дороге, до города еще миля оставалась, попалось нам кладбище для цветных. Шик дрыхла на заднем сидении, а меня будто что-то под руку толкнувши завернуть на кладбище. И точно, проехала я чуток, вижу, впереди маячит чтой-то огромное, на манер небоскреба. Остановила я машину и пошла посмотреть. И точно, Альфонсово имя на венках, и много еще кой-чево. Член тово да сево. Видный бизнесмен и рачительный фермер. Достойный муж и отец. Благодетель бедных и беспомощных. На могилке свежие цветы, хотя он две недели как померши.

Шик вылезла из машины и подошла ко мне.

Посмотрела, посмотрела, потянулась, зевнула и говорит, зато сдох, сукин сын.

Дейзи притворилась, будто рада нас видеть, хотя взаправду чево ей радоваться-то. У ей двое дитей, и похоже, она беременна третьим. Все ж таки у ей машина остается, все евонные деньги по завещанию и ворох одежды. К тому же, я прикидываю, она сумела и сродников своих поправить, пока с ним жила.

Сили, говорит она мне, который вы помните дом, тот уже давно снесеный, а на том месте этот построен. У Альфонсо архитектор аж с Атланты приглашенный был. А енту плитку привезли ажно с Нью Йорка. — Мы как раз стояли на кухне. Плитка у них повсюду, на кухне, в туалете, на заднем крыльце. Вокруг каминов в обеих гостиных. — Но дом вместе с землею вам отходит, она говорит, Мебель я, конечно, забрала, потому как Альфонсо ее для меня покупал.

Пожалста, пожалста, говарю. Я никак не могу в себя прийти, что у меня теперичя дом свой. Как только Дейзи мне ключи отдала, я принялась бегать из одной комнаты в другую как сумасшедшая. Загляни-ка сюда, говорю Шик, а посмотри-ка што тут! Она везде смотрит да усмехается. Обнимает меня, ежели ей удается меня на месте поймать.

Вот и славненько, мисс Сили, говарит, теперь Богу известно, какой у тебя обратный адрес.

Достала она из сумочки кедровые палочки, зажгла их и мне одну дала. Начали мы с чердака и обкурили все помещения вплоть до самого подвала, штобы нечистый дух изгнать и домик мой на хороший лад настроить.

Ах, Нетти, у нас теперь свой дом! Да такой большой, што мы все здесь поместимся, и сами, и наши дети, и муж твой, и Шик. Приезжай скорее домой, потому што у тебя теперь есть дом!

*Твоя любящая сестра
Сили*

Дорогая Нетти!

Мое серце разбито.

Шик любит другова человека.

Ежели б я осталась в Мемфисе прошлым летом, можа ничево бы такова не случилось. А я все лето дом в порядок приводила. Уж больно мне хотелося, штобы все было готово к твоему приезду. Навела уют да красоту и женщину харошую нашла, чтобы за домом присматривала, пока нас нет. Апосля домой вернулась, к Шик.

Мисс Сили, она мне говарит, не хочется ли тебе китайской кухни отведать? Надо нам твое возвращение отметить.

Я очень люблю китайскую еду. Отправились мы в ресторан. Я так рада, што домой вернулась, даже не замечаю, што Шик нервничает. Она всегда такая вальяжная, даже когда из себя выходит. А тут с палочками справиться не может. Бокал с водой опрокинула. Яичный рулетик ей в рот не лезет.

Ну, думаю, енто она так радуется моему приезду, сижу, важничаю, а сама суп с пельменями да жареный рис наворачиваю.

Тут печеньица с билетиками, где будущее предсказано, принесли. Люблю я их. Разломила я свое, достала бумажную ленточку и читаю, Оставайтесь самим собой и вас ждет счастливое будущее.

Засмеялась я и Шик бумажку передала. Она читает и улыбается. Мне хорошо да покойно стало на душе.

Достает она свою бумажку, медленно так, будто боится узнать, што там написано.

Ну, говорю я, чево там у тебя?

Она на бумажку свою взглянула, потом на меня, и говорит. Тут про то, што я в парнишку девятнадцатилетнего влюбилась.

Ну-ка, дай я взгляну, говарю ей. Отобрала у нее бумажку и читаю вслух: Пуганая ворона куста боится.

Я же тебе говарю, Шик мне говарит.

Чево ты мне говаришь? спрашиваю. Я такая глупая, до меня все еще никак не доходит. Плюс к тому, я сама давно уже о мальчишках не думаю. А о мущинах и вапще никогда не думала.

В прошлом годе, говарит мне Шик, я наняла новенького, в оркестр. Я сначала не хотела, потому как он ни на чем, кроме флейты, не умел играть. Где это слыхано, чтобы блюзы на флейте играли? Я лично такого не слыхала. Оказалось, как раз флейты блюзам и не хватало, я сразу это поняла, как музыку Жермена услышала.

Жермен? спрашиваю.

Ну да, говорит, Жермен. И кто только это имечко придумал? Однако ему идет.

Тут ее понесло. Начала мне ево достоинства расписывать, будто мне до смерти надо про них слышать.

Ах, он такой молоденький. Он такой хорошенький. Попка у него прелесть. Она настолько привыкла мне все рассказывать, што остановиться не может, и с каждой секундой вид у нее становится все более влюбленный. Когда она про его стройные быстрые ножки закончила да перешла к его медово-каштановым кудрям, мне совсем тошно стало.

Хватит, говорю. Прекрати, Шик, ты меня просто убиваешь.

Она на полуслове остановилась. Личико скривилось, и из глаз слезы покатились. О Господи, говорит, Сили, извини. Мне до смерти хотелось рассказать кому-нибудь. А кому же и рассказывать, как не тебе.

Да, говорю я, если бы слова были пулями, я бы уже была труп.

Она уткнула лицо в ладони и заплакала. Сили, говорит она сквозь решетку пальцев, я же все равно тебя люблю.

Я сижу и просто смотрю на нее. Суп мой с пельменями ледышкой в желудке.

Ну што ты так расстроилась? спросила она меня, когда мы домой вернулись. Из-за Грейди ты же никогда не переживала. А он мне мужем был.

При Грейди у тебя глаза так не блестели, думаю я. Но не говорю. Я уже так далеко, что слов у меня нет.

И то правда, говорит она, Грейди такой занудный, Господи Иисусе. Одного разговору, что про баб да про анашу, вот и весь Грейди. Но все-таки.

Я молчу.

Она шутить пробует. Уж как я обрадовалась, когда он за Марией Агнессой приударил, говорит, А в постели он каков. Не знаю, кто ему инструкции давал, наверное, продавец мебели.

Я ничего не говорю. Тишина, холод, пустота. Вся тройка тут.

Ты заметила, когда они оба в Панаму уезжали, я ни слезинки не уронила? А сейчас и самой интересно, говорит, как они там, в Панаме-то.

Бедная Мария Агнесса, думаю я про себя. Кто бы мог подумать, что старый зануда Грейди дойдет до того, што будет анашу разводить в Панаме?

Денег у них, конечно, куча, Шик продолжает. Если ее письмам верить, она бы всех нас здесь своими нарядами за пояс заткнула. И опять же, что ни говори, а Грейди ей петь разрешает. Если у нее хоть одна песня в башке оставши. Но в Панаму-то зачем? Это где вообще? Где Куба, што ли? Надо нам, мисс Сили, на Кубу махнуть. Там народ только и делает, што в рулетку играет да всяко развлекается. Цветных там много, таких как Мария Агнесса, и совсем черных, как мы с тобой. В одной семье все разного цвета. Попробуй только себя за белого выдать, так тебе тут же бабушку припомнят.

Я молчу и молюсь, штобы мне умереть на этом месте и больше никогда ничего не говорить.

Ладно, говорит Шик, это началось, когда ты в свой дом уехала. Я скучала по тебе, Сили. Ты же знаешь, я женщина горячая.

Я взяла кусок бумаги, от выкроек обрезок, и написала ей записку. В записке говорилось, Заткнись.

Послушай, Сили, говорит она, я хочу, штоб ты поняла. Погляди на меня. Я же уже немолодая. И толстая. Кроме тебя, никто меня красивой не считает. Так мне казалось. Подумай сама. Ему девятнадцать. Ну сколько это может продолжаться?

Все равно, он мущина, написала я на листке.

Да, говорит она, я знаю, как ты к ним относишься. Но я-то не так. Я не настолько глупа, штобы принимать их серьезно, но некоторые из них очень даже забавные.

Помилосердствуй, пишу я ей.

Слушай, Сили, говорит она, дай мне шесть месяцев. Шесть месяцев на последний взбрык. Мне это необходимо, Сили. Я слишком слабая, мне не устоять. Просто отпусти меня на шесть месяцев, и потом мы будем вместе, как раньше.

Как раньше это вряд ли, написала я.

Сили, говорит она, скажи мне, ты любишь меня? На коленки встала и слезами заливается. А мне так больно, невозможно передать как. Почему сердце не останавливается, раз так больно? Што ж поделать, женщина же я все-таки. Я люблю тебя, говорю ей, что бы ни случилось, и что бы ты ни сделала, я люблю тебя.

Она еще немного похныкала, головой к моему стулу прислонившись. Спасибо, говарит.

Я не могу больше в твоем доме оставаться, говарю я ей.

Но, Сили, говорит она, как ты можешь меня бросить. Ты же мне друг. Я люблю этого мальчика, и мне ужас как страшно. Он треть меня по возрасту, столько же по толщине. И даже по цвету. Она попробовала засмеяться. Знаешь, придет время, он мне сделает больнее, чем я тебе сейчас. Не уезжай, пожалуйста.

Тут в дверь позвонили. Шик вытерла слезы и пошла открывать. Открыла, увидела, кто там, и сразу вышла. Слышу, машина от дома отъехала. Я пошла спать, но и сон не наведался ко мне в эту ночь.

Молись за меня.

Твоя сестра Сили

Дорогая Нетти!

Если я еще жива, так это только от того, что смотрю, как Генриетка цепляется за свою жизнь. Ох, как она воюет. Когда у ей приступ, она так вопит, мертвых подымет. Мы ее лечим, как ты мне писала африканские своих лечють. Кормим ее ямсом каженный день. Нам как всегда повезло — она терпеть не может ентот ямс. Отбивается от ево как может. Народ по всей округе придумывает всякие кушанья, только лишь бы на вкус были не как ямс. Тащуть козлятину с ямсом, яйца с ямсом, требуху с ямсом. А суп? Мой Бог, разве што из ботинок суп не варють. Генриетка говорит, что чует ямс за версту, и запросто может тарелку из окна выкинуть, ежели заподозрит неладное. Мы ей говорим, потерпи, настанет день и не будешь есть ямс, а она говорит, чтой-то никак не настает ентот ваш день. А пока суставы у ей распухши, она вся горит, и жалуется, будто в голове у ей белые человечки молоточками стучат.

Нынче я часто Мистера __ вижу, как он приходит Генриетту навестить. Он тоже выдумывает всякие хитрые рецепты, например, арахисовое масло из ямса. Мы сидим у камина с Харпо и Софией, в вист играем, а Генриетта с Сюзи Кью радио слушают. Случается, он мене и домой отвезет на своей машине. Он так и живет в своем маленьком домишке, уже и дом на ево стал похожий, за стоко-то лет. На веранде у ево два стула с прямыми спинками, к стене припертые, стоят. На перилах горшки с цветами. Только нынче домик у ево выкрашеный, беленький да чистенький. А отгадай-ка, што он собирает себе для забавы? Ракушки. Ракушки улиток и всякие ракушки из моря.

Кстати сказать, из-за ентих ракушек я впервые внутрь дома опять зашла. Он Софии рассказывал, какая у ево есть новая раковина, будто ежели ее к уху приложишь, слышно, как море шумит. Мы пошли взглянуть. Она большая, тяжелая, пестрая как курица, и точно, в ей волны шумят. Мы-то тут моря никогда не видели. Мистер __ читал в книжках. Он и раковины заказывает по книжкам, их у ево повсюду навалено.

Он не очень о своих раковинах распространяется, зато как в руки берет, словно дар с неба обрел.

У Шик, помню, раковина была, говорит. Давно, как мы только познакомились. Такая большая, белая, как веер. Она еще любит ракушки?

Не-а, говарю, она теперь слоников любит.

Он подождал, не скажу ли я еще чево, а потом, раковины на место убравши, спрашивает меня, а ты чево-нибудь такое любишь?

Цвет пурпурный

Я птиц люблю, говарю.

Знаешь, говорит, ты мне всегда птицу напоминала. Давно, как ты приехала сюда. Такая тощая была, не приведи Господь, говорит. И чуть что случится, ты, бывало, встрепенешься, будто вот-вот улетишь.

Значит, видел, говарю.

Видеть-то видел, сказал он, да дурак был, не откликнулся.

Да, говорю, и это мы пережили.

А знаешь чево, ведь мы еще муж и жена, гаворит.

Не-е, говарю, никогда ими не были.

Ты хорошо выглядишь, в Мемфисе-то поживши, сама знаешь небось, гаворит.

Ну да, говарю, Шик обо мне заботится.

Чем ты там зарабатываешь? спрашивает.

Брюки шью, говарю.

То-то я замечаю, вся родня брюки твоего пошива носит. Так ты што, и на продажу шьешь?

Именно, говорю. Я еще тут начала. Надо было чем-то руки занять, штобы тебя не убить.

Он в пол уставился.

Шик мне первую пару помогла сшить, говорю. И как дурочка, заплакала.

Скажи мне правду, Сили, говорит он, я тебе не приглянулся, потому што я мущина?

Я нос высморкала.

По мне так, сними с вас портки, все мужики на лягушек похожие. Как ни ласкай, лягушки они и есть.

Понятно, говорит.

Как домой добралась, мне так тошно стало, в пору только спать круглые сутки. Пробовала с новой задумкой своей, брюками для беременных, повозиться, но от одной мысли, што кто-то может быть беременный, слезы полились.

Твоя сестра Сили

Дорогая Нетти!

В первый раз мне Мистер __ мою почту прямо в руки отдал, телеграмму из отдела обороны Соединенных Штатов Америки. В ей сказано, што корабль, на котором ты с детьми и мужем плыла из Африки, подорвался на немецкой мине в каком-то Гибралтаре. Они думают, вы все утонули. И в тот же день все мои письма к тебе за последний год вернулися нераспечатанные.

Сижу я теперь в своем большом доме и иголкой ткань ковыряю, шью как будто. Зачем, сама не знаю. Зачем все? Едва тяну ее, эту жизнь.

Твоя сестра Сили

Дорогая моя Сили!

Таши и ее мать убежали из деревни. Они отправились к мбеле. Мы с Самуилом и детьми вчера долго говорили об этом и выяснили, что, по сути, никто из нас толком не знает, существуют ли мбеле в действительности. Мы слыхали от других людей, что они живут в самых непроходимых лесах, охотно принимают беглецов, нападают на плантации белого человека и готовят его гибель или, во всяком случае, надеются прогнать со своего континента.

Адам и Оливия очень расстроены, потому что любят Таши и скучают по ней и еще потому, что от мбеле еще никто не возвращался. Мы стараемся занять их, а поскольку в этом году малярией болеют очень многие, у нас у всех много работы. Уничтожив поля с ямсом и взамен дав людям олинка еду в банках и пакетах, плантаторы лишили их необходимой пищи, помогавшей от малярии. Конечно, белые не знали об этом, им просто была нужна земля для каучуковых плантаций, но олинка сажали ямс тысячи лет, и он спасал их от малярии и хронической болезни крови. Без обычного урожая ямса люди — те немногие, что остались, — болеют и умирают с угрожающей быстротой.

Сказать тебе по правде, я опасаюсь за наше собственное здоровье, и особенно за здоровье детей. Самуил надеется, что с нами ничего не случится, поскольку мы перенесли малярию в первые годы жизни здесь.

А как ты живешь, милая моя сестричка? Почти тридцать лет прошло с тех пор, как мы последний раз говорили друг другом. Может статься, тебя уже нет на этом свете.

Близится время отъезда, и Адам с Оливией забрасывают меня вопросами о тебе, на редкие из которых я могу дать ответ. Я говорю им иногда, что Таши чем-то похожа на тебя. И поскольку для них здесь нет никого милее Таши, при этих словах они светятся от радости.

Но иногда я спрашиваю себя, найду ли в тебе при встрече прежнюю открытую и нежную душу, такую, как у Таши. Не сломили ли тебя постоянные обиды в доме Мистера __ и другие тяготы? Этими мыслями я не делюсь с детьми, а только с моим дорогим супругом Самуилом, который советует мне не тревожиться понапрасну, а положиться во всем на Божью волю и на духовную стойкость моей сестры.

Наше понятие о Боге изменилось, после долгих лет жизни в Африке. Бог для нас все более духовен и все более внутри нас.

Большинство людей думают, что он должен как-то выглядеть, быть похожим на что-то или на кого-то — на листья или на Христа, — но мы так не думаем. Это отсутствие зримого образа приносит освобождение.

Когда мы вернемся в Америку, Сили, мы будем вести с тобой долгие разговоры об этом. А может быть, мы с Самуилом откроем у нас новую церковь, в которой не будет никаких идолов, в которой люди, все и каждый, будут искать прямого общения с Богом и укрепляться в вере, общаясь с нами и друг с другом.

Как ты можешь догадаться, здесь мало развлечений. Мы читаем газеты и журналы из дома, играем с детьми в африканские игры. Ставим с местными детишками куски из пьес Шекспира — Адам особенно хорош в роли Гамлета, когда читает монолог «Быть или не быть».

У Корины были четкие понятия о том, чему следует учить детей, и каждая хорошая книга, о которой она читала в газетах, попадала в их библиотеку. Дети наши многое знают, и надеюсь, знакомство с американским обществом не будет для них большим шоком, разве что их удивит ненависть к черному народу, которая явственно чувствуется во всех газетных новостях.

Я тревожусь, когда думаю об их африканской свободе духа, их открытости, их самоуважении. И потом, мы же будем бедными, Сили. Пройдут годы, прежде чем мы сможем купить дом. Как они, выросшие в Африке, будут справляться с этой враждебностью по отношению к себе? Когда я представляю их в Америке, они кажутся мне наивными детьми, а вовсе не такими взрослыми, какими я привыкла видеть их здесь.

Худшее, с чем нам пришлось столкнуться в Африке, было равнодушие и некоторая, вполне объяснимая поверхностность наших отношений с людьми, кроме разве что Кэтрин и Таши.

В конце концов, олинка хорошо понимают, что мы имеем возможность уехать, а они должны остаться. И, само собой разумеется, эти сложности не имеют никакого отношения к цвету нашей кожи.

Дорогая моя Сили!
Прошлым вечером я не дописала письмо, потому что пришла Оливия и сказала, что Адама нигде нет. Очевидно, он ушел вслед за Таши.
Молись за него.

Твоя сестра Нетти

Дорогая моя Нетти!

Иногда я думаю, што Шик вовсе меня и не любила. Я стою раздевши перед зеркалом и смотрю на себя. И чево тут, спрашивается, любить? На голове кучеряшки, я их больше не выпрямляю. Шик сказала, ей и так любо, и нужда отпала. Кожа темная. Нос как нос. Губы как губы. Тело как у любой другой бабы — проходит через возрастные изменения. Ничево такова, за што любят. Ни тебе медовых кудрей. Ни тебе свежести, ни тебе молодости и красоты. Сердце, однако, кровью так и полнится. Видать, свежее еще.

Вот так я и говорю сама с собой, в зеркало глядючи. Сили, говарю я себе, тяжелый ты случай. Счастье тебя провело. До Шик ты счастья не знала, вот ты и вообразила, будто тебе теперь положено по гроб жизни быть счастливой. Ты еще посмела думать, будто деревья да звезды на твоей стороне. А нынче глянь-ка на себя. Шик нет, и счастья нет.

Иной раз открытка от ее придет. То с Нью-Йорка, то с Калифорнии. В Панаму со своим Жерменом каталася, Марию Агнессу да Грейди навестить.

Только Мистер __ мои страдания и может понять.

Я знаю, ты меня ненавидишь, што я тебя с Нетти разлучил, говарит он мне, а теперичя ее уж нет в живых.

Я ево вовсе не ненавижу, Неточка. И я думаю, ты есть в живых. Как ты можешь не быть, коли я тебя чую? Может, ты, как Бог, обратилась во што другое и мне надо будет по-другому с тобой говорить, но ты не померла для меня, Нета. И никогда не помрешь. Когда мне с собой надоедает беседовать, я завсегда с тобой разговариваю. И даже пробую до наших детей достучаться.

Мистер __ все еще не может поверить, што у меня есть дети. Откудова они взялись? спрашивает.

От отчима, гаворю ему.

Так по-твоему выходит, он с самого начала знал, кто тебя попортил?

Ха, говарю.

Мистер __ только головой качает.

После всево, што было, ты можешь дивишься, почему я его не ненавижу? По двум причинам. Он любит Шик, это раз. И два, Шик его тоже раньше любила. И опять же, ты посмотри, как он старается чево-то такое человеческое из себя сделать. И не только, што работает, да за собой убирает, да внимание обращает на вещи, которые Бог сотворил в приступе игривости. Ведь с ним теперь говорить можно, он слушает, а один раз вдруг ни с того, ни с сего сказал, знаешь, Сили, я чувствую, будто впервые за всю жизнь на этой земле живу по-человечески. И мне это нравится.

София с Харпо все тужатся меня к какому-нибудь мужичку пристроить. И знают же про мою любовь к Шик, но им кажется будто женщины любят просто так, по случаю, ково ни попадя. Стоит мне к Харпо зайти, как тут же на меня начинает наседать какой-нибудь страховой агент или еще кто. Мистеру __ приходится меня спасать. Как он скажет, эта дама моя жена, так мужик тут же к дверям бежит и поминай как звали.

Сидим мы с ним за столиком, пьем лимонад, да вспоминаем, как Шик у нас жила. Как она больная к нам приехала. Как песенку свою нудную напевала. Как славно мы у Харпо вечерами сиживали.

Ты уже тогда шить горазда была, говарит. Помню платья, что Шик носила.

Да, говорю, платьица Шик умела носить.

Помнишь, как София зуб выбила у Марии Агнессы? спрашивает.

Как же такое можно забыть, говарю.

О Софииных делах мы особо не судачим. Не до смеха тут. К тому же у Софии все еще много забот с ентой семейкой. С мисс Элинор Джейн, то бишь.

София мне говорит, сколько я натерпелася с ентой девкой. Помнишь небось, раньше-то она ко мне со всякой бедой бежала. А теперя, ежели и хорошее случится, опять ко мне идет. Замуж-то как вышедши за своего мужика, ко мне тут же прискакала. Ах, София, говарит мне, ты обязательно должна познакомиться со Стенли Эрлом. Я и глазом моргнуть не успела, как Стенли Эрл тут как тут, у моих дверей стоит.

Здравствуй, София, говорит, улыбается и руку мне подает. Мисс Элинор Джейн мне про тебя много чего хорошего сказывала.

А того, видать, не сказывала, как я у них под домом в клетушке жила. Однако молчу. Обходительность показываю. Генриетка в соседней комнате радио врубивши. Мне почти орать приходится, а то гости не слышуть. Они снимки в рамочках, по стенкам развешаные, разглядывають, идет, говорят, моим сынам военная форма.

Где они воюют, Стенли Эрл интересуется.

Покамест здесь служють, в Джорджии, говорю. А скоро их за океан отправят.

Где их гарнизон, спрашивает. Во Франции, Германии али на Тихом океане?

Я и не знаю, где это, и на всякий случай, нет, говарю. Он тоже, говарит, хотел воевать да надо с отцовой хлопковой фабрикой управляться.

Солдатам тоже одежда нужна, тем более они в Европе воюют. Жалко, што не в Африке. И засмеялся. Мисс Элинор Джейн тоже, гляжу, улыбается. Генриетка на полную громкость радио ввернула. Музыка хрипит вовсю, белые, видать, насочиняли, хоть святых выноси. Стенли Эрл пальцами стал прищелкивать да огромной своей ножищей притопывать. Голова у его што твой огурец, волосы сбритые под корень и маленько проросшие, будто шерсть на черепушке. Глаза ярко-голубые, почти не мигают. Господи Иисусе, думаю.

София меня практически вырастила, мисс Элинор Джейн говорит. Не знаю, что бы мы без нее делали.

Ну да, нас всех цветные вырастили, Стенли Эрл говорит, поэтому мы такие хорошие. И подмигнул мне. Ну что ж, киска моя, пора нам и по домам, говорит своей.

Она подскочила, будто кто в ее булавку воткнул. Как Генриетта себя чувствует? спрашивает и шепчет мне. Я ей принесла кушанье с ямсом, она никогда не догадается. Сбегала в машину и принесла латку с тунцом.

И то сказать, София говорит, уж тут надо мисс Элинор Джейн отдать должное, с энтим ямсом она Генриетку умеет провести. А это для меня дорогово стоит. Само собой, я Генриетте не говорю, откудова еда принесена. Скажи я, так тарелка бы тут же в окно полетела. Али б она блевать начала, будто худо ей от ентой пищи.

И все-таки конец пришел и Элинор Джейн. Генриетта, хоть она ее на дух не переносит, тут ни при чем. Всему причиной сама Элинор Джейн да младенец ейный. София куда ни повернется, мисс Элинор Джейн своего Рейнолдса Стенли Эрла ей в нос сует. Енто такое толстенькое беленькое безволосое нечто, прямо хоть щас в военно-морской флот ево отправляй.

Правда, Рейнолдс очень милый, говорит мисс Элинор Джейн Софии. Папа мой в нем души не чает. Он так радуется, что внука в его честь назвали и что он так на него похож.

София молчит да одежку Генриеткину да Сюзи Кью гладит.

Он такой умница. Папа говорит, что не видел еще такого умново ребенка. Мама Стенли Эрла говорит, что он умнее, чем Стенли Эрл был в его возрасте.

София молчит.

Тут мисс Элинор Джейн неладное почуяла. Сама знаешь, што они за люди, не все, конешно. Меры не знают. Как прицепятся, нивкакую не отстанут, пока не дапросятся себе на шею приключениев.

Что-то София у нас нынче тихая, говорит мисс Элинор Джейн, будто с Рейнолдсом Стенли разговаривает. Он на нее смотрит, глаза выпучив.

Разве он не миленький? опять Софию спрашивает.

Пухленький, уж точно, София отвечает и платье выглаженное на другую сторону вывернула.

И миленький тоже, говорит Элинор Джейн.

Толстый дальше некуда, София говорит, И большой.

И милый, Элинор Джейн говорит, и умный. Схватила его и поцеловала над ухом. Он голову себе потер и сказал, гу.

Ну разве он не самый умненький ребенок на свете? она спрашивает Софию.

Голова у него изрядная, София говорит, некоторые люди величину головы оченно ценют. И волос опять же нету. Значит, по летней-то жаре прохладно ему будет. Свернула платье и на стул положила.

Он славненький, умненький невинный малыш, говорит мисс Элинор Джейн. Разве он тебе не нравится? Так в лоб и спросила.

София вздохнула. Утюг на подставку поставила. Повернулась к мисс Элинор Джейн. Мы с Генриеттой в углу играем в лото. Генриетта делает вид, будто мисс Элинор Джейн не существует, но обе мы хорошо слышали, как утюг о подставку громыхнул, когда его София поставила. Што-то знакомое в ентом звуке, но кой-что и новенькое.

Нет, мэм, София говарит. Не ндравится мне Рейнолдс Стенли Эрл. Тебе это хотелось узнать с самово тово времени, как он родился? Вот пожалста.

Мы с Генриеттой головы подняли. Мисс Элинор Джейн быстро Рейнолдса Стенли на пол апустила, он первым делом падполз к стопке выглаженова белья и стянул ее всю себе на голову. София белье подняла, сложила опять и за гладильную доску и стоит с утюгом в руке. София из тех баб, што в руку ни возьмет, все как оружие выглядит.

Элинор Джейн плакать принялась. Она-то всегда Софию любила. Не будь ее, не выжить бы Софии в доме ейново папаши. Ну так что ж с тово? София не по доброй воле у их в доме оказалася. И не по доброй воле своих детей оставила.

Поздно плакать, мисс Элинор Джейн, София ей говорит. Только и остается, што смеяться. Посмотрите-ка на ентова прыща, говорит, и взаправду рассмеялась. Еще ходить не умеет, а поди ж ты, уже в моем доме все вверх дном перевернул. Я его просила приходить? Есть мне дело до тово, миленький он или нет? Будет ему дело до тово, што я думаю, когда он вырастет?

Тебе он просто не нравится, потому что он на папу моего похож, мисс Элинор Джейн говорит.

Это тебе он не ндравится, што он на папаню твоево похож, София говорит, а я к нему никаких чуйств не имею. Я его не люблю. Я его не ненавижу. Я просто хочу, штобы он не болтался тут все время без присмотра и не устраивал бардак.

Все время? Все время? София, помилуй, мисс Элинор Джейн говорит, да он всего-то у тебя был пять или шесть раз.

А у меня ощущение, што он тут поселивши, София говорит.

Я не понимаю тебя, говарит мисс Элинор Джейн. Все цветные женщины, каких я знаю, обожают детей. У тебя ненормальное отношение.

Я люблю детей, София говорит. А каторые цветные бабы говарят, будто обажают Рейнолдса Стенли, врут. Не больше моево они ево любят. Да на кой ты их спрашиваешь? Што им остается отвечать, раз ты такие невежливые вопросы задаешь? Бывают цветные, они так боятся белых, в любви к хлопкочесалке готовы признаться.

Но он всего лишь маленький ребенок! говорит мисс Элинор Джейн, будто этим все сказано.

Чево ты от меня хочешь? спрашивает София. Я к тебе кой-какие чуйства имею, потому как изо всех людей в вашей семье ты одна ко мне добрая была. Так ведь с другой-то стороны, я к тебе тоже, из всей вашей семьи. А сродники твои для меня никто. И Рейнолдс Стенли туда же.

Рейнолдс Стенли к этому времени залез на Генриеттину постель и на ногу ее стал покушаться. Потом жевать ее принялся, Генриетта достала с подоконника печенье и дала ему.

Я чувствую, что кроме тебя меня никто не любит, говорит мисс Элинор Джейн. Мама любит только брата. Потому что его папа любит.

У тебя таперичя муж есть, София говорит, пущай он тебя любит.

Он любит только свою хлопкочесалку, она говорит. В десять вечера он еще на работе. А когда он не на работе, то в покер с друзьями играет. Мой брат с ним чаще бывает, чем я.

Может, брось ево, говорит София, у тебя в Атланте родня есть, поезжай к ним. Да работу найди.

Мисс Элинор Джейн только волосами тряхнула, будто и слушать не хочет таких безумных речей.

У меня своих бед полно, София говорит, и Рейнолдс Стенли их еще прибавит, дай ему только подрасти.

Нет, не прибавит, говорит мисс Элинор Джейн, Я его мама и я не позволю ему плохо к цветным относиться.

Ты и еще кто? София спрашивает. Как он говорить начнет, ево без тебя научут.

Ты что, хочешь сказать, что не смогу любить и воспитывать своего сына? говорит мисс Элинор Джейн.

Нет, говорит София. Я не то хочу сказать. Я хочу сказать, што я не смогу любить и воспитывать твоево сына. Ты можешь любить ево сколько твоей душеньке угодно. И будь готова отвечать за последствия. Нам приходится.

Кроха Рейнолдс Стенли уже подобравши к Генриеттиному лицу и полизать ее норовит. Будто с поцелуями лезет. Ну, думаю, голубь, отлетишь ты сейчас к дальней стенке. А она лежит и не шевелится, пока он по ей ползает да глаз ей пытается поковырять. Усевши к ей на грудь, карты игральные в ейный рот пихает да смеется.

София подошла и забрала его.

Он мне не мешает, Генриетта говорит. Он меня щекочет, и мне смешно.

Мне он мешает, София говорит.

Что же делать, мисс Элинор говорит, беря его, никому мы тут с тобой не нужны. Грустно так говорит, будто и податься ей больше некуда.

Спасибо тебе за все, София говорит. Она тоже с лица сошла, и глаза будто на мокром месте. Как мисс Элинор Джейн ушла со своим с Рейнолдсом Стенли, София говорит, одно мне ясно, не по-нашенски этот мир устроен. А цветные, когда говорят, будто всех любят, ничево не соображают.

О чем еще тебе написать, милая Неточка?

Ты главное не бойся, твоя сестра не совсем от тоски рехнулась и руки на себя накладывать не собирается. Конешно, хреновато бывает, и даже чаще всего именно так и бывает. Да будто раньше было по-другому? Была у меня хорошая сестричка, Нетти звали. И подружка была хорошая, Шик по имени. И были дети хорошие, в Африке росли, песни пели да стишки сочиняли. И чево теперь? Сперва-то был просто как ад какой, могу тебе сказать, первые два месяца. А нынче уже шесть месяцев как Шик уехавши, а возвращаться и не думает. Я учу свое сердце не хотеть, раз иметь не может.

А и то сказать, она мне столько счастливых лет подарила. И потом она с Жерменом кой-что новое для себя открывает. Нынче они гостят у Шикова сына.

Дорогая Сили, пишет она мне, мы с Жерменом гостим у моево сына в Тусоне, штат Аризона. Другие двое живы-здоровы, и все у их в порядке, да только не желают они меня видеть. Наговорили им люди, что я разгульную жизнь веду. А этот захотел мать увидеть, хоть какая она непутевая. Он живет в маленьком домишке из глины, мазанки у них называются, так што я чувствую себя как дома (шутка). Он учителем работает в индейской резервации. Они его называют чернокожий белый, слово у их есть особое, и ему это очень не нравится. Он им говарит, но им все равно. Они уж до такого состояния дошедши, что на чужаков вообще не реагируют. Ежели ты не индеец, ты для них не существуешь. Тяжело смотреть, как он переживает, но такая тут жизнь.

Это Жермену первому взбрело в голову навестить моих детей. Не то штобы у него какая задняя мысль была. Просто он заметил, как я люблю его наряжать да с волосами его возиться, вот он и решил, коли я увижу своих детей, мне будет лучше.

Сына моево зовут Джеймс. Жену зовут Кора Мэй. У них двое ребятишек, Дэвис и Кантрелл. Ему всегда казалось, сказал он мне, что ево мама (то бишь моя мама) и папа какие-то не такие. Старые и строгие и все у них по правилам. Но он все равно их любил, сказал он мне.

Да, сынок, говорю я ему. Они были любящие родители, но мне кроме любви нужно было еще и понимание. А с этим было плоховато.

Они померли, говорит он, уже десять лет как. Пока могли, все старались выучить нас да на ноги поставить.

Ты же знаешь, я никогда не вспоминала о своих родителях. Ты знаешь, как люблю из себя лихую бабу строить. Но вот они померли, детей мне хороших воспитали, и я о них теперь все чаще думаю. Посадить што ли на их могилку цветов, думаю вот, как вернусь?

Вот так она мне теперь чуть не каждую неделю строчит. Длинные письма про всяко разно, чево у нее происходит и чево ей в голову приходит. И еще про пустыню тую да про индейцев да про скалистые горы. Как бы мне хотелось с ней везде ездить. А и слава Богу, пущай хоть она. Я бывает ужас как злюсь на ее. Так бы ей все волосья повыдергала. А потом думаю, ну как же так, она ведь тоже имеет право жить, имеет право на мир посмотреть, и выбрать себе для этого компанию, какую хочет. Не может она своих прав лишиться просто потому, што я ее люблю.

Одно меня беспокоит, в ее письмах ни слова о возвращении. А я скучаю. Так скучаю, что реши она вернуться и Жермена своего за собой приволочь, я их обоих, хоть умру, но встречу с лаской да приветом. Кто я такая, штобы указывать ей, кого любить, а кого нет? Не мое это дело. Мое дело смотреть, штобы моя любовь была крепкая да верная.

Мистер __ меня намедни спрашивает, чево я так сильно Шик люблю. Сам он мне говорит, будто любит ее за то, какая она. В ней, говорит, больше мужества, чем в ином мужике. Она прямая, честная, всегда чево думает, то и говорит, а там пусть хоть черти съедят. Ты знаешь, Шик и драться может, совсем как София, говарит он. Она должна сама свою жизнь делать и за свое стоять.

Мистер __ думает, на это только мущины годные. А вот Харпо не такой, говарю я. И ты не такой. Шик такая, потому как она женщина, я так полагаю, говорю я ему. София тому подтверждение.

Шик и София не похожи на мужиков. Однако и на баб тоже не похожи, говорит он.

Ты хочешь сказать, они на меня да на тебя не похожи, говарю ему.

Они бьются за себя, он говорит. В этом вся разница.

А мне нравится Шик больше всего за то, што ей пережить пришлось. Плюс, она понимает, чево именно ей пережить, перевидеть да переделать пришлось. По ее глазам видно.

Твоя правда, говорит Мистер __.

И ежели ты у ее на пути стоишь, она тебе честно скажет.

Аминь, говорит он. А потом вдруг взял и сказал такое, што меня сильно удивило, столько в его словах было рассуждения. Если речь о том, говорит он мне, кто как удовольствие получает, тут я не берусь судить. Тут бабушка надвое сказала. А коли про любовь говорить, тут гадать неча. Знаю по опыту. И слава Богу, знаю, что любовь не запрешь под замок, как ни старайся. Ты любишь Шик Эвери, и мне не удивительно. Я сам ее всю жизнь любил.

Какой кирпич на тебя сваливши? спрашиваю я его.

Жисть, говорит он. Знаеш, до кажного, наверное, рано или поздно допрет. Коли смерть раньше не поспеет. Шик говорила, будто бью я тебя за тем, што ты это не она.

Это я ей сказала, говорю я.

Знаю, говорит, и не виню. Кабы мул умел говорить, так тоже бы сказал пару слов про своих погонщиков. Так ведь знаешь, некоторые бабы были бы только рады. Шик так к Анни Джулии относилась. Уж сколько моя первая жена от нас обоих натерпевши была. А никому не жалилась. И сказать-то ей было некому. Ее семейка, как замуж ее отдали, и думать о ей забыли. Будто ее и не было. Я ее не хотел в жены, хотел Шик, да только папаша мой всем заправлял тогда. На какой хотел меня женить, на той и женил.

Так вот, Шик, нет штобы обрадоваться, за тебя вступилась. Ты, говарит, Альберт, обидел дорогова мне человека. Ты для меня больше не существуешь. Я ушам своим не поверил. Нас же тогда страсть как друг к другу еще тянуло. Извини, коли чево не так сказал, но это сущая правда, говарит он мне. Я хотел все шуткой обернуть, да она-то всерьез говорила.

Я дразнить ее пробовал. Ты что, старую дурынду Сили любишь, что ли? говарил я ей. Она же уродина да еще к тому же костлявая как смерть и вобще тебе в подтирки не годится. И даже трахаться не может.

Зачем только и сказал? А с чево ей и уметь, Шик мне говарит. Ты как кролик запрыгнул да спрыгнул. Плюс к тому, Сили мне сказала, не моешься ты. И носом повела.

Мне хотелось тебя убить, говорит мне Мистер __, я и в самом деле тебя тогда пару раз огрел. Никак не мог в толк взять, почему вы с Шик ладите друг с другом, и ужас как бесился. По началу, когда она тебя задирала да обижала, енто мне было понятно. А потом началось. Как на вас ни посмотрю, вы все друг другу волосы причесываете, и тут уж я стал тревожиться.

У ей еще есть к тебе чувство, говорю я ему.

Ну да, говорит он, как к брату.

Што в том плохого, говорю я. Разве ее братья ее не любят?

Клоуны они, говорит он. Такие же дураки, как я когда-то был.

Цвет пурпурный

Всем надо как-то начинать, а откудова и начинать, как не с себя.

Мне в правду жаль тебя, што она тебя бросила, Сили, говорит он мне. Я помню, каково мне было.

И тут он протянул руки, старый черт, и обнял меня. И замер. А как у меня шея уставшая была, я ему голову на плечо и положила. Ну вот, подумала я, два старых дурня, обломки счастья, осколки жизни, жалко им стало друг друга в один лунный вечер.

В другой раз он меня про детей моих взялся расспрашивать.

Я ему стала про одежду рассказывать, как ты мне писала, будто носют они длинные рубахи, типа платьев. В тот день он заявился ко мне узнать, чево такого особенного в моих брюках, и почему их все носют. Я шила как раз.

Они всем подходящие, сказала я ему.

Мужикам с бабами не положено в одинаком ходить. Брюки мужская одежда.

Я ему говарю, сказал бы ты такое африканским.

Что сказал? спрашивает. В первый раз заинтресовался, как в Африке люди живут.

Люди в Африке носют чево в жару гоже, говорю я ему. Ясно дело, у миссионеров свои понятия. А африканские, коли их не трогать, саму малость на себя надевают, а иногда наоборот, так Нетти пишет. Однако хорошее платье в почете и у женщин и у мущин.

Рубаха, ты сказала.

Рубаха, платье, какая разница, главное што не портки.

Ну и ну, говорит, разрази меня гром.

И еще в Африке мущины шьют.

Шьют? он меня переспрашивает.

Ну да, говарю. Они чай не такие отсталые, как наши мужики.

Я в детстве-то бывало шивал. Мать шила, ну и я за ней. Потешалися надо мной люди-то. А мне ндравилось, шить-то.

Ну а тут никто над тобой смеяться не собирается, говарю ему. Помоги-ка мне карманы состегать.

Да я и не знаю как, говарит.

Ништо, говарю, я тебя научу.

И научила.

Вот теперича мы вместе и шьем, разговоры разговариваем да трубки покуриваем.

Представь, говорю я ему, в тех краях, где Нетти с детьми живет, люди верют, будто белые произошли от черных.

Да неушто, говорит он. Якобы ему интересно, но на самом-то деле он смотрит только, как бы ему следующий стежок поровнее сделать.

У местных даже первому человеку Адаму другое имя было дадено. Прежние-то миссионеры учили их про Адама. Но они-то знают, сказали деревенские, кто на самом деле был Адам, и знают давно.

И кто же он был? Мистер __ спрашивает.

Первый белый человек. Но не первый человек. У них нет таких безумцев, сказали они, которые смеют утверждать, будто знают, кто был первый человек. Первово белово все заметили, потому как он был белый.

Цвет пурпурный

Мистер __ нахмурился, взял нитку другого цвета, вдел в иголку, лизнул палец и завязал узелок.

Так вот, африканские говорят, будто все люди до Адама были черные. Но вот как-то у одной бабы, которую они тут же, кстати сказать, убили, родился ребенок без цвета. Сначала они даже подумали, она объевши чем. Но потом еще один родился, уже у другой. А потом и близнецы пошли. Они принялись убивать всех белых младенцев и всех близнецов. Так что Адам даже первым белым не был. Он был первым белым, кто в живых остался.

Мистер __ тут на меня взглянул и призадумался. Вообще-то он недурен собой, если приглядеться. Тем паче теперь, когда лицо у него стало чувства выражать.

Ну так вот, продолжаю я, у темнокожих до сих пор бывает что альбиносы рождаются. А штобы у белых черные рождались, таково никто не слыхал, ежели, конечно, черный мужичок не постарался. А в те времена белые и не знали про Африку.

Народ олинка слыхивал от белых миссионеров про Адама и Еву, и как змей Еву провел, и как Бог их из рая вытурил. Очень им это было любопытно, они-то, как своих белых детей выгнали, и думать про них забыли. Нетти пишет, африканцы, они такие, с глаз долой из сердца вон. И еще они не любют ничево странново, им надо, штобы все кругом были одинакие. Белые бы там не зажились. Нетти пишет, что может быть африканские выгнали белых за их чудной вид. А нас продали в рабство за чудное поведение. Всё мы делали не так и сами были какие-то не такие. Сам знаешь этих ниггеров. И в наше-то время нет на них закона. Каждый сам себе голова.

И знаешь что? Когда миссионеры сказали людям олинка, будто Адам с Евой были голые, те со смеху только покатывались, да еще они их заставляли одежду носить. Они пытались втолковать миссионерам, что они, олинка, и выгнали белых детей из деревни, потому што те были голые. В ихнем языке слово белый означает голый. Сами они закрыты цветом. Потому не голые. А посмотришь на белово, сразу ясно, голый, так они говорят. А черные люди не могут быть голые, потому как они не белые.

Хм, говорит Мистер __. Нехорошо они сделали.

Именно. Олинка енти выгнали собственных детей за то, што они были чуть-чуть другие.

Поди, они и сейчас там безобразничают.

Ох, судя по тому, что Нетти пишет, нету у них там порядка, у африканских у ентих. Знаешь, в Библии сказано, какое дерево, такие и плоды. И вот еще. Знаешь, кто у их змей?

Мы, понятное дело, говорит Мистер __.

Верно, говорю я. Белые ужас как разозлились, што их выгнали да еще голыми обозвали, вот они и поклялись давить нас при каждой встрече, как ежели мы змеи.

Ты так понимаешь? Мистер __ спрашивает.

Так люди олинка говорят. И еще говорят, будто знают, што было до рождения первых белых детей и што будет потом. Они знают ентих своих детей, и говарят, будто они, белые то бишь, друг друга перебьют, столько в них еще злости осталось с тово раза. И других будут убивать, у которых цвет не такой. И столько они на земле всяких людей убьют, и цветных тоже, што все их возненавидят, как они нас сейчас ненавидят. И тогда они станут новым змеем. И все, которые хоть чуточку другово цвета, будут их давить, едва завидев, как они нас нынче давят. И так будет длиться вечность, говорят олинка. Только раз в миллион лет на земле будет случаться беда, и люди будут менять свой вид. Почем знать, может, две головы у них вырастут, и тогда одноголовые прогонят двухголовых куда подальше. Но не все олинка так думают. Некоторые считают, што когда самые наибольшие белые исчезнут с лица земли, то, штобы никто никово за змея больше не держал, только и останется всех считать божьими детьми или детьми одной матери, пусть хоть как они выглядят и што делают. И знаешь еще чево про змея?

Чево? он спрашивает.

Народ олинка ему молится. Неизвестно еще, говорят, может енто предок какой, ну и во всяком случае змей самое умное, чистое и ловкое существо на свете.

Енто же надо, Мистер __ говорит. Им, наверное, время некуда девать, сколько всего напридумывали.

Нетти говорит, думать они мастера. Только они привыкши думать про тысячи лет, а один год для них пережить целая история.

Ну и как же они назвали Адама?

Вроде Оматангу, говорю я. Означает неголый человек. Он был один из первых, который знал, кто он такой. И до нево было много людей, которые тоже были люди, но только не знали, кто они. Сам знаешь, некоторые мужики ушами хлопают и ничево вокруг не видят.

Я-то точно раньше не замечал, отвечает, что с тобой времячко можно хорошо провести. И засмеялся.

Он, конешно, не Шик. Но с ним уже можно поговорить.

И пусть хоть что в телеграмке той понаписано, будто ты утонувшая, письма от тебя я до сих пор получаю.

Твоя сестра Сили

Дорогая Сили!

Адам и Таши вернулись через два месяца. Адам нагнал Таши с матерью и несколькими односельчанами рядом с деревней, где раньше жила белая женщина-миссионер, но Таши даже и слышать не хотела от том, чтобы повернуть назад, и ее мать тоже, так что Адам пошел с ними в лагерь мбеле.

По его словам, это очень необычное место.

Знаешь, Сили, в Африке есть долина, которую называют Великой рифтовой долиной, но она далеко от нас, на другом краю материка. Адам рассказывает, что в наших краях тоже есть похожая впадина. Ее площадь несколько тысяч акров, и она даже глубже, чем та, другая, занимающая миллионы акров.

Это место такое глубокое, что его можно увидеть, наверное, только с большой высоты, так Адам говорит, и то оно будет казаться просто заросшим деревьями каньоном. Как раз в этом каньоне и живут несколько тысяч людей из самых разных племен и даже, как Адам клянется, один цветной из Алабамы! Там есть фермы, есть школа, есть лазарет и храм. И там есть воины, женщины и мужчины, которые совершают набеги на поселения белых плантаторов.

Все это, по их рассказам, кажется необычайным, даже более, чем это было в действительности для Адама и Таши. Они, как мне кажется, полностью сосредоточены друг на друге и ничего другого не видят.

Видела бы ты их, когда они вернулись назад в деревню, грязные как поросята, нечесаные, потные, сонные, усталые, но неутомимо выясняющие отношения.

Не думай, что я пойду за тебя замуж, раз я вернулась с тобой, говорит Таши.

Пойдешь, говорит Адам, зевая, но не сдавая позиций. Ты обещала своей матери. Я обещал твоей матери.

Все в Америке будут меня сторониться, говорит Таши.

Я не буду, говорит Адам.

Оливия выбежала им навстречу и повисла на шее у Таши. Потом кинулась готовить им еду и воду для умывания.

Вчера вечером, после того как Таши с Адамом встали, проспав почти весь день, мы устроили семейный совет. Мы сообщили им, что, поскольку многие деревенские ушли к мбеле и плантаторы стали завозить рабочих-мусульман с севера, мы решили ускорить наш отъезд; нам все равно пора возвращаться домой, так что через несколько недель нас здесь не будет.

Адам сказал, что хочет жениться на Таши.

Таши сказала, что не хочет выходить замуж за Адама.

И после этого, открыто и честно, как ей это свойственно, Таши объяснила нам причины своего отказа. В основном она боится, что из-за шрамов на щеках американцы будут считать ее дикаркой и избегать ее, а если у них с Адамом родятся дети, то это коснется и их. Она видела журналы, приходившие к нам из дому, и ей стало ясно, что цветные в Америке не очень-то жалуют по-настоящему черножих людей, таких, как она, и особенно женщин. Они отбеливают себе лица, сказала Таши. Они палят себе волосы. Они хотят выглядеть голыми.

Кроме того, продолжила она, я боюсь, что Адам увлечется такой обесцвеченной женщиной и бросит меня. И тогда я останусь без родины, без своего народа, без матери, без мужа и без брата.

У тебя будет сестра, сказала Оливия.

Тут заговорил Адам. Он попросил у Таши прощения за то, что он поначалу так глупо отреагировал на ее шрамы, и за то, что с отвращением относился к ритуалу женской инициации. Он заверил Таши, что любит в ней ее саму и что в Америке у нее будет все, и родина, и народ, и родители, и сестра, и муж, и брат, и возлюбленный, и какие бы ни выпали ей на долю испытания, он будет рядом, чтобы разделить их.

Ах, Сили.

На следующий день наш мальчик явился со свежими шрамами на щеках, в точности такими же, как у Таши.

Они так счастливы, Сили, так счастливы вместе, Адам и Таши Оматангу.

Самуил их, конечно, повенчал, и все, кто еще остался в деревне, пришли пожелать им счастья и изобилия листьев для крыши. Оливия была подругой невесты, а у Адама свидетелем был его друг, пожилой человек, который по старости не смог уйти к мбеле. Сразу же после свадьбы мы погрузили свои пожитки в грузовик и поехали на пристань в узком заливчике, где стоял наш пароход.

Через несколько недель мы будем дома.

Твоя любящая сестра
Нетти

Дорогая Нетти!

Мистер __ с Шик по телефону часто говарит.

Как он ей сказал про мою сестру, будто она с семьей в море потонула, помчались они с Жерменом в госдепартамент, разузнать, в чем дело. Мистер __ мне говорит, будто Шик ему сказывала, ей тоска подумать, как я тут сижу и мучаюсь от неизвестности. Только ничего им не сказали в госдепартаменте. И в департаменте обороны тоже. Война большая. Много кой-чево случается. Подумаешь, один корабль утонул. Плюс к тому, по ихним-то понятиям цветные вообще небось в счет не идут.

Вот так, они просто ничево не знают. И не знали. И никогда не будут знать. Ну и ладно. Я-то знаю, ты в пути. Может, ты конешно до дому доберешься не раньше, чем мне девяносто стукнет, а все-таки в один прекрасный день увижу я перед собой твои родные глаза.

А пока я приспособила Софию в нашей лавке торговать. Оставила тово белого приказчика, каково еще Альфонсо нанял, а Софию поставила цветной народ обслуживать, их-то раньше никто в лавке не обхаживал и не привечал. Да и у Софии хорошо получается торговать, потому што ей все одно, купиш ты чево или нет. Она ко всем одинаковая. Купишь и ладно, и спасибо тебе. Плюс к тому, ентот белый ее боится. Он всех цветных дядюшками да тетушками норовит обозвать. А как к ей в первый раз подъехал, она у его и спрашивает, это с какой стороны она ему тетушка, он и присмирел.

Я спросила Харпо, не против ли он, што София работает нонче.

А чево мне против-то быть? говорит. Она довольная. А коли в доме надо за чем приглядеть, так и я могу. А и то сказать, София мне помощницу нашла, Генриетке еды сготовить или мало ли захворает она.

Ну да, София говорит, мисс Элинор Джейн теперь помогает с Генриеткой управляться. Готовит ей. Сама знаеш, София говорит, енти белые на кухне крутятся, как заводные. Она тебе из ямсов такое соорудит, что ум отъешь. Прошлую неделю она мороженое из ямса для Генриетты сделала.

Я думала, вы две поссоривши, говарю.

Да не-е, София говорит, до нее наконец доперло, што неплохо бы у матери спросить, как я в их дом попала.

Я думаю, она долго у нас не протянет, Харпо говорит. Известно, что они за народец.

А ее родня-то знает? спрашиваю.

А как же, София говорит. Злобствуют на полную катушку, все как положено. Где это слыхано, вопят, штобы белая женщина на ниггеров работала. А где это было слыхано, штобы София на таких паразитов, как вы, работала, она им сказала.

А Рейнолдса Стенли она с собой приводит? спрашиваю.

Генриетта тут встряла и говорит, мол, он ей вовсе даже не мешает.

Я-то рад, што ейные мужики ругаются на ее, Харпо говорит. Можеть, она свалит, наконец.

И пущай себе сваливает, София говорит, не мои она грехи замаливает. А ежели она не научится отвечать за свои решения, значит, зря жизнь свою прожила.

Я же тут и завсегда тебе помогу, Харпо говорит, а все твои решения по жизни очень даже одобряю. Пододвинулся к ней поближе и поцеловал в нос, где у ее шрам.

София головой тряхнула. Вот и нам учение впрок, говарит. И засмеялись оба.

Кстати об учении, мне Мистер __ говорит давеча на веранде, когда мы шили с ним, я кой-чему научился вот тут прямо, на ентом самом месте сидючи.

Тоска меня разбирала. Сидел в одну точку глаза вылупивши целыми днями. Исстрадался я. Понять не мог, зачем и жисть мне дадена, коли от ее мучение одно. Мне только всегда и надо было, штоб Шик моя была. И ей, было время, ничево и никого не надо было, окромя меня. Не сложилось. У меня Анни Джулия появилась. Потом ты. Дети эти дрянные. У ей Грейди и еще невесть кто. А все равно у ей-то жизнь как-то попригляднее получается. Ее многие любят, а меня только одна Шик.

Как Шик не любить, говарю я. Она умеет отвечать взаимностью.

Пробовал я из детей моих чево-нибудь путное сделать, как ты уехала. Да уже слишком поздно было. Буб приехал ко мне, пожил две недели, деньги у меня спер, да вдобавок еще все дни на веранде пьяный провалялся. Девки все о своих мужиках да о церкви, с ними говорить не о чем. Рот откроют, только жалобы сыпятся. Душу мою несчастную гнетут.

Раз у тебя душа несчастная, значит, не такая она порченая, как ты думаешь, говорю ему.

Чего там, говарит он, сама знаешь. Задашься одним вопросом, а за ним, глядишь, пятнадцать выстроивши стоят. Стал я кумекать, зачем вообще нам любовь. Зачем страдаем. Зачем черные. Зачем мужского да женского полу. И откуда в конце-то концов дети берутся. И понял я, што ничево-то на этом свете не смыслю. Спрашивай себя не спрашивай, с какой стати ты черный, на кой ляд мужик или баба или может еще куст какой, все пустое, ежели сперва не спросить, зачем ты вообще народился.

Ну и чево думаешь? спрашиваю я.

А думаю я, затем мы тут, штобы как раз спрашивать. И удивляться. А как учнешь спрашивать о главных вещах, и удивляться им, заодно мимоходом и про малые поймешь. А о главных-то и под конец знать будешь не больше, чем сперва. Как начал я всему удивляться, и чувств у меня к окружающим прибавилось.

И тебя, чай, больше любить стали, говарю ему.

Ну да, говорит он, будто самому ему удивительно. Харпо вроде меня любит. София с детками. Сдается мне, даже маленькая злючка Генриетта, и та меня немножко любит, оттово наверное, что она для меня загадка, как лунный человек какой.

Говорит, а сам рубаху кроит, к моим брюкам подходящую.

Надо карманы, говорит. Рукава свободные. И никаких галстуков. Которые в галстуках, выглядят будто их линчевать собрались.

И как раз когда я уже приучилась жить без Шик, как раз когда Мистер __ спросил, не пойду ли я за него опять замуж, теперь уже в духе и истине, а я сказала, что нет, лягушек я все-таки не люблю, будем друзьями, Шик пишет мне письмо, што едет назад.

Ну што это за жизнь, а?

Не волноваться.

Приедет, буду счастлива. Не приедет, буду спокойна.

Это и есть, так я понимаю, мой урок.

Ах, Сили, говорит она, из машины вышедши, принаряженная как звезда из кинофильмов. Я соскучилась по тебе как по родной маме.

Обнялись мы.

Заходи, говорю.

Как хорошо-то в доме, говорит, когда мы до ее комнаты дошли. Люблю розовый цвет.

Слоников и черепашек заказала, скоро привезут, говорю.

А где твоя комната? она спрашивает.

Дальше по коридору, говарю.

Пошли-ка посмотрим, говарит.

Вот, говорю, стоя в дверях. В моей комнате все пурпурное и красное, кроме пола. Пол выкрашен в яркий желтый цвет. Она увидела маленькою лягушечку пурпурново цвета на камине и прямиком к ней.

Чево это? спрашивает.

Да так, ерунда, Альберт мне вырезал.

Она глянула на меня со значением, а я на нее, и мы засмеялись.

И куда Жермен подеваши, спрашиваю.

В колледже он, в Уилберфорсе. Не пропадать же таланту. Расстались мы. Он мне теперь как родственник, сын или, может, внук. А вы тут чево с Альбертом поделывали?

Так, ничего особенново, говорю.

Знаю я Альберта, говорит, по тому как ты выглядишь, уж явно что-то есть.

Шьем мы с ним, говорю. Да праздные разговоры разговариваем.

Насколько праздные? спрашивает.

Вы только гляньте-ка на нее, думаю про себя, Шик ревнует. Так меня и подмывает присочинить историю, штобы ей досадить чуток. Да нет, ладно.

О тебе разговариваем, говорю, да о том, как мы тебя любим.

Улыбнулась она, подошла ко мне да головой к моей груди прижалась. И вздохнула глубоко.

Твоя сестра Сили

Дорогой Бог!

Дорогие звезды, дорогие деревья, дорогое небо, дорогие люди! Дорогое все!

Дорогой Бог!

Спасибо вам. Моя сестра Нетти домой вернулась.

Ково это к нам несет, спрашивает намедни Альберт, на дорогу глядя. Кто едет, не разобрать, только пыль клубится.

Мы, то бишь, я, он и Шик, сидим на веранде после ужина и болтаем. А то и просто сидим. Качаемся в креслах да мух от себя отгоняем. Шик говорит, больше не хочет выступать перед публикой, может быть у Харпо разок другой. Пора и на покой, говорит. Альберт говорит, пущай она новую рубаху примерит. Я говорю про Генриетту, про Софию, про сад и про лавку. И вообще про всяко разно. А сама в лоскутки иголкой тычу, смотрю чево получится, руки-то без шитья не могут. Конец июня и погода нежаркая. Сидеть с Шик и Альбертом на веранде одно удовольствие. Через неделю четвертое июля, и мы затеваем большой семейный праздник в саду, прямо здесь, у меня. Только бы жара не началась.

Может, почта, говорю я, хотя больно скоро едут для почты.

Может, София, говорит Шик, она водит как чумная.

Может, Харпо, говорит Альберт. Нет, не Харпо.

Потому как машина уже под деревьями в саду стоит, и из нее выходят люди какие-то, одетые по-старомодному.

Осанистый высокий седой мущина в сюртуке с белым воротником, маленькая пухленькая женщина с седыми косами, уложенными вокруг головы. Высокий молодец и две крепкие здоровые девицы. Седой мущина сказал чево-то водителю, и тот уехал. А они остались, среди сумок, котомок да корзин.

Сердце у меня замерло, и я пошевелиться не могу.

Это Нетти, Альберт говорит и встает.

Те, у дороги, стоят и озираются. Смотрют на нас. Потом смотрют на дом. Потом на двор. На Шикову да Альбертову машины. На поля. И, медленно так, идут по дорожке к веранде.

Я так перепугавши, не знаю даже, чево делать. В голове звон. Хочу говорить, слова нейдут. Хочу встать, падаю. Шик подошла да подхватила меня, Альберт взял за руку.

Как Нетти на порог ступила, я чуть не померла. Стою посредине меж Альбертом и Шик, и качаюсь. Нетти стоит между Самуилом и, должно быть, Адамом, и тоже качается. Тут мы обе начинаем причитать да плакать. И бредем спотыкаясь друг к другу, как мы маленькие друг к дружке навстречу топали. А встретивши ноги у нас подкосилися, и мы на пол повалилися. А нам-то што? Обнялись и лежим.

Немного погодя она говорит, Сили.

Я говорю, Нетти.

Еще погодя оглядываемся, видим только ноги кругом. Нетти за меня держится и не отпускает. Это мой муж Самуил, говорит и вверх рукой тычет. Это наши дети Оливия и Адам, а это жена Адама Таши.

Я на своих показываю. Шик и Альберт, говорю.

Все стали враз говорить, приятно познакомиться и все такое. А Шик с Альбертом принялись обниматься со всеми по очереди.

Тут и мы встали с пола. Я обняла своих детей. И Таши. И Самуила.

Почему это у нас всегда семейные сборища на четвертое июля, говорит Генриетка, губы надув. Жара же.

Белые свою независимость от Англии празднуют, говорит Харпо, значит, у нас выходной. Вот мы и празднуем сами себя и друг друга.

Ах, Харпо, говорит Мария Агнесса, я и не знала, что ты по истории такой специалист. Мария Агнесса картофельный салат крошит с Софией вместе. Она приехала Сюзи Кью забрать. С Грейди она распростилася, вернулась в Мемфис и живет там с сестрой и матерью. Те будут за Сюзи Кью приглядывать, пока она работает. Поет она. Песен у нее много новых, говорит, и память работает, так что все слова помнит. С Грейди-то я вообще чуть не спятивши совсем была. И на ребенка он плохо влиял опять же. Да и я тоже не очень-то хорошо. Столько травы курить, это рехнуться можно.

Таши все обхаживают да восхищаются ей. Шрамы на ей с Адамом разглядывают, будто больше им делать нечево. Говорят, вот уж никогда не думали, что африканские дамы такие красавицы. Таши и Адам видная пара. Говорят чудно, да мы уже малость пообвыкши.

Что там у вас в Африке любют, спрашиваем.

Таши покраснела слегка и говорит, барбекю.

Засмеялся народ и давай ее угощать.

С детьми мне непривычно как-то. Начать с того, что они взрослые. И потом сдается мне, они и меня, и Нетти, и Шик с Альбертом, и Харпо, и Софию, и Самуила, и Джека с Одессой старыми считают и отсталыми от жизни. Только я-то думаю, не старые мы вовсе. Мы счастливые. И по правде сказать, думается мне, такими молодыми, как нынче, мы никогда и не были.

Аминь.

Я благодарю всех появившихся
в этой книге за то,
что пришли.

*Э. У., автор
и медиум*

Исключительные права на публикацию книги на русском языке принадлежат издательству AST Publishers. Любое использование материала данной книги, полностью или частично, без разрешения правообладателя запрещается.

Литературно-художественное издание

Уокер Элис

ЦВЕТ ПУРПУРНЫЙ

Роман

Ответственный редактор *А. Батурина*
Художественный редактор *Е. Фрей*
Технический редактор *Г. Этманова*
Компьютерная верстка *Е. Кумшаева*
Корректор *М. Колесникова*

Общероссийский классификатор продукции
ОК-034-2014 (КПЕС 2008); 58.11.1 — книги, брошюры печатные

Произведено в Российской Федерации
Изготовлено в 2022 г.
Изготовитель: ООО «Издательство АСТ»

ООО «Издательство АСТ»
129085, г. Москва, Звёздный бульвар, дом 21, строение 1, комната 705, пом. I, 7 этаж.
Наш электронный адрес: **www.ast.ru**
E-mail: ask@ast.ru
ВКонтакте: vk.com/ast_neoclassic

«Баспа Аста» деген ООО
129085, Мәскеу қ., Звёздный бульвары, 21-үй, 1-құрылыс, 705-бөлме, I жай, 7-қабат.
Біздің электрондық мекенжайымыз: www.ast.ru
E-mail: ask@ast.ru

Интернет-магазин: www.book24.kz
Интернет-дүкен: www.book24.kz
Импортёр в Республику Казахстан ТОО «РДЦ-Алматы».
Қазақстан Республикасындағы импорттаушы «РДЦ-Алматы» ЖШС.
Дистрибьютор и представитель по приему претензий на продукцию в Республике Казахстан:
ТОО «РДЦ-Алматы»

Қазақстан Республикасында дистрибьютор
және өнім бойынша арыз-талаптарды қабылдаушының
өкілі «РДЦ-Алматы» ЖШС, Алматы қ., Домбровский көш., 3«а», литер Б, офис 1.
Тел.: 8(727) 2 51 59 89,90,91,92, факс: 8 (727) 251 58 12 вн. 107;
E-mail: RDC-Almaty@eksmo.kz
Өнімнің жарамдылық мерзімі шектелмеген.

Өндірген мемлекет: Ресей
Сертификация қарастырылмаған

Подписано в печать 20.02.2022. Формат 76x100^1/$_{32}$.
Гарнитура «Ньютон». Печать офсетная. Усл. печ. л. 15,48.
Доп. тираж 7000 экз. Заказ 3326.

Отпечатано в АО «Первая Образцовая типография», филиал
«УЛЬЯНОВСКИЙ ДОМ ПЕЧАТИ». 432980, Россия, г. Ульяновск, ул. Гончарова, 14

ISBN 978-5-17-122861-3